망한 가문의 검술 천재가 되었다 11

2023년 8월 14일 초판 1쇄 인쇄
2023년 8월 18일 초판 1쇄 발행

지은이 소구장
발행인 강준규

기획 이기헌 왕소현 임동관 박경무 강민구 조익현
책임편집 천기덕
마케팅지원 이원선

발행처 (주)로크미디어
출판등록 2003년 3월 24일
주소 서울시 마포구 마포대로 45 일진빌딩 6층
Tel (02)3273-5135 Fax (02)3273-5134
홈페이지 rokmedia.com **E-mail** rokmedia@empas.com

값 9,000원

ISBN 979-11-408-1262-2 (11권)
ISBN 979-11-408-0358-3 04810 (세트)

망한 가문의
검술 천재가
되었다

11 소구장 퓨전 판타지 장편소설

CONTENTS

Chapter 1

"가주님이 그놈을 처치하고 나오실 때까지 어떻게든 버텨라!"

"이곳을 기준으로 방어진을 새로 갖춰!"

테오 사단이 흑성교와 싸우는 동안, 캘리퍼가의 병력들은 방어진을 다시 갖췄다.

이번에는 좀 전과 같은 방식으로 무너지지 않을 정도로 견고한 진영이었다.

그러고서는 결사 항전을 다짐하듯 외쳤다.

"끝까지 싸우겠다면, 그 소원 들어주지."

철컥.

테오 사단이 검자루를 고쳐 잡았다.

더욱 거대한 검풍을 날리기 위해 검을 길게 잡은 것이다.

츠츠츠츠.

그들의 검이 새하얗게 빛나기 시작할 때였다.

"자, 잠깐만 기다려 주세요."

포덴이 다급하게 테오 사단을 말렸다.

그리고는 캘리퍼 병력을 향해 외쳤다.

"힘의 차이는 너희들도 똑똑히 봤을 터! 이제 그만 무기를 놓고 투항하라."

그것은 명령이자 부탁이기도 했다.

지금 자신들이 하고 있는 것은 내전이다.

결국 저들도 내전이 끝나고 나면 캘리퍼가의 식솔이 되어야 할 이들.

저들의 피해가 클수록 되찾아올 캘리퍼가의 병력 규모가 줄어드는 것이다.

그렇기에 될 수 있는 한 가장 적은 피해로 승리하는 것이 중요했다.

최상의 시나리오는 저들이 힘의 차이를 인정하고 순순히 항복하는 것이다.

하지만 저들에게는 그럴 생각이 없어 보였다.

이유는 간단했다.

"흔들리지 마라!"

"우리는 이미 전투의 승자를 목격하지 않았더냐!"

"지금 투항했다가 가주님께서 돌아오시면 그때 모조리 목숨을 잃을 것이다."

그들은 이미 지난 내전에서 승자가 누구인지 확인했다.

미노스는 캘리퍼의 전 가주마저 베고서 캘리퍼가를 모두 차지했다.

그들에게는 그런 미노스가 가장 두려운 존재이자 동시에 희망인 것이리라.

"이제 어떡할 거야? 쟤들 순순히 투항할 생각이 없어 보이는데?"

"끄응……!"

포덴이 곤란한 듯 미간을 찌푸렸다.

테오도 그의 의도를 알아차렸기에 닥치는 대로 공격할 수도 없었다.

그들이 싸우기도 그렇다고 싸우지 않기도 애매한 상황 속에 곤란해하고 있을 때였다.

쿠우우우우웅!

어디선가 하늘이 무너지는 것 같은 소리가 들려왔다.

모두의 시선이 그쪽으로 돌아갔다.

콰아아아!

그리고 가주전의 창문에서 뿜어져 나오는 붉은 폭풍을 보았다.

그걸 본 캘리퍼가의 병사들이 환호했다.

"저건 폭열융세검이잖아!"

"가주님께서 이기셨어!"

그들에게 폭열융세검과 미노스의 승리는 동의어였다.

폭열융세검이 얼마나 강력한지는 그들이 가장 잘 알고 있었다.

저 검 앞에서 바로 전 가주님이 쓰러지셨으니까.

그들은 이번에도 확신했다.

조금만 있으면, 저 무너진 벽에서 미노스가 모습을 드러낼 거라고.

그리고 지금 이 상황도 모두 정리해 버릴 거라고.

저벅저벅.

잠시 후 그들의 예상대로 부서진 벽 사이에서 누군가 걸어 나왔다.

하지만 걸어 나온 이는 그들의 예상과는 달랐다.

미노스가 아니라 루크가 등장한 것이다.

그리고 그의 손에는 뭔가가 들려 있었다.

"허억!"

그걸 본 이들의 눈이 찢어질 것처럼 커졌다.

"가, 가주님?"

"어떻게 가주님께서……."

루크의 손에 들려 있는 것은 바로 미노스의 수급이었다.

루크는 그 수급을 보란 듯이 앞으로 내밀었다.

절단 부위에서 핏물이 후두둑 떨어졌다.

누가 보더라도 금방 베어 버린 것 같았다.

"너희 가주가 죽었다."

루크의 목소리가 전장에 쩌렁쩌렁 울려 퍼졌다.

"너희들의 유일한 희망도 사라졌지."

"……."

"이제 그만 포기해라. 너희들의 새 가주께서 더 이상의 무의미한 희생은 바라지 않는 것 같으니까."

루크가 포덴을 가리키며 말했다.

포덴은 잠깐 주춤했다가 얼른 외쳤다.

"모두들 무기를 버려라. 지금 무기를 버리는 이들은 이번 일에 대해 벌하지 않겠다."

"……."

그들 사이로 혼란이 빠르게 퍼져 나갔다.

그들에게 가장 중요한 것은 자신의 목숨을 구하는 것.

미노스의 찬탈을 묵인하고 그의 말을 따랐던 것 역시도 그가 자신들이 어찌해 볼 수 없을 만큼 강했기 때문이다.

그런데 그런 그가 죽었다.

이대로 포덴이 차기 가주가 될 것이다.

'더 이상 고민은 무의미하겠지.'

채채채채챙.

챙그랑!

결국 캘리퍼가의 남은 병력들은 모두 무기를 버렸다.

그리고 두 손을 들어 항복의 의사를 밝혔다.

"저들의 무기를 모두 빼앗아라. 그리고 부상자가 있다면 일 순위로 치료하라."

캘리퍼가의 2차 내전은 미노스의 죽음을 끝으로 막을 내렸다.

다행히 양측의 피해는 그리 크지 않았다.

"품에 다른 흉기가 없는지도 반드시 수색하라."

전장의 수습은 상대적으로 전투 경험이 많은 란티나가 맡았다.

그리고 포덴은 캘리퍼가의 병사 하나하나를 하나하나 직접 치료해 주었다.

캘리퍼가의 병력들도 별다른 반항 없이 잘 협조했다.

미노스가 죽은 마당에 그들이 믿을 구석이 없었기 때문.

게다가 잘만 협조하면 아무 죄도 묻지 않고, 다시 캘리퍼의 기사로 복무하도록 해 줬기 때문이기도 했다.

물론 포덴이 가지는 정당성과 홍염의 잔 역시도 주요한 이유가 되었다.

어쨌든 포덴은 이제 캘리퍼가의 남은 유일한 혈족이자 후

계자였으니까.

그들이 내전을 수습을 하고 있는 사이, 루크가 가주전에서 걸어 나왔다.

멀끔한 루크를 보고 테오는 놀랐고 말았다.

아무리 현재는 중소 가문이라고 해도, 저게 어딜 봐서 한 가문의 가주와 겨룬 자의 모습이란 말인가.

루크의 실력은 역시 가늠을 할 수가 없었다.

루크가 테오 사단을 보며 흐뭇한 미소를 지었다

"이젠 주교도 쉽게 이기던데?"

"그러게. 그렇게 열심히 수련을 받은 보람이 있어."

테오도 멋쩍은 웃으며 대답했다.

"그나저나 정말 캘리퍼가를 되찾는 게 가능할 줄은 몰랐어."

"내가 거짓말하는 거 봤어?"

"그건 아니지만, 그래도 이건 뭔가 사이즈가 다른 일이잖아."

예전에 비스크가의 가주를 내쫓고 슈넬덴의 관할 영지로 편입한 적이 있긴 했지만, 그건 말 그대로 작은 영지에 불과했다.

하지만 캘리퍼가는 비스크와는 전혀 달랐다.

만국 연회에 초대된 적이 있다는 것만으로도, 그 규모가 어느 정도 증명된 것과도 같았다.

그런데 그런 가문의 내전을 고작 4명에서 해결하다니.

"뭐, 이번 경우는 여러 가지 조건도 맞았으니까 가능했던 거긴 해. 그게 아니었다면 이렇게 쉽게 이길 수는 없었지."

"그런 계산이 되는 게 더 놀랍다는 거야."

포덴에게 들은 정보만으로 여기까지 그림을 그리는 게 어디 쉬운 일이겠는가.

검술도 괴물 같은 놈이 지략까지 갖추고 있다니.

새삼 저놈이 슈넬덴의 공자라 다행이라는 생각이 들었다.

"근데 아직 끝난 건 아니야."

"응? 아직 끝이 아니라니?"

테오 사단이 고개를 갸웃했다.

미노스도 죽었고, 그의 병사들도 모두 투항했다.

물론 미노스와 함께 일을 꾸민 주동자를 처벌하는 일이 남긴 했지만, 그건 자신들이 신경 쓰지 않아도 될 일이었다.

그럼 여기서 뭐가 더 남았다는 말일까.

"남은 일이 뭔데?"

"으음……."

루크는 잠시 고민을 하더니, 이내 고개를 저었다.

"뭐, 그런 게 있어."

루크는 그렇게 말하고는 그들을 지나쳐갔다.

'괜히 말해 줬다가 되레 저 녀석들이 위험해질 수도 있겠지.'

남은 일은 설령 자신이라고 하더라도, 승리를 장담할 수 없었으니까.

　루크는 그렇게 생각하며 캘리퍼가의 병사들을 눈으로 훑었다.

　마치 누군가를 찾기라도 하는 것처럼.

🕷

　"얼른 오르시지요."

　"……."

　포덴은 자신의 눈앞에 놓인 가주의 자리를 보았다.

　란티나가 얼른 오르라고 말하긴 했지만, 쉽게 발이 떨어지지 않았다.

　과연 자신이 이 자리에 오를 수 있는 자격이 있을까?

　그 생각이 걸려 몸이 쉽게 움직여지지 않은 것이다.

　"소가주님께서는 이제 캘리퍼가의 유일한 계승자이십니다. 얼른 가주전에 오르시지요. 캘리퍼가의 가주 자리를 비워 둘 수는 없지 않겠습니까?"

　"알겠어."

　란티나의 계속되는 재촉에 포덴이 가주의 자리에 앉았다.

　짝짝짝짝짝!

　그 순간 주변에서 박수가 쏟아졌다.

"가주의 자리가 퍽 잘 맞으십니다."

"선대 가주님을 꼭 빼다 박은 것 같습니다."

"앞으로 캘리퍼가를 잘 이끌어 주십시오!"

선대 가주에게 충성을 바쳤다는 죄로 지하 감옥에 갇혔던 몇몇 장로들은 그런 포덴을 보며 눈물을 흘렸다.

그러나 포덴은 자신의 자리에 감격하기도 전에 먼저 다른 이를 찾았다.

"나를 축하하기보다 먼저 고마워해야 할 분들이 있어."

포덴은 루크 일행을 보았다.

루크 일행은 흐뭇한 방 한쪽에서 포덴을 흐뭇하게 바라보고 있었다.

포덴은 자리에서 일어나 그들에게 고개를 숙였다.

"제가 모두와 함께 캘리퍼로 돌아올 수 있었던 것도 모두 공자님들 덕분입니다."

"아무렴 물론이지."

루크는 당연한 듯 그 인사를 받아들였다.

그리고 그의 입가에 점차 짙은 미소가 번져 갔다.

"근데 그 고마움을 그냥 말로만 표현할 건 아니지?"

"예?"

"죽을 뻔한 소가주를 살려 주고, 잃어버렸던 홍염의 잔도 찾아주고, 결국 가문도 되찾아 줬잖아."

루크는 마치 계산 내역을 읽는 주점 주인장처럼 자신의 공적을 읽어 내려갔다.

그리고는 슬며시 손을 내밀었다.

"이 정도면 가문의 웬만한 공신보다도 많은 걸 해 준 것 같은데, 가문 차원에서 보상이라도 내줘야 하는 거 아닌가?"

"……."

포덴은 멍하니 루크를 쳐다보았다.

장로와 기사들도 포덴과 비슷한 표정이었다.

그 모습을 지켜보던 테오 사단은 그들의 심정을 이해했다.

여태껏 루크의 도움을 받은 이들이 이맘때면 모두 저런 표정을 지었으니까.

루크의 도움은…… 말하자면 고리대금업과 비슷했다.

상황이 급해서 도움을 청하긴 하지만, 일단 도와주고 나면 이후에 막대한 이자까지 친 계산서가 날아온다.

루크 덕분에 구사일생을 한 상황이니, 상대 입장에서도 할 말은 없었다.

다만 그 어마어마한 액수에 입을 다물지 못할 뿐.

"엥, 다들 표정이 왜 그래? 설마 그냥 입 싹 닦을 생각이었어?"

"아, 아닙니다. 당연히 드려야죠. 어떤 걸로 드리면 되겠습니까?"

"여기 있는 걸로 주면 돼. 내가 옆에 값어치도 써 뒀으니까 없으면 돈으로 환산해서 줘도 되고."

루크가 품에서 종이를 꺼냈다.

테오 사단에게는 너무나 익숙한 광경이었지만, 역시나 그걸 처음 본 이들은 뜨악했다.

포덴도 그들과 마찬가지였지만, 그래도 입은 은혜가 있으니 입을 닦을 수도 없는 노릇이었다.

그는 란티나에게 조심스럽게 말했다.

"숙부가 개인용으로 빼돌려 둔 재물이 있다고 했지? 거기서 먼저 찾아봐."

"알겠습니다."

란티나가 즉시 움직이려 할 때였다.

"그리고 또⋯⋯."

"그, 그리고 또요?"

포덴인 깜짝 놀랐다.

설마 여기서 뭐가 더 나올 줄은 몰랐기 때문.

"걱정 마. 더 달라는 건 아니니까."

"그, 그럼 무엇입니까?"

"별다른 건 없고, 일단은 슈넬덴과 캘리퍼가 서로 돕고 살자는 거야."

"네?"

포덴이 고개를 갸웃했다.

설마 서로 돕고 살자는 말이 나올 줄은 몰랐기 때문이다.

"왜, 싫어?"

"아, 아뇨. 그게 아니라……."

지금 저 말은 동맹을 맺자는 것 같았다.

그러나 어째서 슈넬덴에서 캘리퍼에 그런 제안을 하는 것일까.

아무리 봐도 이번 동맹으로 슈넬덴이 자신들에게서 얻을 수 있는 게 없어 보였다.

자신들은 객관적으로 보더라도 남부의 다른 주요 가문보다 약했으니까.

물론 제국 쪽에서도 먼저 친밀한 관계를 제안하기는 했다.

'제국이야 코넬리오를 견제하기 위해 그런 거였지만……. 아!'

포덴은 그 순간 깨달았다.

'슈넬덴도 코넬리오와 겨룰 생각을 하고 있는 거구나!'

슈넬덴도 제국과 같은 목적으로 자신들을 원하고 있는 것이다.

비록 당장은 아니라고 하더라도, 저들은 진심으로 언젠가 코넬리오와 겨룰 때가 올 거라고 생각하는 것이다.

얼마 전까지만 하더라도 과거의 모든 영광을 잃은 채로 몰락했던 슈넬덴.

그들은 힘을 회복하는가 싶더니, 어느새 200년 전의 영광을 완전히 되찾으려 하고 있었다.

'대체 어떻게?'

포덴은 그 방법이 진심으로 궁금해졌다.

그 방법을 알면 캘리퍼가도 다시 부활할 수 있을 것이다.

그리고 그걸 알 방법은 그들과 함께하며 확인해 보는 수밖에 없으리라.

"알겠……."

포덴이 입을 열려고 할 때였다.

"자, 잠시만 기다려 주십시오!"

란티나가 얼른 그를 제지했다.

루크는 그게 언짢은 듯 미간을 찌푸렸다.

"무슨 일이지?"

"설마 동맹을 바로 받아들일 생각은 아니시지요?"

"그러려고 했는데?"

"소가주님, 아니 가주님. 저희가 왜 내전이 일어났는지 생각해 보십시오."

그는 포덴의 귓가에 속삭였다.

"슈넬덴의 실력을 의심하는 것은 아닙니다. 다만, 우리가 코넬리오의 근처에 있는 만큼 다른 가문과 동맹을 맺는 것에 있어서 조금 조심할 필요가 있다는 것이지요."

"신중하게 생각해서 결정 내릴게."

포덴의 말에 란티나가 안심하고 물러났다.

장로들도 입 밖으로 꺼내지는 않았지만, 란티나와 마찬가지로 안심하는 것 같았다.

포덴은 그들을 한 번 슥 훑어보고는 다시 루크를 향해 말했다.

"동맹을 맺겠습니다. 아니, 동맹을 맺어 주시길 청합니다. 부디 캘리퍼가의 청을 들어주십시오."

"……."

란티나와 장로들은 입을 떡 벌린 채로 포덴을 보았다.

분명히 포덴이 알아들었다고 생각했는데, 전혀 아니었던 모양이다.

"하하하하!"

그 정적 속에서 루크는 웃음을 터뜨렸다.

"그렇지. 가주라면 저런 간신들 말에 휘둘리면 안 되지."

"크흠……."

"말이 심하시오."

란티나와 장로의 언성이 높아졌다.

그럴 만도 했다.

아무리 루크가 슈넬덴의 공자라고 하더라도, 다른 가문의 가신들을 이렇게 대놓고 비난할 수는 없었다.

그러나 루크는 그들이 항의를 하고 있음에도 코웃음을 칠 뿐이었다.

"코넬리오에게 그렇게 당하고도 아직 그놈들 눈치나 보는 어리석은 놈들한테는 이 정도도 과분해."

"고, 공자가 무엇을 안다고 그리 말하시오? 그들과 마찰을

빚었다가 캘리퍼가가 이 지경이 되었소!"

"그래서?"

"당연히 우리로서는 그들과의 충돌을 피할 수밖에 없잖소?"

루크는 아무 말도 없이 싸늘한 눈으로 그들을 보았다.

그 눈빛을 이기지 못한 란티나가 슬쩍 그의 눈을 피했다.

"너희는 코넬리오가 무서워서 그러는 거야? 아니면 너무 명청해서 어린 가주가 생각하는 것조차 헤아리지 못하는 거야?"

"……."

"인제 와서 그놈들한테 납작 엎드리면, 그놈들이 너희를 건드리지 않을 것 같아?"

루크는 아무 대답도 하지 못하는 그들을 보며 혀를 찼다.

"내가 아는 코넬리오는 절대 불신의 싹을 가만두지 않아. 그런데 너희는 이미 자신들의 명을 두 번이나 어긴 가문이지."

루크는 코넬리오가 어떤 가문인지 똑똑히 봐 왔기에 장담할 수 있었다.

그들에게 이제 캘리퍼는 언제든 배신을 할 수 있는 가문일 터.

그런 그들이 캘리퍼를 가만둘 리가 없었다.

"그럼 우리가 어찌해야 한단 말이오?"

"뭘 물어? 너희가 살길은 하나밖에 없지."

"그것이 슈넬덴과 동맹을 맺는 길이란 말이오?"

"꼭 슈넬덴과 동맹을 맺을 필요는 없어. 어쨌든 캘리퍼는 코넬리오가 아닌 다른 가문과 힘을 합치는 수밖에 없다는 거야."

루크는 포덴을 가리켰다.

"너희의 어린 가주는 거기까지 내다보고 우리의 동맹 제의를 받아들인 거잖아."

모두의 시선이 포덴을 향했다.

포덴이 작게 고개를 끄덕였다.

"그리고 다른 가문 중에서 코넬리오와 겨룰 만큼 강한 가문이면서, 동시에 우리가 배울 게 많은 가문은 슈넬덴이기도 하니까."

"저거 봐."

루크가 흡족한 미소를 지었다.

"너희는 새 가주만큼은 제대로 들였다니까."

"끄응······!"

장로와 란티나는 고심했다.

태도가 다소 불량하긴 했지만, 루크가 한 말이 어느 정도 맞았다.

인제 와서 코넬리오에게 엎드린다고 해서 그들로부터 목숨을 구할 거라는 보장도 없었다.

'가주님께서는 정말 그 앞까지도 내다보았단 말인가?'

그들은 포덴을 보았다.

얼마 전, 란티나에게 병력 소집을 설득하던 때보다도 더욱 굳건한 눈빛이었다.

그 눈빛을 보고 결국 그들은 고개를 끄덕였다.

"알겠습니다. 가주님의 명을 따르도록 하겠습니다."

"잘 생각했어."

루크는 가볍게 손뼉을 쳤다.

"자세한 동맹 사항은 따로 문서를 만드는 거로 하자고."

"알겠습니다."

"그럼 우리는 준비할 게 있어서 나가 볼게."

루크는 테오 사단을 이끌고 가주전을 나왔다.

테오는 가주전을 나오자마자 루크에게 물었다.

"무슨 준비를 하는데?"

"돌아갈 준비를 해야지."

"벌써 돌아가는 거야?"

"내일 당장 갈 거야."

"그렇게나 빨리?"

"돔으로 돌아가서 해야 할 것들이 있거든."

저놈의 머릿속에는 또 어떤 그림이 그려지고 있는 것일까.

테오는 루크에게 그 계획에 대해 물어보고 싶었다.

"미노스와 싸우면서 내상을 입었어. 당분간은 혼자서 회복 좀 해야 할 것 같아."

하지만 루크는 그렇게 말하며 방 안으로 휙 들어가 버렸다.

"내일 출발한다며?"

"그때도 마차는 나만 탈 거야."

테오는 방으로 들어가는 루크의 뒷모습을 보며 고개를 갸웃했다.

저 녀석의 태도가 어딘가 이상하기 때문이기도 했지만, 무엇보다 미노스와의 전투에서 심각한 내상을 입었다니.

그것 자체가 말이 되지 않았다.

'또 무슨 꿍꿍이를 꾸미고 있는 거지.'

테오는 의심스러운 눈으로 그런 루크를 바라보았다.

하지만 저 녀석의 속내를 알 방법은 없었다.

다음 날.

캘리퍼가의 식솔들은 아침부터 바쁘게 움직이고 있었다.

그들은 커다란 상자를 들고서 같은 방향으로 향하고 있었다.

마치 개미들이 먹을 것을 들고서 굴을 향해 줄지어 가는 것 같은 모습.

그들의 목적지는 캘리퍼가의 정문이었다.

아니, 정확히는 그 정문 앞에 서 있는 마차였다.

"많이도 준비했네."

테오가 자신들의 마차 앞에 쌓이는 상자를 보며 감탄했다.

"캘리퍼가가 공자님들께 받은 게 훨씬 큰걸요."

"이러다 가문 재건 비용까지 다 써 버리는 거 아니야?"

"사실 지금 드리는 것들은 미노스의 사재에서 가지고 온 것들입니다. 저는 제 아버지를 죽인 사람의 돈을 쓰고 싶지 않더라고요."

"대체 얼마나 빼돌렸으면 사재에 이렇게 많은 돈이 있어?"

테오는 왜 영지민들이 포덴의 등장을 반겼는지 알 것 같았다.

저 사재를 채워 주기 위해 영지민들의 고혈을 얼마나 쥐어 짰을까.

"흑성교에 줘야 할 돈이 많았던 모양입니다."

"그놈도 결국 다른 데 줘야 하는 돈이었구나."

"그나저나……."

포덴의 시선이 이리저리 움직였다.

마치 누군가를 찾고 있는 듯한 모습이었다.

결국 그가 테오에게 물었다.

"루크 공자님은 어디에 계시죠?"

"미노스와의 싸움에서 큰 내상을 당했대. 그래서 임시로 저 마차 안에서 폐관하고 회복하는 중이야."

"그럴 수가……."

포덴의 표정이 심각해졌다.

아무리 루크라고 하더라도 미노스와의 전투는 힘에 겨웠던 모양이다.

"어디가 다치셨답니까? 가능하면 캘리퍼 영지의 신관에게 말해서 치료를 받을 수 있도록 하겠습니다."

"우리도 잘 모르겠어. 그래도 목숨 지장이 있을 정도는 아니라니까 너무 걱정하지 마."

"그렇군요."

포덴은 그제야 가슴을 쓸어내렸다.

"캘리퍼가의 은인께 작별 인사를 못 하는 게 아쉽군요. 루크 공자님께는 정말 큰 은혜를 입었거든요."

물론 그 대가로 저 마차 뒤에 달린 수레 안을 가득 채워 줘야 하긴 했지만…….

그럼에도 포덴은 루크가 자신과 캘리퍼가에 해 준 것에 비해서는 여전히 부족하다고 생각했다.

"영영 작별하는 것도 아니잖아. 어차피 우리가 동맹이고 네가 가주인 이상, 앞으로도 만날 일이 많을 거야."

"그렇겠지요?"

포덴은 고개를 끄덕였다.

"그럼 다음번에는 이 아쉬움까지 더해서 인사를 드리지요."

"그래. 알겠어."

테오는 그렇게 말하고 마부석에 올라탔다.

테오 사단도 그 뒤를 따라 마부석에 올랐다.

마차 안은 루크의 회복을 위해 완전히 폐관을 했기 때문.

"그럼 출발하자."

테오는 짐이 모두 실린 것을 확인하고서는 말했다.

슈넬덴의 마차가 서서히 움직이기 시작했다.

뒤에 상자로 가득 찬 수레까지 끌고 있었지만, 마차는 너무나도 부드럽게 나아갔다.

"전체 도열!"

그 뒤에서 포덴이 우렁찬 목소리로 외쳤다.

척!

캘리퍼가의 기사들이 도로 옆으로 도열했다.

슈넬덴의 마차를 바라보는 그들의 눈에는 고마움과 존경심이 동시에 비쳐 보였다.

"캘리퍼의 영원한 벗이자 은인께서 캘리퍼가를 떠나신다. 캘리퍼의 식솔들은 나와 같은 마음으로 진심을 다하여 은인들을 배웅하라!"

"슈넬덴이 베풀어 주신 은혜는 절대 잊지 않겠습니다!"

척.

기사들은 가슴에 손을 얹으며 외쳤다.

그것은 한 가문의 기사로서 타 가문에게 보일 수 있는 최대한의 예였다.

슈넬덴의 마차는 그들의 경례 세례를 받으며 캘리퍼가를

빠져나갔다.

슈넬덴의 마차가 완전히 보이지 않을 때야, 포덴이 비로소 경례를 풀었다.

"모두들 가셨군."

"그러게 말입니다. 짧은 시간이었지만, 정말 눈사태가 휩쓸고 간 기분입니다."

란티나도 새삼스러운 얼굴로 말했다.

"눈사태이긴 하지. 캘리퍼가에 드리운 마수를 한 번에 갈아엎어 준 눈사태 말이야."

"그것도 맞군요."

저들이 없었다면 포덴은 돔에서 노예로 팔려 갔을 것이다.

그리고 자신들은 여전히 산적으로 위장한 채 시간을 보내고 있었으리라.

"내가 돔에서 저분들을 만난 건 기적이자 운명이야. 비단 가문을 되찾거나 슈넬덴이라는 거물과 동맹을 맺은 것뿐만이 아니지."

그는 짧은 시간 루크와 함께 있으면서 정말 많은 것을 보고 느꼈다.

슈넬덴의 공자들이 어떤 생각을 하고 어떻게 행동하는지를 바로 옆에서 목격했다.

그리고 앞으로도 가까이서 그들의 모습을 지켜볼 수 있게 되었다.

그들에게서 보고 배운 것을 캘리퍼가에 적용한다면, 슈넬덴만큼은 아니더라도 부활의 서막 정도는 열 수 있으리라.

　　'그리고 그때가 되면 우리에게도 기회가 올 거야.'

　　숙부에게 자신의 가족을 죽이도록 종용한 배후.

　　흑성교, 그리고 코넬리오에게 복수할 기회가 말이다.

　　'그때가 올 때까지 최대한 힘을 기르고 있는 거야.'

　　포덴은 주먹을 꽉 쥐며 그날을 다짐했다.

　　다그닥. 다그닥.

　　슈넬덴의 마차가 규칙적인 소리를 내며 나아가고 있었다.

　　캘리퍼 본가는 지났고, 이제 적랑 기사단을 만났던 고개에 도착했을 무렵이었다.

　　"······."

　　마부석에 앉아 있던 테오 사단은 서로 눈치를 보고 있었다.

　　그들 사이에서는 묘한 긴장감이 흘렀다.

　　"역시 이상하지?"

　　"이상합니다."

　　"이상해요."

　　그들의 시선이 마차 쪽으로 향했다.

루크는 온전한 회복에 집중한다며 마차 창문까지 굳게 닫아 놓았다.

그 마차 안이 너무나도 조용했다.

아무리 회복을 하고 있다고 하더라도, 사람이 안에 있는 이상 최소한의 기척이라도 나야 하지 않겠는가.

그런데 마차 안에서는 어떠한 소리도 느껴지지 않았다.

마차 창문에 덮개가 내려가 있어, 밖에서 안을 들여다볼 수도 없는 상황.

그들의 불안감은 점점 커져만 갔다.

"워, 워"

결국 브리데커가 마차를 멈춰 세웠다.

마차가 급정거를 하며 마차 전체가 휘청했다.

미리 대비하고 있지 않았다면, 의자에서 넘어졌으리라.

그러나 이번에도 기척은 들려오지 않았다.

"브리디, 네가 확인해 봐."

"제, 제가요? 엘린이 하는 건 어떻겠습니까? 감각이 좋으니까 갑작스러운 공격에도 대응할 수 있고……."

"왜, 왜 나보고 죽으라는 거야? 아무리 감각이 좋아도 공자님의 공격은 못 피한다고."

엘린이 화들짝 놀라며 말했다.

"저보다는 그래도 형님이신 일 공자님께서 하시는 게 어떠십니까? 적어도 죽이지는 않겠죠."

"내가?"

그들은 서로 마차 문을 여는 걸 미뤘다.

그럴 만도 했다.

만약 정말로 루크가 마차 안에서 회복이라도 하고 있다면?

그 순간 문을 연 녀석의 목숨은 보장할 수 없었다.

문이 열리는 순간 곧장 자신의 폐관을 방해했다는 이유로 검이 날아올지도 몰랐으니까.

그렇다고 계속 이대로 나아갈 수도 없는 노릇.

결국 다수결로 테오가 문을 열게 되었다.

'이럴 때만 내가 일 공자라는 거지?'

그는 억울함을 뒤로한 채 마차 문고리를 잡았다.

철컥.

꿀꺽.

셋이 동시에 마른 침을 삼켰다.

지금 이때가 리치와의 싸움을 앞뒀을 때보다도 더 긴장되는 것 같았다.

벌컥.

테오는 긴장감을 꾹 참고서 문을 열었다.

그리고 마차 안에는…….

아무도 없었다.

"이럴 줄 알았다니까! 지나치게 조용하더라니."

마차 안 어디에도 루크는 없었다.

대체 언제 어떻게 빠져나간 건지는 궁금하지도 않았다.

루크라는 놈은 원래부터 정상인의 범주를 벗어난 녀석이 었으니까.

그것보다는 어디로 간 건지가 더 중요했다.

"공자님은 어디로 가신 걸까요?"

"우리 몰래 빠져나갈 필요가 뭐가 있으시다고."

"아마 캘리퍼가에 남아 있을 거야."

테오가 중얼거렸다.

그는 지난번에 루크가 했던 말이 생각났다.

루크는 분명 아직 모든 일이 끝난 게 아니라고 했었다.

아마 그 일을 해결하러 간 것이리라.

그렇다면 어째서 루크는 자신들에게 그 일이 무엇인지도 말하지 않고, 이렇게 몰래 빠져나가는 방법을 택한 것일까.

이유는 뻔했다.

"우리가 위험해질까 봐 그런 거겠지."

"이 공자님이 또 위험한 일을 하러 가신 걸까요?"

"아마 그럴 거야."

꽈악.

· 테오 사단은 동시에 주먹을 꽉 쥐었다.

결국 자신들이 약해서 루크 혼자서 위험을 감수하러 갔다 는 것이 아닌가.

자존심이 상했다.

그리고 혼자 그런 위험을 무릅쓰게 된 것에 대해 미안한 마음도 들었다.

"이제 어쩌죠?"

"어쩌긴 어째."

테오가 이를 꽉 깨물었다.

"당연히 그놈을 도우러 가야지."

테오 사단은 급하게 마차를 돌렸다.

루크가 해결할 수 있는 일이라면 해결될 테고, 그가 해결할 수 없는 일이라면 차라리 그 자리에서 다 같이 죽을 때까지 싸우겠다고 생각하면서.

＊

캘리퍼 가문의 전당.

이곳에는 선대 가주들의 기록들과 가보들이 보관되어 있었다.

물론 캘리퍼의 가주를 상징하는 가보인 홍염의 잔도 마찬가지였다.

가문의 전당 내부에 특별하게 만들어진 보관실.

그 방 안에 홍염의 잔이 보관되어 있었다.

이토록 중요한 물건들이 잔뜩 보관되어 있는 곳이다 보니,

전당 앞에는 두 명의 경비가 24시간 경비를 섰다.

그러나 캘리퍼가의 병사들은 이곳의 경비 업무를 가장 지루하게 여겼다.

그도 그럴 것이 평소에 이곳을 찾는 이들은 아무도 없었으니까.

특히 홍염의 잔이 보관되어 있는 방은 가주의 승계식이 할 때나 잠시 열리는 것이 전부였다.

다시 말해 수십 년에 한 번 꺼낼까 말까 한다는 것이다.

물론 홍염의 잔을 노리는 침입자가 나타날 수도 있긴 하다.

하지만 캘리퍼 본가 내에서도 정중앙에 위치한 이곳까지 아무 소동도 없이 침입할 수 있는 자가 어디 있겠는가?

실질적으로 이곳을 찾는 이는 보초 임무를 위한 경비들과 그들을 감시하기 위한 당직 근무자들뿐.

그렇기에 가문의 전당에서 근무하는 경비들은 적당히 당직에게 걸리지 않도록 목소리를 낮춘 채로 대화를 하며 시간을 죽였다.

"아, 장차 우리 캘리퍼 가문이 어떻게 되려나?"

콧수염을 짙게 기른 병사가 말했다.

부사수로 보이는 경비가 그를 보았다.

"뭐가 어떻게 되는 거예요?"

"그야 잠깐 사이에 가주가 두 번이나 바뀌었잖아."

"그건 알고 있죠. 근데 그게 큰 문제인가요?"

"신병이라 아무것도 모르는구나? 원래 윗사람이 자주 바뀌면 아랫사람만 힘들어지는 법이지. 라인도 싹 다 갈아엎어지니까 다시 줄 설 곳도 찾아야 할 거고."

콧수염의 경비는 부사수의 어깨를 툭툭 치며 말했다.

"뭐, 그래도 너는 이 코빅이랑 근무를 서서 운 좋은 줄 알아라. 내 입으로 말하긴 뭣하지만, 캘리퍼가에서 나만큼 라인을 꿰고 있는 사람이 없거든."

"아하, 그렇군요."

부사수는 코빅의 말에 그리 흥미를 느끼지 못하는 것 같았다.

그러나 코빅의 자기 자랑은 거기서 멈출 줄을 몰랐다.

"포텐 님께서 홍염의 잔을 들고 나타났을 때, 나는 이 전쟁의 승자가 누가 될지 알아봤지."

"그래서 포텐 님이 물러나라고 했을 때, 곧장 무기를 던지고 달아난 거군요."

"크흠, 달아나다니. 흐름에 몸을 맡긴 거지. 홍염의 잔이 나타난 이상 대세는 기울어진 거니까."

코빅은 괜히 헛기침을 하며 자신의 콧수염을 매만졌다.

"근데 솔직히 신기하긴 해. 홍염의 잔이 뭔데 캘리퍼의 가주를 상징하는 물건이 된 건지."

홍염의 잔을 실제로 본 것은 그때가 처음이었다.

슬쩍 봤을 때는 그저 낡은 나무잔에 불과했다.

아무리 저게 그렇게 귀한 거라고 말해도 공감하기는 어려웠다.

그저 가문 전체가 애지중지하니, 자신도 귀한 것인가 보다 생각하고서 대하는 것일 뿐.

"뭐, 소문으로는 저 안에 화마라는 마신의 불꽃이 담겨 있다고는 하는데, 그건 말도 안 되는 일이지."

어느 가문이든 이런 믿을 수 없는 전설이 있지 않던가.

이 잔 또한 마찬가지일 것이다.

그저 자신들의 가보가 그만큼이나 귀한 것이라는 걸 과시하기 위해 만들어 낸 전설에 불과하리라.

그런데 그 이야기를 가만히 듣고 있던 부사수가 고개를 저었다.

"아니에요."

"뭐?"

"그거 헛소문 아니라고요."

"갓 들어온 신병 놈이 뭘 안다고 지껄여?"

코빅의 경고에도 부사수는 제 할 말을 했다.

"저 안에는 화마의 불이 들어 있지. 그리고 원한다면 저 안에 담긴 불을 얼마든지 빼서 쓸 수 있지. 그래서 저 잔이 홍염검문 캘리퍼가의 가보가 된 거야."

어느새 그는 말을 놓았다.

하지만 코빅은 그것을 지적할 수가 없었다.

왠지는 모르겠지만, 지금 여기서 입을 떼면 죽을 것 같았기 때문이다.

부사수는 그 모습이 만족스러웠는지 고개를 끄덕였다.

그 고갯짓을 따라 흰색 머리가 찰랑였다.

"그뿐만이 아니지. 원한다면 저 잔에 담겨 있는 화마를 부활시킬 수도 있어."

"……"

"순식간에 한 대륙을 불태워 버리던 녀석이 깨어난다면 어떻게 될까? 아마 이 대륙 전체에 탄내가 진동하고 타 죽는 사람들의 비명이 넘쳐나겠지? 흐흐흐."

코빅은 그 웃음을 듣고는 소름이 끼쳤다.

저건 절대 갓 들어온 신병의 웃음이 아니었다.

그는 가까스로 입을 열었다.

"너, 너 대체 뭐야?"

"아, 참고로 흑성교가 캘리퍼가에 접근해 내전을 일으킨 것도 다 이 홍염의 잔을 얻기 위함이었어."

챙!

코빅이 결국 창을 뽑았다.

이건 자신을 지키기 위한 최소한의 방어 본능이었다.

그 모습을 본 부사수는 고개를 절레절레 저었다.

"너, 이 새끼! 대체 누구냐고!"

"흐흐흐흐."

"홍염의 잔을 노리고 온 것이냐?"

콧수염 경비는 당장이라도 부사수의 목을 찌를 것처럼 창끝을 들이댔다.

"아, 가만히 있었으면 재밌는 이야기를 조금이라도 더 들려줬을 텐데."

부사수, 아니 흑성교의 3사도 레오드린이 고개를 쳐들었다.

키잉.

그의 눈이 붉게 물들었다.

그리고 창끝이 치즈처럼 휘어지더니 부러져 버렸다.

"히이익!"

코빅은 부러진 창을 보며 뒤로 물러섰다.

그러나 이곳에서 도망칠 수 있는 공간은 그리 넓지 않았다.

툭.

머지않아 그는 벽에 다다랐다.

코빅의 얼굴이 절망감에 물들었다.

앞에서는 레오드린이 음침한 웃음을 흘리며 다가왔다.

"ㅇㅇㅇ……."

"뭘 그렇게 놀라? 무슨 괴물이라도 본 것처럼?"

레오드린의 외모는 전혀 괴물 같지 않았다.

하지만 그에게서 느껴지는 분위기는 분명 인간의 그것이 아니었다.

"저, 저리 가!"

코빅은 애원했다.

"썩 맛있어 보이진 않지만, 더 이상 시끄럽지 않게 하려면 어쩔 수 없지."

그는 겁에 질린 코빅을 향해 다가갔다.

코빅은 공포심을 이기지 못하고 그만 다리가 풀려 버렸다.

"그만 쫄아. 안 그래도 맛없는 피가 더 맛없어지니까."

레오드린이 송곳니를 드러내며 코빅에게 달려들었다.

"으, 으아아아아!"

곧이어 그의 비명이 터져 나왔다.

그러나 그 비명은 그리 오래가지 못했다.

비명이 멎고 잠시 후.

스릅.

레오드린은 입가에 묻은 피를 닦아 냈다.

그의 표정은 맛없는 음식으로 배를 채운 어린아이 같았다.

"약한 녀석의 피는 비리기만 하다니까."

그의 앞에서는 피가 모두 빨린 채로 미라가 되어 버린 코빅의 시체가 있었다.

"슈넬덴, 그놈들의 피가 맛있을 텐데."

스릅.

병사로 위장하고 있을 때 보았던 슈넬덴 녀석들을 생각하니 군침이 돌았다.

마음 같아서는 당장이라도 녀석들이 타고 간 마차를 쫓아가 그 피를 모조리 빨아 버리고 싶었다.

하지만 지금은 교주님의 명령이라는 더욱 급한 일이 있었다.

캘리퍼가에서 전투가 벌어지던 당시에, 식욕을 참은 것도 다 이 때문이 아니던가.

"얼른 홍염의 잔을 챙겨서 돌아가야지. 이러다 교주님께서 말씀하신 날짜를 맞추지 못하겠어."

그는 처참한 살해 현장을 뒤로하고, 홍염의 잔이 있는 방으로 걸어갔다.

철컥.

끼이이이익.

굳게 닫혀 있는 자물쇠 정도는 그의 눈짓 한번에 열려 버렸다.

기이이잉!

곧장 방어 마법이 작동했지만, 레오드린에게 생채기조차 남기지 못했다.

"쭛."

그는 귀찮다는 듯 혀를 차고는 마법진을 향해 손을 휘둘렀다.

촤르르르륵!

혈기가 도끼의 형태를 취하더니 그곳을 향해 날아갔다.

콱!

벽에 박힌 독기가 점차 벽으로 스며들어 갔다.

그러자 벽면에 그려져 있던 방어 마법진들이 붉게 물들며 빛을 잃어버렸다.

그걸 확인한 그는 다시 정면으로 시선을 돌렸다.

방 한가운데에 단상이 있고, 그 위에 낡은 나무잔이 놓여 있었다.

언뜻 보기에는 아무런 가치도 없는 나무잔에 불과한 모습.

그러나 그의 눈에는 똑똑히 보였다.

저 안에서 이글거리는 화마의 불꽃이.

'재촉하지 마라. 교주님께서 너를 잔 속에서 꺼내어 주실 테니.'

그가 홍염의 잔에 손을 가져다 대려는 순간이었다.

슈우우우욱-!

뒤쪽에서 날카로운 파공음이 들려왔다.

레오드린은 혈기를 뿜어내 뒤를 보호했다.

콰앙.

혈기에서 전해지는 충격이 꽤나 컸다.

그만큼 기습의 위력이 강했다는 의미일 터.

"나 말고 홍염의 잔을 노리는 다른 쥐새끼가 또 있었나 보군."

레오드린은 검기가 날아온 쪽을 보며 말했다.

그곳에는 한 소년이 서 있었다.

그 소년은 이미 미라가 되어버린 코빅을 보고는 인상을 찌푸렸다.

'한발 늦었네.'

조금만 대응이 빨랐다면 저 녀석도 살릴 수 있었을 텐데.

설마 상대가 경비로 위장하고 있을 줄은 몰랐다.

소년은 코빅의 시체에서 시선을 돌렸다.

자신에게는 이미 죽어버린 이를 되살릴 능력은 없었기에, 눈앞에 있는 일에 집중해야 했다.

"나는 훔치러 온 게 아니라 지키러 온 거야."

"지킨다?"

"내가 어떻게 되찾아 준 홍염의 잔인데, 그걸 흑성교가 들고 가게 둘 수는 없잖아."

레오드린은 루크의 모습을 자세히 살폈다.

어딘가 익숙한 얼굴.

레오드린은 기억을 더듬다가 마침내 그의 이름을 떠올렸다.

"너 슈넬덴의 이공자구나? 이름이 루크 슈넬덴이었나?"

"오랜만이군, 3사도."

"응? 나를 아나?"

레오드린이 고개를 갸웃했다.

그도 그럴 것이 그는 아직 루크를 직접 만난 적이 없었다.

그러나 루크는 3사도를 똑똑히 기억하고 있었다.

루블린에서 대주교로부터 정보를 캐내고 있을 때, 그가 교주의 이름을 입에 담으려는 순간 녀석을 죽여 버렸던 주술.

대주교는 그 주술을 보자마자 3사도라고 불렀다.

루크는 그때의 기운과 목소리를 똑똑히 기억하고 있었다.

다음번에 붙을 상대는 분명 그 녀석일 거라고 확신했으니까.

"이상하군. 내가 밖으로 모습을 드러냈던 적은 전혀 없는데…….."

레오드린은 뭔가 떠올랐는지 손가락을 튀겼다.

그가 딱 한 번 세상에 모습을 드러냈던 적이 생각난 것이다.

"설마 네가 대주교를 고문했던 그 녀석이었어?"

"맞아. 이번에는 너한테서 대답을 얻어내 볼까 하는데, 너한테도 금제가 걸려 있지는 않겠지?"

"하하하하하!"

레오드린이 커다랗게 웃었다.

그러나 그 웃음은 호탕함과는 전혀 거리가 멀었다.

오히려 광인의 웃음처럼 기괴하기만 했다.

뚝.

그러다 그의 웃음이 뚝 멎었다.

"너 사람을 가장 빨리 죽이는 게 뭔 줄 알아?"

"글쎄? 그런 것까지 알아야 하나?"

"바로 혀끝이다."

그의 새빨간 눈동자가 더욱 짙은 붉은 빛을 띠었다.

"적어도 교주님에 대해 알려고 한다는 건 숨겼다면, 조금이나마 덜 고통스럽게 죽여 줬을 텐데."

"교주가 네 발작 버튼인가 보네."

"좋아. 결정했어."

촤르르르륵.

레오드린의 손에서 혈기가 엮어진 사슬이 만들어졌다.

"넌 갈기갈기 찢은 후에 한 점씩 맛보도록 하지."

그리고 그 사슬의 끝은 도끼의 형상으로 변했다.

도끼의 날은 검날처럼 매끄럽지 않고, 톱날처럼 울퉁불퉁했다.

저 도끼날에 닿는다면, 저놈의 말대로 정말 갈가리 찢겨 버릴 것 같았다.

'확실히 지금까지 싸웠던 녀석들과는 달라.'

루크도 티는 나지 않았지만, 속으로는 긴장하는 중이었다.

저 녀석은 아마 지금껏 루크가 만났던 상대들 중 가장 강한 상대일 것이다.

자신의 본능이 영혼 조각에 불과했던 타드렌이나 힘을 다

회복하지 못한 카쉬텐보다도 훨씬 위험하다고 경고하고 있었다.

그렇다고 이대로 저 녀석들에게 홍염의 잔을 넘겨줄 수는 없는 노릇.

이대로 홍염의 잔을 빼앗긴다면 곧 화마가 테론 대륙을 집어삼킬 테니까.

지금 여기서 저 녀석을 막아야만 했다.

물론 전력에서 밀리는 건 맞았지만, 승리의 가능성이 전혀 없는 것도 아니었다.

'실전은 강하다고만 해서 승리하는 게 아니니까.'

스릉.

루크도 벨무스를 뽑아 들었다.

그리고 입가에 비릿한 미소가 그려졌다.

"찢어 죽이든, 갈아 마시든 일단은 날 이기고 나서나 말해."

"조금이라도 일찍 죽고 싶은 게 소원이라면 그 소원을 들어주지!"

루크의 도발이 통한 것일까.

레오드린은 인상을 찌푸리며 루크를 향해 혈도끼를 던졌다.

촤르르르륵!

도끼가 날아오는 궤적은 조금의 흔들림도 없이 깔끔했다.

오롯이 루크를 죽이는 것에만 집중하기라도 한 것처럼.

게다가 날아오는 속도는 화살을 쏘기라도 한 것처럼 빨랐다.

그 도끼는 말 그대로 눈 한 번 깜빡할 사이에 루크의 코앞까지 날아왔다.

이대로 루크의 목이 잘릴 수도 있는 상황.

카아앙!

그러나 루크는 그 도끼보다도 더 빠른 속도로 검을 뽑아 휘둘렀다.

모든 걸 찢어발길 기세로 날아오던 도끼는 그대로 벽면에 처박혔다.

콰아아아앙!

그저 부딪친 충격만으로도 벽면이 무너져 내리고 외부가 드러났다.

가보가 보관되어 있는 만큼 그 어떤 건물보다도 튼튼하게 짓고, 내구성을 강화하는 마법을 걸어 뒀을 텐데도 이렇게나 쉽게 부서지다니.

혈기가 뭉쳐져 만든 도끼가 어떤 위력을 가졌는지 새삼 가늠할 수 있었다.

"오?"

레오드린이 흥미로운 눈으로 루크를 보았다.

겉으로 보기에는 그저 빠르게 날아오는 도끼를 쳐 낸 것에 불과해 보였다.

하지만 자세히 들여다보면, 그 단순한 동작 안에 온갖 묘리가 다 담겨 있었다.

저 혈도끼는 일반적인 도끼와는 달리 액체처럼 흐르는 성질이 있었다.

평범한 방법으로 도끼를 쳐 냈다면, 도끼의 혈기가 흩어지며 녀석의 팔을 삼켜 버렸을 터.

지금까지 자신에게 멋모르고 덤볐던 녀석들은 대부분 여기에 당했다.

하지만 루크는 그걸 알기라도 하는 듯 완벽한 각도와 세기로 도끼를 쳐 낸 것이다.

혈기가 흩어지면 팔을 휘감으려는 순간 그 팔을 뒤로 슬쩍 뺀 것은 감탄이 나올 정도였다.

"네 실력에 대한 소문이 거품은 아니었구나? 재밌겠어. 아주 재밌을 것 같아."

레오드린의 붉은 눈이 더욱 짙은 광기로 물들었다.

좌르르륵.

그는 벽에 처박힌 혈도끼를 회수하더니, 곧바로 다시 루크에게 날렸다.

회수했을 때의 회전력이 더해져서일까.

도끼가 날아가는 속도는 좀 전보다 더욱 빨랐다.

카앙!

루크가 도끼를 쳐 내자마자, 도끼는 경로를 바꿔 루크의 뒤통수를 노렸다.

콰가각!

콰각!

그 도끼를 왼쪽으로 쳐 내면 오른쪽을 노렸고, 그걸 다시 쳐 내면 이번에는 위쪽을 노리고 도끼가 날아들었다.

액체가 가지는 유연한 특성 때문일까.

혈도끼는 예측하기도 힘든 경로로 날아들었다.

웬만한 실력자라고 해도 이런 예측 불가의 공격을 완벽히 막아 내는 것은 어려울 것이다.

그러나 루크는 그것들을 모두 막아 내며, 첫 번째 공격을 막은 것이 우연이 아니었음을 보여 주었다.

'여기서 계속 방어만 하고 있을 수는 없지.'

콰아아아앙!

루크는 결국 혈도끼를 강하게 쳐 냈다.

혈도끼가 저 멀리 튕겨 나가는 것을 확인하자마자, 루크는 레오드린을 향해 달려들었다.

"걸렸구나!"

그 모습을 본 레오드린이 외쳤다.

지금 바로 이것이 그가 노리고 있던 바였으니까.

그의 눈이 다시 한번 붉게 빛났다.

촤르르르르르륵.

혈도끼에서 떨어져 나와 아무렇게나 흩뿌려져 있던 혈기가 일제히 움직이더니, 눈 깜짝할 새에 루크의 주위를 에워쌌다.

저기서 루크가 빠져나갈 틈은 없어 보였다.

그러나 루크는 전혀 개의치 않고 앞으로 내달렸다.

마치 자신의 주위를 에워싼 혈기들은 보이지 않기라도 하는 듯이.

'어라?'

이번에는 레오드린도 예상치 못한 움직임이었다.

저 혈기는 자신이 만들어 낸 혈도끼에서 떨어져 나온 일부였다.

당연히 혈도끼와 똑같은 성질을 가지고 있었기에, 저대로 저기에 닿는다면 몸이 걸레짝이 되고 마리라.

그건 분명 저 녀석도 알고 있을 터.

"설마 싸우는 걸 포기한 건 아니겠지? 그렇다면 재미있다는 말은 취소해야겠는데?"

촤악!

레오드린이 허공에서 손을 움켜쥐었다.

그러자 루크 주위를 에워싼 혈기가 일제히 그를 덮쳤다.

사방에서 공간을 좁혀 오는 혈기들.

그 순간 루크의 검이 단 한 번 번쩍였다.

아니, 단 한 번이라고 생각했다.

채채채채채채챙!

그러나 루크의 주변을 둘러쌌던 혈기가 동시에 여러 방향으로 튕겨 나갔다.

그 짧은 순간에 수십 번 검을 휘두르지 않고서야 절대 불가능한 일이었다.

정작 그 믿을 수 없는 광경을 선보인 녀석의 눈은 차갑게 가라앉아 있기만 했다.

그리고 달려오는 속도를 그대로 유지한 채로 레오드린을 향해 검을 내질렀다.

쏴아아아아!

그와 함께 날카로운 서리가 레오드린을 덮쳤다.

"이런!"

레오드린도 설마 저 사이를 뚫고 나와 공격까지 할 거라고는 생각하지 못했다.

그는 자신의 몸에 품고 있던 혈기를 방출시켰다.

혈기에 가로막힌 서리가 녹아내렸다.

그러나 그중 몇 개는 기어코 혈기의 벽을 통과하여 녀석의 몸을 스치고 지나갔다.

주르륵.

상처에서 피가 흘러내렸다.

스윽.

그는 뺨에서부터 흘러내린 피를 혀로 핥았다.

"흐흐흐흐."

그의 입에서는 기괴한 웃음이 흘러나왔다.

"정말 맛있겠는데."

스릅!

또다시 식욕이 돈 그는 흐르는 군침을 닦았다.

그러나 이번에는 닦아도, 닦아도 계속 군침이 흐르는 탓에 모두 닦아 낼 수가 없었다.

"네 피를 한 방울도 남김없이 다 빨아 버리고 싶어."

그는 식욕이 풀풀 풍기는 눈으로 루크를 보았다.

"찢어 죽이겠다는 말은 취소야. 최대한 덜 고통스럽게 죽여 줄게. 그러니까……."

그는 루크를 향해 달려 나갔다.

"얌전히 죽어!"

그의 몸에서 뿜어져 나온 혈기가 폭풍처럼 몰아쳤다.

그 혈기가 다시 도끼의 모양을 이루었다.

"날 얌전히 죽일 수 있는 실력은 있냐?"

루크도 물러서지 않고 벨무스를 들어 올렸다.

콰아아아앙!

그리고 둘이 중앙에서 맞부딪쳤다.

검과 도끼가 부딪치는 소리만으로 보관실의 벽에서 흙이 우수수 떨어졌다.

그것이 혈투의 시작을 알리는 종소리였다.

콰아앙!

카가가가각!

고막을 찢어 버릴 것 같은 소리와 함께 사방으로 검기가 튀겼다.

그 검기가 보관실의 벽면을 모조리 무너뜨렸다.

피어오르는 흙먼지 속에서 루크와 레오드린은 한 뼘의 틈도 두지 않고서 서로의 무기를 부딪쳤다.

그 가운데서도 그들의 시선은 서로의 빈틈을 찾기 위해 뒤얽혔다.

촤악, 촤아악!

합을 겨룰수록 두 사람의 몸에도 하나둘씩 상처가 새겨졌다.

하지만 그들은 상처 따위는 전혀 신경도 쓰지 않고서 계속해서 무기를 휘둘렀다.

"흐하하하하하! 역시 맛있어. 내가 생각했던 바로 그 피 맛이야!"

레오드린은 자신의 뺨에 튄 루크의 피를 핥으며 웃었다.

사방으로 검기가 비산하는 혈투 속에서도 저런 소리가 나오다니.

보는 사람으로 하여금 소름이 돋게 만들었다.

그러나 루크는 전혀 위축되지 않고 새하얀 검을 휘둘렀다.

주르르륵.

레오드린이 가까스로 검을 막아 내며 뒤로 밀려났다.

"아가리를 털 만큼 여유롭지는 않을 텐데?"

"네 정맥, 동맥, 심장. 모조리 내 것이다."

카가가각. 카각.

콰아아앙!

둘이 맞붙으며 또다시 굉음이 터져 나왔다.

그 사이에서 몇 번의 합이 오가는지 셈하기도 힘들었다.

"으아아압!"

"이야얏!"

맞붙었다가 떨어지면 다시 쫓아가 부딪치고 갈려 나갔다.

그들의 싸움은 이미 인간의 영역을 아득히 넘어서고 있었다.

시간이 갈수록 튀기는 검기의 양이 늘었고, 검과 도끼가 부딪치며 퍼져 나온 충격파가 건물 전체를 흔들어 놓았다.

이 정도 소란이 있었으니, 캘리퍼가의 사람들도 당연히 이 소리를 듣고 홍염의 전당에서 무슨 일이 벌어졌다는 것을 알아차렸다.

그러나 그들은 도저히 이곳으로 다가올 엄두를 내지 못했다.

조금이라도 가까이 갔다가는 저기서 퍼져 나오는 충격파에 몸이 찢겨 버릴 것 같았기 때문.

그들은 그저 전당에서 뿜어져 나오는 검붉은 색과 새하얀 색의 빛무리를 가만히 지켜볼 뿐이었다.

카드드드득.

타앗.

루크는 레오드린의 혈도끼를 밀어내며 거리를 벌렸다.

그리고는 입가에 한껏 비웃음을 머금고 말했다.

"이게 다야?"

"다라니?"

"교주가 직접 키운 녀석들이 사도 아니야? 그런 사도라는 놈이 고작 이 정도 실력이라니."

레오드린의 표정이 급격히 굳어갔다.

"네가 맛있는 먹잇감인 건 인정하는데, 그렇다고 그분의 이름을 함부로 담지 마라. 그럼 네 맛있는 피를 모조리 바닥에 흩뿌리게 될지도 모르니까."

지금까지와는 전혀 다른 목소리.

장난기가 싹 빠진 그의 음성은 마치 지옥의 소리를 연상시켰다.

그러나 루크는 그 경고가 전혀 두렵지 않았던 모양이다.

"걱정할 건 없겠어. 사도가 이 정도면 교주 수준도 뻔하니까."

루크가 이죽거렸다.

"하긴 교주도 혼자서는 일을 벌일 힘이 없으니 과거에 죽은 망령들이나 되살리려는 거지. 안 그래?"

으드드드드득.

레오드린의 입에서 이가 갈려 나가는 소리가 들려왔다.

그의 입가에 맺혀 있던 미소마저 사라졌다.

그러고는 그 붉은 눈동자로 루크를 보았다.

"감히 교주님의 이름을 지껄이고 그분을 욕되게 한 죄는 회개할 수 있는 정도를 넘어섰다. 죗값은 내가 치르게 해 주지."

"글쎄. 그 잘난 교주에게서 받은 힘이 그것밖에 안 된다면 어려워."

"이 새끼가!"

그는 이때까지와는 달리 이성을 잃은 채로 루크에게 달려들었다.

루크는 기다렸다는 듯 벨무스를 내질렀다.

그의 도끼는 벨무스를 방어하기에는 이미 너무 멀리 뻗어 나온 상태.

이대로라면 녀석의 폐를 꿰뚫는 게 가능하리라.

루크는 그렇게 생각했다.

하지만 상황은 루크의 생각대로 흘러가지 않았다.

"같잖은 짓이다!"

카앙!

레오드린은 바닥에 흩어져있던 혈기를 이용해 벨무스를 튕겨 낸 것이다.

"이런!"

루크가 눈을 부릅떴다.

오히려 루크의 검이 튕겨 나간 사이, 그의 도끼가 루크의 턱밑까지 파고들었다.

이대로라면 그가 들고 있는 도끼에 목 윗부분을 잃을 수도 있는 상황.

이미 너무 가까이 다가온 탓에 완벽히 피하는 것은 무리였다.

루크는 머리를 잃는 대신 어깨를 내주었다.

좌악-!

왼쪽 어깨에서 피가 터져 나왔다.

"크윽!"

루크는 인상을 찌푸렸다.

'가뜩이나 공격 하나하나가 강력한데, 저렇게 형태를 변환하니까 예상을 못 하겠네.'

이 몸으로 환생한 후에 순수한 검술에서 이렇게 밀렸던 적이 있었던가.

없었다.

지금껏 다른 녀석들에게 밀린 것은 그저 가지고 있는 오러 자체가 부족했기 때문이었다.

그러나 지금은 달랐다.

저놈은 순수한 검술 자체로도 현재의 자신을 넘어서고 있는 것이다.

'테오 사단을 두고 온 건 잘한 결정이군.'

승리는 고사하고 생존을 장담할 수도 없는 상황.

그놈들과 함께 왔다가 자신이 죽는다면, 그놈들도 여기서 함께 죽었을 것이다.

물론 그렇다고 해서 여기서 반드시 죽겠다는 건 아니었다.

지금 저 녀석을 도발해서 전력을 다하게 만든 건 어디까지나 승리하기 위함이었다.

'상대가 큰 공격을 할수록 그만큼 빈틈이 생기는 법이니까.'

아직까지 그 큰 공격의 빈틈을 찾을 수 없었다.

보다 확실한 빈틈이 보일 때까지 일단은 녀석의 눈이 돌아간 채로 날리는 공격들을 막아 내야 했다.

"네놈에게 심판을 내린다!"

레오드린은 잠깐의 쉴 틈도 주지 않고 바로 달려들었다.

'옛날 같았으면 저런 건 한 손으로도 막았을 텐데.'

그러나 지금에서 과거를 떠올려 봐야 별수도 없었다.

일단은 여기서 승리하고 살아남는 게 중요했으니까.

루크는 벨무스를 휘둘렀다.

레오드린의 도끼는 아랑곳하지 않고 루크를 향해 날아왔다.

"하아앗!"

이번에는 벨무스가 새하얀 눈송이를 흩날리며 혈도끼를

막아 냈다.

설풍검을 고작 방어에나 써야 하는 신세였지만, 그럼에도 루크는 그 덕에 한 번의 기회를 노릴 수 있었다.

"이번에는 바닥에 흩어진 혈기 따위로는 막아 내지 못할 거다."

철컥.

강물이 굽이치듯, 루크의 검로가 바뀌었다.

벨무스가 허공에 몇 번의 궤적을 남겼다.

그리고 그 궤적을 따라 백색의 얇은 실이 만들어졌다.

지난날 카쉬텐을 조각내어 버렸던 바로 그 검.

설풍검 6식 단설의 칼날.

루크가 그 검의 구절을 읊으며, 벨무스를 내리그었다.

허공에서 나풀거리던 실이 일제히 레오드린에게 쇄도했다.

"꽤 좋은 기술이긴 하지만, 헛짓거리일 뿐이다!"

촤르르르륵.

레오드린은 아예 혈도끼를 흩어 버리더니, 그 혈기를 손에 둘러 발출시켰다.

단설의 칼날과 혈기가 한데 뒤엉켰다.

그러나 점차 혈기가 단설의 칼날을 집어삼키는 것이 아닌가.

"젠장!"

"흐흐흐."

레오드린의 입가에도 미소가 짙어졌다.

그것은 승리를 확신하는 미소였다.

"이제 진짜 끝이다. 으아아압!"

그의 기합과 함께 혈기는 단설의 칼날을 모두 집어삼켰다.

그걸로도 모자라 루크가 서 있는 곳까지 밀려들었다.

혈기에 초토화된 지면을 보니 놈의 시체를 찾는 것은 포기해야 할 것 같았다.

"아쉬워. 정말 오랜만에 발견한 맛있는 식사감이었는데."

레오드린이 입맛을 쩝 다셨다.

루크를 혈기 속에 묻어 버린 것이 못내 아쉬웠던 것이다.

그는 혹시나 루크의 육편이 남지는 않았나 하는 생각에 앞으로 한 발 나갔다.

그것이 레오드린의 크나큰 실수였다.

불쑥!

부서진 잔해 속에서 튀어나온 루크가 레오드린에게로 쏘아졌다.

그의 주위로 단설의 칼날이 나풀거렸다.

"실전에선 방심하면 죽는 거야."

푸욱.

벨무스가 레오드린의 몸에 박혔다.

검이 박힌 곳을 중심으로 눈송이 모양이 그려졌다.

"서, 설마?"

레오드린의 동공이 흔들렸다.

"그 설마가 맞아."

그리고 미리 준비하고 있던 기술을 펼쳐 냈다.

설풍검 5식 만개한 설화.

콰가가가가가각!

눈송이 모양 위로 무수히 많은 얼음이 돋아났다.

마치 눈꽃이 피어나기라도 하는 듯한 모습.

"크아아아아아악!"

시리도록 아름다운 광경에 레오드린의 비명마저 얼어붙었다.

"……."

이윽고 레오드린의 몸에서는 미동도 없었다.

푸확.

루크는 그의 몸에 박혀 있던 검을 뽑아냈다.

털썩.

레오드린의 몸이 힘없이 바닥으로 쓰러졌다.

아마 저 몸의 내부는 피어난 얼음 조각들로 인해 엉망이 되었을 것이다.

아무리 저 녀석이 괴물 같은 놈이라고 해도, 내부에서 터져 나온 상처까지는 어쩔 수 없겠지.

욱신.

루크는 그제야 자신의 몸에 난 상처들을 보았다.

조금 전 혈기의 파도에 휩쓸렸을 때 생긴 상처들이었다.

그는 처음부터 단설의 칼날까지도 방어 수단으로써 사용한 것이었다.

단설의 칼날을 몸 주위에 펼뜨려 혈기로부터 몸을 방어한 후, 방심한 적을 향해 일격을 날린다.

그것이 그가 생각했던 상황이었다.

그러나 온전히 하나에만 집중하더라도 막기 힘든 공격을 다른 걸 준비하면서 막아 내려 했으니, 몸이 이렇게 엉망이 되는 건 당연했다.

'그래도 저 괴물 같은 놈을 상대로 이 정도면 선방한 거지.'

루크는 진심으로 그렇게 생각했다.

하지만 그건 어디까지나 루크의 바람일 뿐이었다.

"후우우우우."

뒤쪽에서 막힌 숨이 트이는 것 같은 소리가 들려왔기 때문이다.

"……!"

뒤를 돌아본 루크는 깜짝 놀라고 말았다.

분명 죽었다고 생각됐던 녀석이 멀쩡히 일어나고 있는 것이 아닌가?

믿을 수가 없었다.

'대체 어떻게 생겨 먹은 것들이야?'

우우웅—!

루크는 곧 그 이유를 알 수 있었다.

저놈의 코어에서 어딘지 익숙한 파동이 느껴졌으니까.

'흑요석에 저런 능력도 있었나?'

물론 평범한 흑요석에는 저런 능력은 없었다.

녀석의 몸에 심겨 있는 것은 교주가 특별히 제작한 흑요석이었기에 가능했던 것이다.

주륵.

"……."

레오드린은 자신의 몸에서 쏟아져 내리는 피를 보았다.

'교주님의 은총이 없었다면 정말 죽었을지도 모르겠군.'

얼마 만에 이 정도로 심각한 상처가 났던가.

잘 기억이 나지 않았다.

교주로부터 힘을 나눠 받고 사도가 된 후로는 단 한 번도 이런 치명상을 입은 적이 없었으니까.

'고작 저런 꼬마한테 내가 당했단 말인가?'

이건 문자 그대로 말도 안 되는 일이었다.

자신은 교주의 선택을 받고서 그녀의 은총을 내려받은 사도가 아니던가.

그런 자신이 고작 명문가의 후기지수 따위에게 이런 꼴이 되었다는 건 절대 있어서는 안 될 일이었다.

"……."

그의 표정이 기괴하게 뒤틀렸다.

가장 먼저 강한 자의 피를 탐하고 싶은 식욕이 솟구쳤다.

그리고 동시에 자신의 몸을 이 지경으로 만든 것에 대한 분노가 치밀었다.

그 두 가지 감정이 한데 얽혀 저런 기괴한 표정으로 드러난 것이다.

"좋아. 네 실력은 인정하지."

"인정한다고 하기엔 지금 네 꼴이 말이 아닌 것 같은데?"

"닥쳐라."

"그 흑요석이 없었으면 넌 이미 죽은 거야."

"내가 닥치라고 했을 텐데?"

쿠구구구구!

굉음과 함께 그의 주위로 붉은 원이 그려졌다.

그리고 거기서 검붉고 끈적거리는 액체가 흘러나왔다.

이 비릿한 냄새로 보아 그것은 분명 핏물이었다.

다른 점이 있다면, 그 핏물은 지금껏 그가 사용했던 혈기들보다 훨씬 더 진하다는 것이다.

"내가 하나만큼은 약속하지."

그가 마치 선고를 하듯 말했다.

"넌 이곳에서 절대 살아 돌아가지 못한다는 거다."

좌르르르르륵.

그 핏물이 그가 들고 있던 혈도끼로 흘러 들어갔다.

그럴수록 혈도끼의 크기가 커졌다.

우우우웅!

그의 코어에서 흑요석이 미친 듯이 울려 퍼졌다.

레오드린의 얼굴은 이미 악귀의 그것을 떠올릴 정도로 일 그러져 있었다.

그는 그 얼굴로 혈도끼를 휘둘렀다.

'이번 건 다르다.'

아직 뭔가 나타나기도 전이었지만, 루크는 확신할 수 있었 다.

아니나 다를까, 레오드린은 여태껏 전혀 보지 못했던 기술 을 선보였다.

찌지지지지직!

공간이 찢어지는 듯한 굉음이 터져 나왔다.

슈우우웅─!

그리고 그 궤적을 따라 혈기가 유성우처럼 쏟아졌다.

저 하나하나가 조금 전 루크가 겨우 막아 냈던 혈기의 파 도와 맞먹는다면 믿을 수 있겠는가.

아마 저것이 저 녀석이 가진 가장 강한 공격일 터.

아무리 루크라고 하더라도 저 공격에 맞서는 것은 무리였 다.

하지만 루크의 눈은 이 절망적인 상황 속에서도 살아 나갈 방법을 찾았다.

'큰 공격을 하면 할수록 더욱 큰 빈틈이 생기는 것은 변함 없어.'

유성우 뒤쪽에서 도끼를 휘두른 레오드린이 휘청거리고 있는 모습이 보였다.

자신의 속도라면 녀석이 몸을 추스르기 전에 녀석의 코어에다 벨무스를 박아 넣는 것이 가능했다.

다만 문제라면 자신의 눈앞을 가득 채운 유성우였다.

루크는 재빠르게 유성우의 궤적을 훑었다.

빽빽하게 들어찬 유성우 사이로 빠져나갈 길이 보였다.

몇 가지 보이지 않는 길 정도는 충분히 막아 낼 수 있으리라.

스르르륵.

루크는 백운보를 밟으며 유성우 속으로 뛰어들었다.

그는 자신의 머리와 다리를 노리고 날아든 유성우를 몸을 뒤틀어 피했다.

콰아아앙!

루크를 지나친 혈기가 바닥에 커다란 구멍을 남겼다.

애당초 거기 뭐가 있었는지조차 알아볼 수조차 없을 정도였다.

뿌드득.

그저 스치기만 했는데도 뼈에 금이 간 것 같았다.

하지만 뼈에 금이 간 것 따위는 얼마든지 참아 낼 수 있었다.

벨무스를 손에 든 채로 저 녀석에게 닿기만 하면, 모든 걸 끝낼 수 있을 테니까.

자신의 봤던 길을 그대로 따라간 루크의 눈에 도저히 피할 수 없는 궤적의 혈기가 보였다.

화르르르르륵-!

그의 왼손에서 뿜어져 나온 불꽃이 혈기의 앞을 막아섰다.

화기에 밀린 혈기가 잠시 주춤하는 사이.

샤악-!

루크는 빠르게 그 틈을 빠져나갔다.

마침내 루크는 레오드린의 앞에 다다랐다.

아직 레오드린은 자신의 몸을 온전히 추스르지 못한 상황.

루크는 녀석의 코어를 향해 벨무스를 내질렀다.

쐐애애애액!

벨무스가 새하얀 궤적을 남기며 레오드린의 코어에 꽂혔다.

아니, 꽂히기 직전이었다.

루크는 스치듯이 보았다.

레오드린의 입가에 그려지는 미소를.

"내가 같은 수에 두 번을 당할 줄 알았냐?"

쩌저저적.

아직 검이 닿기도 전이었는데, 그의 가슴이 쩍 벌어졌다.

그리고 거기서 본인의 피가 터져 나왔다.

그제야 루크는 깨달았다.

피를 다루는 녀석에게는 모든 피가 무기가 될 수 있다.

그것이 설령 자신의 피라고 하더라도.

"뒈져라!"

그의 몸에서 터져 나온 피가 루크를 덮쳤다.

이미 검은 뻗은 상태.

루크는 다급하게 화기를 내뿜어 그 공격을 막아 내려 했다.

하지만 레오드린의 피는 다른 혈기들과는 수준이 달랐다.

콰아아아아아아아아!

"크헉!"

전신에서 힘이 빠져나가며 의식이 멀어졌다.

결국 루크의 몸은 저 멀리 튕겨 나갔다.

레오드린이 시뻘건 눈으로 루크가 날아간 곳을 보았다.

루크는 의식을 잃은 것인지 아무런 미동도 없었다.

"교주님을 입에 담는 것도 모자라 그분의 능력을 의심하고 욕보인 죄, 죽음으로서 갚아라."

레오드린이 루크의 마지막을 선고하듯 혈기를 쏘아 냈다.

그 순간.

타다다다다닷!

어디선가 발소리가 들려왔다.

"막아 낼 수 있을지는 모르겠지만, 일단 루크부터 지켜!"

"으아아아아아압!"

세 개의 그림자가 기합을 내지르며 루크의 앞으로 파고들었다.

그리고 쏘아지는 혈기를 쳐 냈다.

"우리 버리고 혼자 오더니 꼴좋다, 이 자식아!"

"이번에는 저희가 도움이 된 겁니다."

"다시는 저희를 버리지 마세요."

테오 사단은 쓰러진 루크를 향해 외쳤다.

물론 의식을 잃은 루크에게서는 어떠한 목소리도 들려오지 않았다.

빠드득.

루크의 상태를 확인한 테오가 이를 꽉 깨물었다.

그리고는 죽일 듯한 눈빛으로 레오드린을 보았다.

"자세한 이야기는 일단 저 새끼부터 족쳐 놓고서 하자."

"너희는 또 뭐야?"

레오드린은 인상을 팍 찌푸렸다.

이제야 저놈을 죽일 수 있을 줄 알았는데, 갑자기 웬 놈들이 뛰쳐나와 그걸 방해했기 때문이다.

"너희는 뭐냐고."

그 목소리를 듣는 것만으로도 테오 사단의 몸이 바짝 굳었다.

마치 육식 동물의 포효를 듣기라도 하는 것처럼.

"가만, 너희도 슈넬덴 놈들이구나."

레오드린의 붉은 눈이 더욱 짙게 물들었다.

"내가 그렇게 호구로 보였나? 이놈이고 저놈이고, 하나같이 내 앞길을 막는군."

그의 손 위에 혈기가 뭉쳐지더니 또다시 도끼를 만들어 냈다.

레오드린은 그 도끼를 테오 사단에게 던졌다.

"막아! 무조건 루크를 지킨다!"

테오 사단이 동시에 검기를 피워 내 새하얀 벽을 세웠다.

카가가가가각!

마치 쇠로 울퉁불퉁한 돌을 긁는 것 같은 소리가 울려 퍼졌다.

두꺼워 보이던 백색 벽은 금방 갈려 나갔고, 벽 뒤에서는 힘겨워하는 소리가 들려왔다.

"끄으으으윽."

"이게 무슨 미친 위력이야?"

"못 버팁니다, 이건."

검기를 흩뿌려 벽을 만들어 내던 테오 사단이 아우성을 쳤다.

검자루를 쥐고 있던 손아귀가 찢어지며 피가 튀었다.

그뿐일까.

온몸이 태산에 짓눌리는 것 같았다.

"여기서 물러나면 다 죽는 거야. 무조건 버텨!"

테오가 이를 꽉 깨물며 외쳤다.

브리데커와 엘린도 테오를 따라 이를 악물며 검기를 뿜어 댔다.

그러나 세상에는 의지만으로 되지 않는 영역이 있는 법.

이를테면 자신들보다 훨씬 강한 상대의 공격을 막는 것 같은 것이었다.

"으아아아아악!"

테오 사단이 충격을 견뎌 내지 못하고 루크보다 더 멀리 튕겨 나갔다.

혈기에 직접 당한 것이 아니라 그저 영향을 받았을 뿐인데도, 그들의 몸은 피투성이가 되어 버렸다.

"저 새끼부터 죽여 놓고 너희의 피를 남김없이 마셔 줄 테니까, 거기 누워 있어라."

레오드린은 이걸로 테오 사단 전원을 끝냈다고 확신했다.

그러나 그는 아직 자신의 앞을 막고 있는 벽을 보고는 미간을 찌푸렸다.

"쿨럭!"

거기엔 테오가 피를 한 움큼 쏟아 내며 버티고 서 있었다.

언제 쓰러지더라도 이상할 게 없을 정도로 위태로웠지만,

결코 쓰러지지는 않았다.

"생명력이 끈질기군."

"평소에 너 같은 놈보다 훨씬 더한 놈한테 당하고 있거든."

"주제도 모르고 입을 나불거리는 건 너희 집안의 내력이야?"

"우리 집안 가풍이니까 이해해라. 그것보다 너……."

쿨럭!

테오는 또다시 피를 한 움큼 쏟았다.

가까스로 자세를 유지한 채로 레오드린을 바라보았다.

"너, 저놈을 죽이고 싶은 거지?"

"그래, 저놈은 차마 입에 담기도 어려울 정도로 무거운 죄를 지었거든."

"그런데 그건 안 되겠어."

테오가 피로 붉게 물든 이를 드러내며 웃었다.

"내가 이래 봬도 저놈의 형이라서 말이야. 형이 돼서 동생이 죽는 것을 보고만 있을 수는 없잖아."

스릉!

테오가 천천히 검을 들어 올렸다.

주변으로 새하얀 검기가 흩날리며 마치 눈이 내리는 것처럼 보였다.

"설령 백 번 싸워 백 번 질 상대를 앞에 두고 있다고 하더라도."

"……."

레오드린은 그런 테오를 가만히 쳐다보았다.

자신을 겨누고 있는 검 끝이 사시나무처럼 떨렸다.

말과 달리 본인의 몸은 알고 있기 때문일 것이다.

지금 자신이 얼마나 강한 상대와 마주하고 있는 것인지.

그럼에도 저 녀석은 조금도 뒤로 물러서지 않았다.

오히려 피가 배여 나올 정도로 입술을 꽉 깨물며 그 자리에 버티고 있었다.

레오드린은 오히려 저 눈빛이 더욱 마음에 들지 않았다.

"동생을 죽이기 위해선 먼저 너를 죽여야 한다고 했냐?"

레오드린의 몸에서 혈기가 뿜어져 나왔다.

그것은 루크를 날려 보낸 것과 똑같은 레오드린의 피였다.

"좋아. 네가 형이니까 1초라도 먼저 저승으로 가게 해 주지! 걱정 마라, 네 동생도 바로 뒤따라갈 테니까."

슈우우우우웅―!

조금 전 루크를 덮쳤던 혈기가 이번에는 테오를 향해 쏟아졌다.

"허……."

테오는 시야를 가득 채운 붉은 파도를 보고는 헛웃음을 흘렸다.

루크는 이걸 앞에 두고도 계속 싸웠단 말인가.

이 순간에도 테오는 루크의 경지에 감탄하고 있었다.

그는 이 압도적인 광경 앞에서도 주눅 들지 않았다.

'루크가 해낸 경지라면, 언젠간 나 역시 도달해야 한다는 의미.'

다만 그래야 할 시기가 조금 빨리 찾아왔을 뿐이다.

쿠웅!

그는 도망치고 싶은 마음을 억지로 다잡으며 한 발을 앞으로 내디뎠다.

지면을 내디딘 힘을 오롯이 검 끝에 모았다.

"내가 죽는 한이 있더라도, 저놈은 지킨다!"

우우우웅!

그의 코어가 우렁차게 공명했다.

그리고 그는 자신을 향해 쏟아지는 유성을 향해 검을 휘둘렀다.

죽음을 각오했기 때문일까.

그 순간 테오의 시간이 느려지면서 그의 정신도 또렷해졌다.

맑아진 정신 속에서 떠오르는 것은 오직 하나.

수련 중에 루크가 간간이 보여 주었던 기술이었다.

─형이 배웠다던 파도치는 서리는 사실 설풍검을 연습하기 위해 만들어진 비전인 거 알아?

-뭐? 파도치는 서리가?

　-그걸 잘만 다루면 설풍검 1식 정도는 쉽게 만들 수 있
지.

　-어떻게?

　-바로 이렇게.

철컥.

테오는 그때의 기억을 따라 검로를 바꿨다.

루크가 보여 줬던 그 검로 그대로.

테오의 검이 움직였다.

설풍검 1식, 혹한의 일섬.

슈와아아아아악!

테오의 검로를 따라 새하얀 한기가 뻗어 나왔다.

Chapter 2

"호오, 너 역시 설풍검을 쓰는 건가? 정말로 슈넬덴이 설풍검을 복구했다는 소문이 맞았군."

레오드린은 테오의 검에서 뽑혀 나오는 한기를 보며 말했다.

"하지만 고작 1식으로 이걸 막을 수 있을 것 같아?"

레오드린의 말이 맞았다.

이미 루크가 설풍검을 사용하고서도 저 혈기의 파도에 당한 것을 테오도 봤다.

자신이 설풍검 1식을 사용한다고 해서 막아 낼 공격이 아니라는 것도 아주 잘 알고 있었다.

말 그대로 압도적인 실력 차.

이러니 루크도 자신들을 두고 혼자서 저 녀석을 상대하려고 남은 것이었겠지.

테오도 다 알고 있었다.

그렇기에 는 애당초 혹한의 일섬으로 저 혈기의 파도를 막을 생각이 없었다.

"처음부터 내가 노린 건 이쪽이었어!"

한기가 뻗어 나간 방향은 혈기의 파도 쪽이 아니었다.

그 한기는 처음부터 레오드린의 목을 향해 날아간 것이었다.

물론 이렇게 한다고 하더라도, 녀석의 목숨을 끊을 수 있지는 않을 것이다.

그저 저놈의 몸에 흠집이라도 내는 것이 최선이겠지.

그 대가로 자신은 저 혈기의 파도에 휩쓸려 죽게 되겠지만, 그건 조금도 억울하지 않았다.

루크의 앞을 막아서는 순간부터 이미 이곳에서 함께 죽는 것을 각오한 것이었으니까.

"버러지 같은 놈이 버러지 같은 짓만 골라서 하는군."

레오드린은 혈기를 두른 팔로 자신의 목을 막았다.

촤악.

혹한의 일섬은 그의 팔뚝에 작은 상처를 남긴 채로 사라졌다.

그걸 확인한 테오는 만족스러운 미소를 지었다.

그 미소를 본 레오드린의 표정이 일그러졌다.

'나한테 고작 이 상처를 남기겠다고 자신의 목숨을 걸었다는 건가?'

그 광기에 질려 버린 것이다.

"그래, 소원대로 네놈을 죽여 주지!"

콰아아아아아!

그리고 혈기의 파도가 테오를 덮쳤다.

비명마저 들려오지 않았다.

파도 소리가 테오의 비명마저 삼켜 버렸기 때문.

"공자니이이이이임!"

테오 사단의 절규만이 공허하게 울려 퍼졌다.

"너 이 새끼, 죽여 버린다!"

"으아아아아!"

테오 사단이 눈이 시뻘게진 채로 레오드린에게 달려들었다.

"잔챙이 놈들, 너희가 뭘 할 수 있다고 덤비는 거냐?"

콰아아아앙!

"으아아아아악!"

레오드린이 도끼를 던진 순간, 테오 사단은 종잇장처럼 날아갔다.

"잠깐 거기 누워 있어라. 그렇지 않아도 이놈들을 죽인 후에 차례차례 보내 줄 테니까. 흐하하하하!"

레오드린은 몸을 한껏 젖힌 채로 웃음을 터뜨렸다.

"……!"

"아아……!"

콰아아아아－!

온통 캄캄한 시야 속에서 시끄러운 소리가 들려왔다.

루크의 눈썹이 꿈틀거렸다.

오랜만에 늦잠을 자려고 하는데, 옆에서 자꾸만 누군가 깨우는 기분이었다.

흐릿한 의식.

귀를 찌르는 시끄러운 소리.

그럴수록 루크는 눈을 더 꽉 감았다.

환생한 이후부터 정말 쉬지 않고 달려왔기에, 지금만큼은 조금 쉬고 싶었다.

하지만 주변의 소리가 그를 가만두지 않았다.

어딘지 모르게 익숙한 목소리들.

그것은 이곳에 있을 리가 없는 녀석들의 목소리였다.

하지만 그 목소리는 끊임없이 자신의 귀를 때렸다.

"……님!"

"으아아아아!"

'이건?'

너무나도 익숙한 목소리에 루크가 눈을 번쩍 떴다.

멍했던 정신이 돌아오며 끔찍한 광경이 눈에 들어왔다.

"으아아아아악!"

테오 사단이 혈도끼에 당해 날아가고 있었다.

'저 녀석들이 여기는 왜?'

그 순간 흐릿한 의식 속에서 들려왔던 소리들이 떠올랐다.

레오드린이 자신의 숨통을 끊으려던 순간, 테오 사단이 나타나 지켜 줬던 것.

그리고 테오가 마침내 설풍검을 만들어 낸 것.

그럼에도 레오드린의 압도적인 힘 앞에 당해 버린 것.

그 모든 것이 꿈이 아니라 현실이었던 것이다.

'이래서 혼자 몰래 남았던 건데…….'

저 녀석들을 탓할 수도 없었다.

저 녀석들이 아니었더라면, 자신은 이미 이런 생각도 할 수 없는 상태가 되어 버렸을 테니까.

일이 이렇게 된 건 결국 자신이 약했기 때문이다.

'테오는?'

그는 곧장 테오를 찾았다.

혈기의 파도에 완전히 휩쓸렸다면, 시체조차 찾기 힘들 것이다.

그러나 지금 그의 기감에는 테오의 미약한 마나가 느껴졌다.

'저쪽인가?'

테오는 홍염의 잔이 놓인 단상 뒤에 쓰러져 있었다.

파도에 휘말리기 단상 뒤쪽으로 몸을 피했던 모양이다.

단상에 걸려 있던 각종 보호 마법들 덕분에 가까스로 목숨만은 구한 것이리라.

하지만 그 목숨마저도 언제 끊길지 모를 정도로 호흡이 미약했다.

이대로 조금만 두면 테오는 목숨을 잃을 터.

그리고 그 앞에는 상체를 뒤로 젖힌 채로 웃고 있는 레오드린이 보였다.

'저 새끼……가.'

루크는 옆에 놓여 있던 벨무스를 집어 들며 몸을 일으켰다.

충격이 다 가시지 않은 탓에 몸이 비틀거리긴 했지만, 그래도 어떻게든 중심을 잡았다.

'이렇게 된 이상, 방법은 하나밖에 없어.'

200년 전.

마롱에게 최후의 일격을 날렸던 그때처럼, 목숨을 건다면 레오드린을 이길 가능성은 있다.

다만 그의 머릿속에는 환생한 직후에 했던 다짐이 떠올랐다.

그 어떤 일에도 절대 목숨을 걸지 않으리라.

그는 그렇게 다짐했었다.

자신이 죽은 후, 가문이 어떻게 되었는지를 똑똑히 봤으니까.

여기서 자신이 또다시 목숨을 걸고 싸웠다가 죽기라도 한다면?

가까스로 부활의 서막을 연 슈넬덴이 또다시 몰락할 수도 있었다.

차라리 목숨을 걸고 여기서 도망을 쳐 훗날을 도모하는 것이 슈넬덴의 미래에 더 도움이 되는 선택이리라.

'분명 그게 더 합리적인 선택이 맞는데……'

어째서 자신은 벨무스를 움켜쥐고 레오드린에게로 걸어가고 있단 말인가.

우우우우웅―!

루크의 코어가 지금껏 본 적 없을 정도로 커다란 공명음이 울려 퍼졌다.

슈우우욱―!

코어의 공명이 마나를 부풀렸다.

부푼 마나가 회로를 타고 흘렀다.

두근!

갑자기 늘어난 마나량에 회로가 버티지 못하고 아우성치기 시작했다.

그러나 루크는 멈추지 않고, 코어를 더욱 공명시켰다.

이미 그의 회로가 수용할 수 있는 마나량을 아득히 넘긴 상황.

미처 수용하지 못한 마나가 피부를 통해 빠져나오는 게 보일 지경이었다.

"응?"

뒤에서 느껴지는 서늘한 기운에 레오드린이 깜짝 놀라며 몸을 돌렸다.

그리고 거기서 살기를 풀풀 풍기며 몸을 일으키고 있는 루크가 보였다.

"어, 어떻게?"

믿을 수가 없었다.

분명 조금 전까지만 해도 의식을 잃었던 녀석이 어디서 저런 기운이 쏟아져 나온단 말인가.

섬뜩.

그의 눈에는 순간 루크의 검에 베이는 자신의 모습이 스쳐 지나갔다.

저 녀석이 뿜어내는 살기에 자신의 의식이 멋대로 환각을 만들어 낸 것이다.

"넌 여기서……."

루크의 입에서 한겨울보다도 차가운 음성이 흘러나왔다.

"절대 살아서 돌아가지 못할 거다."

스스스스.

루크의 주변에 눈송이가 피어나기 시작했다.

한 송이, 두 송이 피어나던 눈송이는 어느새 기하급수적으로 불어났다.

불어난 눈송이는 제각기 합쳐지며 더욱 큰 눈송이를 만들어 냈다.

그 더 큰 눈송이들이 태산처럼 쌓여 갔다.

"어디서 수작질이냐!"

레오드린은 테오 사단을 향하던 혈기를 거두어들이더니, 루크에게로 쏘아 냈다.

테오를 삼켰던 혈기의 파도가 또다시 루크를 향해 밀려왔다.

스윽.

루크는 파도를 향해 벨무스를 내뻗었다.

혈기의 파도에 비하면 너무나도 미약한 작은 검 한 자루.

그러나 그 검과 파도가 닿는 순간.

쏴아아아아악!

혈기의 파도가 정확하게 반으로 갈라졌다.

레오드린의 눈이 믿을 수 없다는 듯 흔들렸다.

그러나 놀라움은 거기서 다가 아니었다.

갈라진 혈기의 파도 뒤쪽으로 무엇인가 보였기 때문이다.

'눈사태?'

설산 꼭대기에서부터 쏟아져 내려오는 것 같은 눈사태가
있었다.

아니, 저건 눈사태라고 부르기에 너무나 거대했다.

저건 차라리 눈의 해일이라는 말이 더 잘 어울릴 것 같
다.

그것도 자신이 쏘아 낸 파도보다도 훨씬 더 거대한 해일.

설풍검 7식 무너지는 설봉.

쏴아아아아아ー!

그 순간 눈의 해일이 레오드린을 향해 쏟아졌다.

그 앞에 있던 혈기의 파도 따위는 너무나도 쉽게 잡아먹혔
다.

어디로 피한다고 한들 저 범위를 벗어나는 건 불가능해 보
였다.

레오드린은 직감했다.

저것은 루크가 제 목숨을 걸고서 내지른 마지막 기술이라
는 것을.

"흐하하하하하! 좋다!"

레오드린도 눈이 시뻘겋게 충혈이 된 채로 외쳤다.

"네가 그렇게 나온다면, 나도 어울려 주지!"

그는 자신의 코어 위에 손을 얹었다.

콰직!

그리고 거기서 무엇인가 깨지는 소리가 들려왔다.

쿠구구구구구!

그와 함께 그의 코어에서 검은색 기운이 소용돌이쳤다.

투두두둑.

레오드린의 피부에서 검은색 핏줄이 도드라졌다.

핏줄이 도드라지다 못해, 아예 피부가 거멓게 물들 정도였다.

흑요석을 깨드려 그 속에 있던 기운을 온몸으로 받아들이고 있는 것이다.

"으아아아아아아압!"

그러자 레오드린이 포효하며 손을 뻗었다.

눈의 해일에 파묻히던 혈기의 파도가 단숨에 부풀었다.

콰아아아아아아아!

무너지는 설봉은 되살아난 혈기의 파도에 막혀 더 이상 나아가지 못하게 되었다.

이대로 시간을 끌수록 불리해지는 것은 루크.

루크도 그걸 알고 있었기에 지체하지 않고, 레오드린을 향해 달려들었다.

"근접전은 내가 더 유리한 걸 모르는 건가?"

레오드린이 양손에 도끼를 만들어 내며 휘둘렀다.

파바밧!

루크는 도끼의 궤적을 미끄러지듯 피하며 그에게 달려들었다.

도끼날의 파공음이 바로 옆에서 들려올 정도로 아슬아슬한 차이.

그 사이를 파고든 루크가 레오드린을 향해 벨무스를 내질렀다.

"그럴 줄 알았지!"

촤아아악!

레오드린의 도끼가 비정상적으로 휘어지며 궤적을 바꿨다.

루크가 피했다고 생각했던 도끼가 다시 그의 뒤통수를 쪼갤 듯이 날아왔다.

레오드린은 루크가 검을 회수해서 막든, 몸을 비틀어서 피하든 둘 중 하나를 할 거라고 생각했다.

무엇을 선택하더라도 자신의 승리였다.

그 순간 다른 손의 혈도끼로 녀석의 빈틈을 찍어 버릴 테니까.

그것이 레오드린의 노림수였다.

하지만 루크는 둘 중 어느 것도 선택하지 않았다.

'그대로 달려든다고?'

이건 절대 전략이 아니었다.

지금 루크가 노릴 수 있을 만한 건 자신의 코어.

하지만 그의 검이 코어에 닿기 전에 도끼가 먼저 그의 뒤통수를 쪼개 버릴 것이다.

그건 루크도 분명 알고 있을 터였다.

성공하지 못할 걸 뻔히 알면서 목숨을 걸고 달려드는 것이 어떻게 전략일 수 있겠는가?

하지만 그 질문에 대한 대답은 루크의 검 끝이 향하는 방향을 보자 알 것 같았다.

벨무스가 향하고 있는 곳은 코어가 아니라 자신의 팔뚝이었다.

'도끼가 닿기 전에 먼저 내 팔을 자르겠다는 것이냐?'

그러나 그것 역시 통할 전략은 아니었다.

이 손에는 당장 변형시킬 수 있는 혈기가 잔뜩 모여 있었으니까.

촤아악!

그는 쥐고 있던 혈도끼의 자루를 변형시켜 팔 전체를 감쌌다.

이거라면 충분히 녀석의 공격을 막아 낼 수 있으리라.

콰직!

그리고 벨무스가 팔에 닿는 순간.

레오드린은 예상했던 것과 달리 팔이 잘려 나가는 고통을 느꼈다.

그리고 루크를 노리던 도끼는 통제를 잃고 방향이 크게 뒤틀렸다.

"크윽!"

그는 깜짝 놀라며 자신의 팔을 내려다보았다.

어깨 밑으로 있어야 할 팔이 보이지 않았다.

대신 바닥에서 검은 피를 울컥 쏟아 내는 팔이 보였다.

'어째서?'

분명 혈기를 완전히 둘렀다.

고작 저런 검 따위에 베이지 않을 정도로 두꺼운 혈기를 말이다.

그런데 어째서 자신의 팔이 이토록 쉽게 잘려 나간 것인가?

의문을 품은 그의 눈에는 상처 부위에 남아 있던 얼음 조각이 보였다.

'저건?'

테오가 날렸던 혹한의 일섬이 남겨 두었던 상처 부위였다.

거기 끼어 있던 얼음 조각이 혈기가 둘러지는 것을 방해한 것이다.

그리고 벨무스는 그 틈을 비집고 들어와 팔을 베어 버릴 수 있었다.

"이 개……새끼들이!"

레오드린은 이성을 잃고 한쪽만 남은 팔을 휘둘렀다.

채애애앵!

루크는 벨무스로 그 도끼를 막았다.

"그래도 네놈은 나를 이기지 못한다. 알다시피 모든 피가 나의 무기이니까!"

레오드린이 침을 뚝뚝 흘리며 말했다.

촤르르르!

그의 잘려 나간 팔에서 쏟아진 피가 형태를 갖춰 갔다.

조금 전과 같은 상황.

이미 벨무스는 다른 쪽 도끼를 막고 있었으니, 이제 루크에게는 다른 방어 수단이 남지 않았다.

"너도 알다시피 내 무기도 이게 다가 아니야."

척.

루크가 왼손을 뻗었다.

그 순간 레오드린의 표정이 새파랗게 질렸다.

저 펼친 손에서 무엇이 나올지는 그도 알고 있었으니까.

그 생각을 확인이라도 시켜 주듯 루크의 손등에 새겨진 문양이 붉게 빛났다.

"잿더미가 되어라."

화아아아아아아악!

그리고 거기서 피보다 더 시뻘건 화염이 뿜어져 나왔다.

"끄아아아아아아아아악!"

타드렌의 화염은 그의 비명마저 태워 버렸다.

화아아아아아아악—!

루크는 레오드린을 집어삼킨 불꽃을 숨죽인 채로 바라보았다.

자신의 남은 마나를 깡그리 모아 타드렌의 화기를 뽑아낸 것이다.

아직 세밀한 제어가 안 되는 탓에 자신의 왼팔마저 시커멓게 태워 버렸지만, 그 화력만큼은 최고 출력에 가까웠다.

지난날 타드렌과 직접 싸워 본 루크였기에 확신할 수 있었다.

아무리 레오드린이라고 하더라도, 저 새빨간 불꽃 속에서 살아남는 것은 불가능하리라고.

아마 저 불꽃이 멎고 나면 레오드린은 재조차 남기지 못하고 소멸할 것이다.

녀석의 기운이 거의 느껴지지 않을 때만 하더라도 그런 줄 알았다.

콰지지직.

하지만 불꽃 속에서 뭔가 기괴한 소리가 들려왔다.

쏴아아악!

그리고 불꽃이 소용돌이치듯 한 점을 향해 빨려 들어갔다.

루크는 깜짝 놀란 눈으로 화염이 빨려 들어가는 지점을 보았다.

분명 레오드린에게는 저럴 만한 힘이 없었다.

그 증거로 여전히 레오드린의 기운은 금방이라도 사그라들 것처럼 미약하지 않은가.

'그럼 불꽃의 마나를 빨아들이는 건 뭔데?'

루크의 눈에는 그 소용돌이 속에서 언뜻 비치는 검은색 빛이 들어왔다.

'흑요석?'

그제야 저 소용돌이의 정체를 알 것 같았다.

레오드린의 코어에 박혀 있던 흑요석이 화염을 집어삼키고 있던 것이다.

그걸 보고 있자니, 예전에 황탑주에게서 들었던 이야기가 떠올랐다.

-맞아. 시간이 흘러 흑요석의 마나가 다 소진되고 나면 그때부터는 주변의 마나를 빨아들일 거야. 자신이 가지고 있던 마나를 전부 채울 때까지.

조금 전 레오드린은 흑요석의 모든 마나를 꺼내 썼고, 이번에는 흑요석이 도로 주변의 마나를 빨아들이고 있는 것이다.

꿀꺽.

루크는 마른침을 삼켰다.

흑요석이 바닥난 마나를 모두 채우고 나면 무슨 일이 벌어질까?

그리고 모든 힘을 쥐어짜 낸 탓에 손가락 하나 까딱하기도 힘든 자신이 그다음 일을 감당할 수 있을까.

온갖 걱정이 머릿속을 가득 채웠다.

이윽고 흑요석이 모든 화염을 집어삼켰다.

그리고 자욱하게 피어오르는 연기 속에서 짐승의 울음소리가 들려왔다.

"크르르르르륵."

그 속에서 누군가 천천히 걸어 나왔다.

그 모습을 본 루크는 눈살을 찌푸렸다.

그 울음의 주인은 이미 반쯤 타 버린 레오드린이었다.

피부가 녹아내린 탓에 안쪽으로 뼈가 보일 정도로 끔찍한 몰골.

그것은 절대 살아 있는 인간의 모습처럼 보이지 않았다.

실제로 그의 몸에서는 어떠한 생기도 느껴지지 않았다.

그럼에도 그의 몸은 움직이고 있었다.

마치 무엇인가 다른 존재에 의해 조종당하고 있기라도 한 것처럼.

도대체 무엇이 레오드린의 육체를 움직이고 있는 것일까.

"크르르르륵."

레오드린의 입에서 낮은 울음소리가 흘러나왔다.

"저 소리는?"

루크는 그 소리를 듣자마자 소름이 돋는 것 같았다.

그건 그에게 너무나 익숙했던 소리였기 때문이다.

그러나 그는 그 사실을 믿기 어려웠다.

그건 절대 다시 들어서는 안 될 소리였으니까.

200년 전, 자신이 베어 버렸던 그 녀석.

바로 덴 호그의 소리와 비슷했다.

어떻게 그럴 수가 있을까?

'그러고 보니 카쉬텐의 영혼 조각도 흑요석과 비슷한 형태를 취하고 있었지?'

거기까지 생각이 닿자 점점 불안한 생각이 들었다.

'그렇다면 흑요석의 진짜 목적은……'

루크는 더 이상 생각을 이어 갈 수 없었다.

퍼억.

콰아아아앙!

레오드린의 손이 루크의 몸뚱어리를 후려쳐 버린 것이다.

루크는 포탄처럼 옆으로 튕겨 나갔다.

벽에 처박힌 루크는 초점이 나간 눈으로 바닥에 쓰러졌다.

"크으으으으으으응."

레오드린은 짐승 소리를 내며 루크를 보았다.

당장이라도 후속 공격을 해 올 것 같은 모습.

그러나 루크는 아무런 대비도 할 수가 없었다.

'코어가 완전히 텅텅 비었어.'

이미 직전에 자신이 가진 마나를 모두 털어 설풍검 7식과 타드렌의 화염을 쏟아 냈다.

이 상태로는 상대의 공격을 막기는커녕 손가락 하나 움직이는 것도 무리였다.

"슈넬……덴……?"

그 와중에 레오드린의 탈을 쓴 녀석도 뭔가를 눈치챈 모양이었다.

"찢어…… 죽인……다."

녀석은 초점을 잃은 눈으로 루크 쪽으로 걸어왔다.

아직 온전한 의식이 있는 것은 아닌지 말이 툭툭 끊겼다.

그런 상황에서도 녀석은 본능적으로 루크에 대한 살의를 뿜어냈다.

그 살의를 정면으로 맞은 루크는 인상을 찌푸렸다.

다 죽였다고 생각한 상대가 전혀 다른 존재로 부활한 상황부터가 이미 믿기지 않았다.

그렇다고 이대로 저놈에게 당할 수는 없는 노릇.

'젠장, 어디 갑자기 마나를 채워 줄 만한 게 없나…….'

하지만 주변의 모든 게 초토화될 만한 결전지에 그런 게 남아 있을 리가 없었다.

'아니, 잠깐?'

그러던 루크의 눈에 마지막 희망이 들어왔다.

테오가 마지막 순간에 몸을 피했던 단상.

정확히는 그 위에 놓여있는 낡은 나무잔이 바로 마지막 희망이었다.

"혀어어어엉!"

루크는 정말 마지막까지 남은 힘을 모두 사용해 테오를 불렀다.

힘을 다한 탓에 미처 뒷말을 잇지는 못했다.

하지만 이심전심이라 했던가.

테오가 그 말을 알아들은 것 같았다.

테오는 가까스로 고개를 들어 홍염의 잔을 보았다.

'그러고 보니 저곳에 화마의 화염이 담겨 있다고 했지? 그리고 그걸 꺼내서 쓸 수도 있다고 했어.'

홍염의 잔을 회수했던 안드레스가 한 말이 떠올랐다.

아마 루크는 저 안에 있는 힘을 이용하려는 것이리라.

슈우우웅-!

테오는 젖 먹던 힘까지 쥐어짜 내 루크에게 홍염의 잔을 던졌다.

만약 루크가 저 잔 안에 담겨 있는 화마의 열기를 흡수할 수 있다면, 탈진 상태를 회복할 수 있을 것이다.

다만 문제는 그 열기를 이용할 수 있는 이는 화마의 선택을 받은 자만이 가능하다는 것.

자격이 없는 자가 화마의 힘을 쓰려고 하면 어떻게 되는지는 안드레스가 직접 보여 줬다.

과거 안드레스가 이 잔의 힘을 이용하려 하는 순간, 잔에서 나온 열기가 그의 팔 전체를 태워 버렸다.

아마 안드레스가 잔에서 손을 조금이라도 늦게 떼었다면,

녀석의 손은 완전히 불타 버렸을 터.

'루크라고 해서 그런 자격이 있지는 않을 텐데.'

그러나 지금 믿을 구석은 홍염의 잔밖에 없었다.

루크도 그걸 알고 있었기에 망설임 없이 홍염의 잔에 손을 뻗었다.

치이이이익.

홍염의 잔에서 열기가 피어오르기 시작했다.

루크의 코어가 이미 텅 비어 있었기 때문일까.

열기는 순식간에 그의 몸으로 흘러 들어왔다.

하지만 그것도 잠시.

화르르르르륵!

안드레스 때 그랬던 것처럼 이번에도 열기가 폭발하듯 타올랐다.

"크윽!"

태양에 손을 댄 것 같은 열기에 루크의 입에서도 신음이 흘러나왔다.

지금 잔에서 손을 떼지 않으면, 잔을 잡고 있는 손뿐만 아니라 그 열기가 지나가는 회로 자체가 완전히 타 버릴 것이다.

하지만 그럴수록 루크는 오히려 잔을 더욱 강하게 부여잡았다.

화르르르르르륵!

홍염의 잔은 루크를 거부하기라도 하듯 더욱 강한 열기를 내뿜었다.

"크으으으윽!"

결국 루크의 팔에서부터 불길이 일었다.

그 불길은 이내 그의 몸 전체로 번져 나갔다.

어느새 루크의 온몸이 화마의 불길에 휩싸였다.

"끄아아아아아아악!"

루크의 입에서 날카로운 비명이 터져 나왔다.

그의 시야는 이미 완전히 붉은색으로 물들었다.

'역시 안 되는 거였나?'

루크가 도박에 실패했음을 직감하는 순간이었다.

후우우욱—!

그의 몸속에서 뭔가 솟구치는 것 같은 느낌이 들었다.

그와 동시에 금방이라도 몸이 녹아내릴 것 같던 고통이 사라졌다.

'음?'

이게 어찌 된 일일까.

루크는 그 자신의 몸을 내려다보았다.

여전히 자신의 몸은 불길에 휩싸여 있었지만, 놀랍게도 지금은 전혀 뜨겁다는 생각이 들지 않았다.

오히려 불길이 자신을 감싸 주고 있다는 생각마저 들 정도로 따뜻하게 느껴졌다.

'이건 타드렌의 화기?'

루크의 회로 여기저기에 산재해 있던 타드렌의 화기가 자신의 영역을 선언하기라도 하듯 세력을 키우는 것이다.

녀석은 더욱 강한 기운으로 홍염의 잔에서 들어온 열기를 집어삼켜 버렸다.

'이거구나!'

루크의 눈에 희망의 길이 보였다.

그는 멀어져 가던 의식을 부여잡았다.

그리고 남은 의식을 모두 집중해 두 기운을 코어 속으로 밀어 넣었다.

텅 비어 있던 코어 속을 화기로 채우자 묘한 포만감마저 들었다.

우우웅.

루크는 그 상태로 코어를 공명시켰다.

마치 두 기운을 한데 섞기라도 하려는 것처럼.

타드렌의 화기와 화마의 열기가 루크의 코어 속에서 뒤엉켰다.

아직 자신의 마나처럼 완전히 통제되는 상태는 아니었다.

하지만 이 정도라면 어느 정도 원하는 형태로 사용할 수는 있으리라.

"슈넬……데에에에엔!"

그 순간 레오드린이 루크를 향해 달려들었다.

루크는 벨무스를 들어 올렸다.

그것은 루크에게는 너무나도 익숙한 설풍검의 준비 자세였다.

스스슷.

검 끝에서 검기가 피어났다.

그러나 그것은 설풍검의 새하얀 눈송이가 아니었다.

그것은 검기만큼이나 날카롭게 벼려진 불꽃이었다.

슈넬덴의 한기가 아니라, 화기를 이용하여 설풍검의 초식을 밟아 나갔기 때문이다.

사라락.

벨무스의 검로를 따라서 춤을 추는 그 붉은 검기는 '불꽃'이라는 말이 너무나도 잘 어울렸다.

그 모습을 지켜보던 테오 사단은 너무나도 생경한 광경에 눈을 뗄 수가 없었다.

테오 사단은 천지사방에 흩날리는 붉은 꽃잎들을 보며 생각했다.

홍련.

연못을 가득 채울 정도로 만발한 붉은 연꽃이 떠올랐다.

'덴 호그, 오랜만에 만났다만…….'

파앗!

루크가 검을 움직이자 그 홍련이 바람에 흩날렸다.

'아직 의식조차 제대로 갖추지 못한 네게 따로 전할 말은

없다.'

루크가 반개한 눈으로 검을 휘둘렀다.

마치 한 폭의 그림처럼 유려한 동작.

<u>스스스슷.</u>

루크의 검을 따라 홍련의 꽃들이 흩날렸다.

"크아아아아아아!"

레오드린은 자신에게 날아드는 홍련을 향해 혈기를 내뿜었다.

그러나 홍련은 마치 눈이 내리기라도 하듯, 이리저리 흩날리며 혈기를 빗겨 나갔다.

그리고 홍련 중 하나가 레오드린의 어깨에 내려앉았다.

치이이익!

어깨가 타들어 가며 검은 연기를 내뿜었다.

레오드린이 깜짝 놀라 어깨에 내려앉은 꽃잎을 털어 냈다.

그러나 루크의 춤사위는 멈추지 않았다.

파앗!

그의 검 끝에서 또다시 홍련이 만개했다.

그 홍련들이 레오드린의 몸 위에 내려앉았다.

치이익! 치이이익-!

허벅지가 타들어 가고 팔이 녹아내렸다.

"끄아아아아악!"

레오드린의 입에서 비명이 터져 나왔다.

그러나 그 위로 붉은 홍련이 계속해서 내려앉았다.

어느새 그의 몸은 온통 홍련으로 뒤덮였다.

그때가 되어서야 춤을 추던 루크의 검이 멈추었다.

천지를 가득 메웠던 붉은 꽃잎도 거짓말처럼 사라졌다.

"후우……."

그곳에 남아 있는 것은 오로지 루크의 숨소리.

피부를 태우는 것 같은 탄내.

그리고 전신이 새카맣게 타 버린 레오드린이었다.

쿠웅!

생명의 빛이 완전히 꺼져 버린 레오드린이 바닥으로 쓰러졌다.

"……."

레오드린의 몸에서는 어떠한 미동도 느껴지지 않았다.

검은빛을 뿜어내던 흑요석도 이제는 완전히 빛을 잃어버렸다.

이것만 보더라도 이미 죽음이 확실한 상황.

그러나 루크는 일말의 가능성도 남겨 놓지 않았다.

서걱.

그는 벨무스를 들어 레오드린의 목을 베어 버렸다.

그의 목이 힘없이 바닥을 굴렀다.

푸욱.

그걸 확인하고 나서야 루크는 그 자리에 주저앉았다.

루크의 눈이 테오 사단을 찾았다.

"다들 살아 있냐?"

"죽기 직전입니다."

"그래도 이렇게 아픈 거 보니까 확실히 살아 있는 것 같네요."

"다시는 이런 놈이랑 붙지 말자."

테오, 브리데커, 엘린.

모두의 목소리를 듣자 안심이 되었던 것일까.

루크의 의식이 멀어져 갔다.

"공자님들의 상태를 살펴라!"

내려오는 눈꺼풀 틈으로 포덴이 달려오는 것이 보였다.

"······."

포덴은 멀리서 터져 나오는 빛무리를 보며 몸을 부르르 떨었다.

저기서 대체 무슨 일이 벌어지고 있는 것일까?

그의 머리로는 도저히 가늠할 수가 없었다.

그저 가문의 전당이 있는 곳에서 엄청난 존재들이 결투를 벌이고 있다고 추측하는 것이 전부일 뿐.

저곳에서 흩날리는 눈송이로 봤을 때, 그 당사자들 중 하나는 루크이리라.

그리고 루크와 저토록 치열하게 싸울 수 있는 이는 아마도 흑성교의 인물이겠지.

이른 아침 떠난 줄 알았던 루크가 어째서 여기에 있는지는 중요하지 않았다.

아직 홍염의 잔을 노리는 적이 남아 있다는 것을 알아차렸기 때문일 테니까.

어쩌면 애당초 떠나지 않고, 이곳에서 기다리고 있었을지도 몰랐다.

적이 나타날 때까지 기다리면서.

하지만 문제는 그 적이 생각보다 강하다는 것이었다.

'루크 공자님께서 위험한 것 같은데…….'

시간이 갈수록 루크가 뿜어내는 기운이 점점 줄어들고 있었다.

지금이라도 가문의 모든 기사들을 이끌고 루크를 도우러 가야 할까?

그런 생각이 스쳤다.

콰아아아아아앙!

하지만 또다시 터져 나오는 빛무리를 보자 그 생각은 씻은 듯이 사라졌다.

저 싸움은 도저히 자신들의 힘으로 어찌해 볼 수 있는 영역이 아니었다.

이 먼 거리에서 전해져 오는 충격파에도 캘리퍼의 기사들은 몸을 제대로 가누지 못할 정도였으니까.

전당에 가까워지기도 전에 충격파에 죽지 않을 정도면 다행이었다.

그러니 자신들이 할 수 있는 일이라고는 이곳에서 루크가 승리하기를 기도하는 것밖에 없었다.

질끈!

포덴이 자신들의 나약함에 입술을 질끈 깨물고 있을 때였다.

타다다다닷.

뒤쪽에서 세 개의 그림자가 다가오는가 싶더니, 순식간에 그를 스치고 지나갔다.

"테, 테오 사단?"

분명 그것은 테오와 브리데커, 엘린의 뒷모습이었다.

루크도 이곳에 있는 마당에 그들이 나타난 건 놀랍지 않았다.

정말 놀라운 점은 저 지옥을 향해 아무런 망설임도 없이 달려 나가는 모습이었다.

아무리 그들이 강하다고는 해도, 저곳으로 달려드는 건 곧 죽음을 의미한다는 건 저들도 알고 있을 터.

그럼에도 저렇게 달려들 수 있는 이유는 하나.

루크가 저곳에 있기 때문일 것이다.

'그런데 나는 어째서 움직이지 못하고 있는 건가?'

저 지옥에는 루크뿐만 아니라 홍염의 잔도 있다.

저들이 루크를 생각하는 것만큼, 자신들에게도 홍염의 잔은 중요했다.

그럼에도 자신들은 이곳에 얼어붙은 채로 가만있지 않았는가.

'오히려 슈넬덴의 공자들이 홍염의 잔을 위해 목숨을 걸고 싸우고 있구나.'

짓씹은 입술에서 피가 배어 나왔다.

포덴은 그 사실이 너무나 부끄러웠다.

그러나 아무리 용을 써도 입이 떨어지지 않았다.

다른 가문의 공자들이 자신들의 가보를 지키기 위해 목숨을 걸고 싸우고 있다고.

그러니 자신들도 당장 저곳으로 달려가 죽는 한이 있더라도 가보를 지키자고.

도저히 그 말이 입 밖으로 나오지 않았다.

그러다 정말로 모두가 죽으면 그때의 캘리퍼가는 어떻게 할 것인가?

그 생각이 자꾸만 포덴을 붙잡은 것이다.

"젠장……!"

타다다닷.

결국 그는 눈을 꽉 감은 채로 앞으로 달려 나갔다.

도저히 다른 기사들까지 끌어들일 수는 없었다.

포덴은 자신 혼자라도 저곳에서 함께 싸우기로 한 것이다.

"가, 가주님!"

란티나가 깜짝 놀라며 포덴을 말리려 했다.

하지만 이미 저 멀리 달려간 그를 잡을 수는 없었다.

"뭣들 하느냐? 모두들 가주님을 쫓아라."

결국 적랑 기사단 전체가 그의 뒤를 쫓으면서, 결국 모두가 전당으로 향하는 모양새가 되었다.

화르르르륵—!

콰아아앙!

그사이에도 전당 쪽에서는 더욱 커다란 소리와 강한 빛무리가 터져 나왔다.

"크으윽!"

전당에 가까워질수록 포덴은 숨을 쉬는 것조차 어려웠다.

저들이 뿜어내는 기운 때문이었다.

그러나 그중에서도 루크의 기운이 확연히 줄어드는 것이 느껴졌다.

그것은 아마 둘의 대결에서 루크의 패색이 짙다는 의미일 터.

'그럴 리가 없다.'

포덴은 직접 볼 때까지는 믿을 수가 없었다.

"공자니이이임!"

포덴은 이를 악문 채로 충격파를 견디며 앞으로 나아갔다.

그러던 중 루크의 기운이 완전히 사그라드는 것이 느껴졌다.

"끄아아아아아!"

이어서 테오 사단의 것으로 추정되는 비명도 들려왔다.

포덴의 얼굴이 새파랗게 질렸다.

'공자님들께서 패하신 건가?'

조금만 더 빨리 그들을 도우러 갔다면?

홍염의 잔을 가문의 전당에 두지 않았다면?

아니, 애당초 루크를 끌어들이지 않았다면?

온갖 후회가 스쳐 지나갔다.

포덴은 그 후회를 곱씹으며 가문의 전당으로 달려갔다.

마침내 도착한 가문의 전당.

그의 눈에 들어온 건…….

홍염의 잔에 손을 뻗고 있는 루크였다.

화르르르륵!

루크의 손을 타고 흘러 들어가던 열기가 폭발하듯 타올랐다.

'당연히 저렇게 되는 거지.'

포덴은 당장 루크를 말리려고 했다.

그러나 루크는 온몸이 불길에 휩싸인 채로 몸을 일으켰다.

그러자 불길은 루크의 코어로 빨려 들어갔다.

"어, 어떻게 저게 가능한 거지?"

홍염의 잔은 캘리퍼가의 가주를 상징하는 가보.

그 힘을 이용할 수 있는 이도 선택받은 가주밖에 없을 터인데.

어떻게 초대 가주 이래로 처음 홍염의 잔의 선택을 받은 이가 루크일 수 있겠는가.

하지만 더욱 놀라운 건 그다음에 이어졌다.

스스슷.

루크의 검에서 붉은 꽃잎이 흩날렸다.

불꽃을 날카롭게 다듬어 만들어 낸 홍련.

"아……."

포덴은 그 비현실적인 광경에 입을 벌렸다.

그리고 그건 포덴의 뒤를 쫓아온 캘리퍼가의 기사들도 마찬가지였다.

천지를 뒤덮은 홍련이 가라앉고, 그곳에는 루크만이 서 있었다.

털썩.

그리고 그 루크마저 바닥에 주저앉았다.

"공자님들의 상태를 살펴라!"

포덴은 캘리퍼가의 기사들을 향해 외쳤다.

그런 포덴의 눈은 뭔가를 결심하기라도 한 듯 밝게 빛나고 있었다.

새카맣던 시야에 점차 빛이 들어왔다.

화려하게 장식된 천장이 눈에 들어왔다.

'캘리퍼 가문인가?'

루크는 자신이 누워 있는 곳을 곧바로 알아차렸다.

"크윽!"

몸을 일으키자마자 온몸이 타오르는 듯한 고통이 느껴졌다.

'이럴 때는 카엘 녀석이 있으면 좋을 텐데.'

카쉬텐과의 전투 때는 그의 치료 덕분에 금방 몸을 회복할수 있었다.

하지만 캘리퍼가에서 그런 호사를 누리길 바라는 건 사치이리라.

"후우……."

그는 문득 자신의 손을 내려다보았다.

홍염의 잔의 열기와 타드렌의 화기가 남긴 잔열이 생생하게 느껴졌다.

그리고 이 기운들을 이용해 자신의 검 끝에서 피어났던 홍련에 대한 기억도 생생했다.

홍련화설검.

루크는 붉은 연꽃잎이 눈송이처럼 흩날리던 그 기술에 이름을 붙여 주었다.

그가 불꽃을 눈송이처럼 흩날린 것은 의미가 컸다.

사람들이 슈넬덴의 눈송이를 보며 감탄하는 이유는 비단 아름답기만 해서가 아니다.

눈송이처럼 보이게 할 정도로 검기를 정교하게 다룬다는 사실에 놀라는 것이지.

홍련화설검도 마찬가지였다.

불꽃을 눈송이의 형태로 만들었다는 것은 곧 자신이 화기를 한기만큼이나 정교하게 다룰 수 있다는 의미였다.

'타드렌의 화기와 화마의 열기가 어우러진 덕분인가?'

그런 생각이 들었다.

분명 그건 쉽게 받아들이기 힘든 현상이었다.

몇 가지 이론이 떠올랐다.

그러나 루크는 더 이상 생각을 이어가지 않았다.

'그게 다 무슨 상관이야.'

홍련화설검을 사용할 때의 감각이 여전히 남아 있었고, 몸만 회복되면 얼마든지 다시 쓸 수 있었다.

그 사실이 가장 중요했다.

그건 다시 말하자면 자신에게 전생에는 없던 새로운 기술이 생겼다는 의미였으니까.

이것으로 그는 설풍검제 시절보다 더 강해질 수 있는 수단을 확보한 것이기도 했다.

'일단 홍련화설검은 차차 수련하는 걸로 하고.'

루크는 침대에서 몸을 일으켰다.

"큭!"

온몸의 뼈마디가 비명을 지르는 탓에 루크는 눈살을 찌푸렸다.

몸이 아직은 안정이 필요하다고 외치고 있는 것이다.

그러나 지금의 루크에게는 안정보다 급한 일이 있었다.

'저쪽인 것 같은데.'

그는 테오 사단의 기운이 느껴지는 방으로 향했다.

자신이 누워 있던 방에서 세 칸 떨어진 방.

그곳에는 테오 사단이 치료를 받고 있었다.

그곳의 분위기는 루크의 방과는 사뭇 달랐다.

여러 명의 신관들이 번갈아 가며 치유의 축복을 내리고 있었고, 그 옆으로는 의원들이 치료약을 만들고 있었다.

아마도 그들의 부상이 그만큼이나 심각하다는 의미이리라.

그럴 만도 했다.

자신과 달리 저 녀석들은 레오드린의 공격을 한 번이라도 막아 내기 어려웠을 테니까.

'그런 주제에 나를 지킨다고 그놈 앞에 달려들다니.'

꽈악.

루크의 주먹에 힘이 바짝 들어갔다.

온갖 생각이 떠올랐지만, 결국 마지막에 남는 것은 하나.

'저 녀석들을 저렇게 만들지 않으려면, 내가 더 강해지는 수밖에 없어.'

지금도 24시간을 쪼개서 모든 시간을 수련에 힘쓰고 있었지만, 여전히 부족했다.

수련을 통해 기초를 다지는 것 외에도 엘릭서나 홍염의 잔 같은 기연들이 수도 없이 필요했다.

설풍검제 시절의 힘을 빠른 시간 내에 되찾으면서도, 그때보다 더 강해지기 위해서는 어쩔 수 없었다.

'앞으로 해야 할 일이 더 많겠어.'

루크의 머릿속에서는 벌써부터 다음 계획들이 세워지고 있었다.

그리고 그때였다.

"공자님! 다행입니다. 의식을 차리셨군요."

복도 끝 쪽에서 포덴의 목소리가 들려왔다.

"몸은 좀 괜찮으십니까?"

포덴이 걱정스러운 목소리로 물었다.

"뭐, 그럭저럭……. 고작 광신도 하나 잡는데 이 꼴이 된 게 자존심 상하는 거지."

"고작 광신도 한 명이 아니잖습니까."

포덴이 들은 바로는 홍염의 잔을 노렸던 녀석이 흑성교의 사도 중 하나였다고 했다.

사도란 교주의 선택을 받아 그와 함께 가장 가까운 곳에서 신을 모시는 이들.

흑성교 역시 마찬가지일 것이다.

그런 상대와 붙었으면서, 고작 광신도 하나라니…….

"뭐, 어쨌든 난 괜찮아. 저 녀석들이나 좀 잘 치료해 줘."

"걱정 마세요. 영지에서 가장 실력 있는 신관을 모셨고, 가문의 비약까지도 써서 치료 중이니까요."

"그건 고맙네."

"그러니 치료는 걱정하지 마시고, 저희는 다른 이야기를 할 수 있을까요?"

"다른 이야기?"

포덴의 진지한 목소리에 루크가 고개를 갸웃했다.

저 눈빛으로 봐서는 당장이라도 중대 발표를 할 것 같았기 때문이다.

"표정을 보니까 뭐 중요한 거라도 말할 모양이네."

"그렇습니다. 혹시 잠깐 자리를 옮길 수 있을까요?"

루크와 포덴은 치료실에서 나와 가주실로 움직였다.

그때까지도 포덴은 생각을 정리하기라도 하는 듯 입을 꾹 다물고 걷기만 했다.

가주실에 도착해서야 그는 다시 루크를 보았다.

"무슨 일인데 이렇게 비밀스러워?"

"죄송합니다. 사안이 사안인지라……."

포덴이 조심스럽게 입을 열었다.

"공자님께서 홍염의 잔에 선택받아 그 힘을 사용한 거라면, 가문에서도 꽤 중요한 일이긴 하거든요."

루크의 표정이 묘하게 변했다.

'내가 홍염의 잔을 이용하는 걸 본 건가?'

포덴이 그걸 봤다면 상황이 복잡해진다.

그들의 전설에 따르면 오직 선택받은 가주만이 홍염의 잔을 다룰 수 있었으니까.

다시 말하면 홍염의 잔을 다룰 수 있다는 건 곧 캘리퍼가의 가주와 같은 격을 지닌다는 의미이기도 했다.

'녀석도 그게 신경이 쓰이겠지?'

가문의 피가 한 방울도 섞이지 않은 이방인.

그가 홍염의 잔을 다루었다고 해서 가주와 같은 격으로 대우해 줄 수는 없지 않겠는가.

만약 루크가 지금 슈넬덴의 가주였고 슈넬덴에 그런 전설이 있었다면, 그는 당장 그 전설부터 없애 버렸을 것이다.

"혹시 가문에 내려오는 전설을 아시는지 모르겠습니다. 선택받은 가주만이 홍염의 잔을 다룰 수 있다는 전설이지요."

"아, 홍염의 잔이라면 걱정하지 않아도 돼. 그건 내가 선택받아서가 아니라……."

루크의 설명이 끝나기도 전에 포덴이 먼저 움직였다.

척!

그것은 기사들이 주군에게 바치는 충성의 예였다.

"엥?"

갑작스러운 상황에 루크는 고개를 갸웃했다.

"저는 캘리퍼가의 가주로서 그 전설을 따르고자 합니다."

"전설을 따른다고?"

"예."

포덴은 그 어느 때보다 단호한 목소리로 말했다.

"홍염의 잔의 선택을 받은 자로서 캘리퍼가를 받아 주시길 청합니다."

생각지도 않게 가문이 통째로 굴러와 버렸다.

"……."

생사가 오가는 혈투 중에도 언제나 침착함을 유지하던 루크였지만, 그런 그조차 이번에는 당황했다.

"그러니까 지금 나한테 가문을 통째로 넘기겠다고?"

상황이 믿기지 않는지 루크가 재차 확인했다.

그러나 포덴은 그 어느 때보다 확고한 눈으로 고개를 끄덕였다.

"네, 맞습니다. 공자님께서는 자격을 증명하셨으니까요."

"고작 홍염의 잔을 쓰는 게 그 자격이야?"

"고작이라니요? 초대 가주님 이래 처음으로 잔의 선택을 받으신 분이 어떻게 고작일 수가 있습니까?"

"그야……."

굳이 말하자면 루크가 특이 케이스였다.

세상의 어떤 사람이 화마의 열기를 억누를 수 있을 정도로 강한 화기를 품고 멀쩡히 돌아다니겠는가.

하지만 루크는 그 설명까지는 하지 않았다.

어쨌거나 그 전설이 자신에게 유리한 상황이었으니까.

그리고 무엇보다 포덴이 이런 제안을 한 이유가 정말로 전설 때문만은 아닌 것 같았기 때문이기도 했다.

"전설은 그냥 명분 같은 건가?"

"하하하…… 역시 공자님께서는 눈치가 백단이십니다."

"너 같으면 전설만 믿고 생판 남한테 가문을 넘기겠다는 말이 믿기겠어?"

"그런가요?"

포덴이 멋쩍게 웃었다.

"무슨 꿍꿍이야?"

"사실은 캘리퍼가를 공자님께 드리는 쪽이 캘리퍼의 이름을 가장 오래 유지할 수 있는 방법이라고 판단했기 때문입니다."

"네 판단은 알겠는데, 나한테 가문을 넘기면 나중에 저승에 가서 선조는 어떻게 보려고 그래?

"영원히 넘기는 게 아닙니다. 공자님께서 돌아가실 때까지이지요. 그 이후에는 다시 캘리퍼가는 독립을 하는 겁니다."

씨익.

루크와 포덴이 동시에 미소를 지었다.

'갓 가주가 된 주제에 제법 똑똑한데?'

포덴은 사도와 루크의 전투를 보며 새로운 사실을 깨달은 것이다.

그는 이미 루크의 능력이 평범한 인간의 범주를 뛰어넘는다는 걸 알고 있었다.

하지만 이번 전투를 통해 본 루크는 평범한 인간이 아니라, 아예 인간이라는 범주 자체를 넘어서는 인물이었다.

그가 있는 한 슈넬덴은 지금보다도 더욱 위세를 널리 퍼뜨릴 것이다.

그리고 캘리퍼는 동맹이 아니라 아예 휘하로 들어가서 성장한 슈넬덴의 위세 덕을 온전히 보겠다는 의미이리라.

"그러니까 내 보호를 받으면서 그동안 캘리퍼를 키웠다가 때가 되면 독립하겠다?"

"어차피 공자님을 속일 수는 없으니 솔직히 말씀드려야겠지요."

포덴은 고개를 끄덕였다.

"맞습니다. 제가 생각하기에는 이 방법이 캘리퍼가 가장 안전하게 부활시킬 방법 같습니다."

"그것까지는 좋은데, 내가 보호해 줄 거라고 어떻게 확신하지? 그냥 빼먹을 것만 빼먹고 나서 나중에 버리면 어쩌려고?"

루크의 말에 포덴은 옅은 미소를 보였다.

그 미소에는 루크를 향한 무한한 신뢰가 담겨 있었다.

"물론 저는 아직 공자님에 대해 제대로 알지 못합니다. 하지만 한 가지만큼은 확신할 수 있겠더군요."

"그게 뭔데?"

"공자님께서는 어떤 일이 있어도 자기 사람은 절대로 버리지 않으신다는 점이죠."

"허, 참……."

"제게 만약 공자님보다 더 강한 존재에게 지금과 똑같은 제안을 할 기회가 주어진다고 하더라도, 저는 공자님께 가문을 맡길 것입니다."

루크는 흥미로운 눈으로 포덴을 바라보았다.

'이 요망한 녀석 봐라?'

꽤나 사람을 홀릴 줄 아는 녀석이었다.

그리고 흐름을 읽는 눈도 가지고 있었다.

가문이 처한 상황에 따라 훌륭한 가주의 자질은 달라지겠지만, 적어도 지금의 캘리퍼에게는 포덴 같은 인물이 필요했다.

아마 녀석의 이 선택은 훗날 캘리퍼가를 성장시키는 결정적인 요인이 될 테지.

'슈넬덴에게도 좋은 제안이지.'

캘리퍼가와의 동맹만 하더라도, 코넬리오를 견제한다는 목적을 이루는 것이긴 했다.

하지만 그저 동맹을 맺는 것과 휘하 가문이 되는 것은 얻을 수 있는 이익의 규모 자체가 달랐다.

휘하 가문이 되면 동맹과 자원을 교역하는 정도가 아니라, 아예 그곳의 자원을 원하는 만큼 가지고 올 수 있었다.

또한 코넬리오의 턱 밑에 슈넬덴이 영향력을 행사하는 가문 정도가 아니라, 아예 슈넬덴 가문 그 자체가 들어설 수도 있었다.

휘하 가문의 땅은 곧 슈넬덴의 지역과 같은 의미였으니까.

하지만 그 무엇보다 중요한 게 있었다.

'캘리퍼가가 휘하 가문이 되면 코가 꿰이는 곳이 또 있지.'

루크의 입가에 사악한 미소가 걸렸다.

그 순간 제국에 있던 황제가 갑작스러운 오한을 느꼈지만, 그건 루크가 알 바가 아니었다.

루크는 즉시 고개를 끄덕였다.

"좋아. 네 제안을 받아들이지."

"정말입니까?"

포덴의 눈이 반짝반짝 빛났다.

루크는 그런 포덴을 보며 피식 웃었다.

"서로가 필요로 하는 부분을 채워 줄 수 있으면, 거래는 속전속결이지."

"역시 사리에 밝으십니다."

"근데 괜찮겠어?"

"괜찮냐니요?"

"너야 그렇다 치더라도, 네 가신들이나 영지민들이 가만히 있지 않을 텐데?"

"아하! 그건 걱정 마세요."

"무슨 방법이라도 있는 거야?"

"방법요? 당연히 있죠."

포덴의 입꼬리가 점점 뒤틀리기 시작했다.

루크는 왠지 자신을 닮은 입꼬리에 순간 흠칫했다.

"가주가 그렇게 하겠다는데 자기네들이 어쩔 겁니까?"

"그러다 수틀려서 반란이라도 일으키면?"

"그럴 일은 없을 겁니다."

포덴은 양손으로 루크를 가리켰다.

"그들도 지난밤 공자님께서 싸우시는 걸 봤기 때문이지요. 스스로 목숨을 끊고 싶은 게 아니라면, 감히 내란을 일으킬 생각은 하지 못할 겁니다. 흐흐흐."

포덴을 처음 봤을 때는 저런 느낌이 아니었었는데…….

어쩐지 저 녀석도 자신에게 안 좋은 걸 배운 것 같았다.

레오드린과 전투를 벌인 지도 벌써 일주일이 흘렀다.

포덴이 영지에서 가장 실력 있는 신관을 붙인 데다가 명약까지 쏟아부은 덕분일까.

큰 부상을 입었던 테오 사단도 일주일 만에 움직일 수 있는 상태가 되었다.

물론 완치까지는 아직 시간이 남았지만, 이 정도라면 슈넬덴까지는 충분히 갈 수 있을 정도였다.

일주일 동안 혼자서 바쁘게 돌아다녔던 루크는 그들이 회복되었다는 소식을 듣자마자 떠날 채비를 했다.

그리고 루크 일행이 슈넬덴으로 떠나는 당일.

"이건 대체……."

테오는 자신들이 타고 갈 마차를 보고는 할 말을 잃어버렸다.

"저게 지금 수레가 몇 개야?"

"그러게 말입니다."

"아무리 황탑의 마차라지만, 저걸 다 끌고 갈 수 있을까요?"

그들은 마차에 줄지어 연결되어 있는 수레의 행렬을 보았다.

그 숫자만 해도 이미 입이 다물어지지 않은 정도였는데, 심지어 그 수레 하나하나가 빈틈없이 꽉꽉 채워져 있었다.

처음 자신들이 이곳을 떠날 때보다 적어도 몇 배는 많아 보이는 짐의 양.

그도 그럴 것이 그때는 고작 미노스의 사재를 턴 것이 전부였기 때문이다.

지금 수레의 양을 보면 가문 창고를 거의 다 열어 버린 것 같았다.

캘리퍼가의 속옷까지 다 털어 버린 장본인이 누구인지는 굳이 물을 필요도 없었다.

수레 앞에서 자기 배를 통통 두드리고 있는 루크일 테니까.

"루크, 이게 다 뭐야?"

"보면 몰라? 본가로 가져갈 전리품들이지. 남부의 광석이 또 그렇게 좋대서 수레 가득 실었어."

"아무리 그래도 쟤네가 먹고살 건 남겨 둬야지. 그것까지도 다 가져가 버리면 어떡해?"

"뭐 어때? 이제 다 우리 건데."

"응?"

테오 사단이 눈을 동그랗게 뜨며 서로를 보았다.

혹시나 자신들이 잘못들은 것이 아닌가 했기 때문이다.

하지만 서로의 표정을 보아하니 착각은 아닌 것 같았다.

자신들이 회복하고 있는 사이에 루크가 또 무슨 일을 벌인 것 같았다.

"우리 거라니? 그 말은 설마……."

"아, 이제 캘리퍼가는 슈넬덴의 휘하 가문이 되기로 했어."

"쿨럭!"

어찌나 놀랐던지 그들은 동시에 사레에 들렸다.

루크는 그런 그들에게 아무렇지도 않게 포덴과 나눴던 대화를 말해 주었다.

그 이야기를 전해 들을수록 테오 사단의 눈은 더욱 커졌다.

"……그렇게 캘리퍼가 슈넬덴의 것이 된 거라고?"

"엄밀히 말하면 완전히 우리 거는 아니고, 기간제 임대 같은 거지."

근 200년 이래 가문에 가장 큰 전리품을 가져온 녀석이 저렇게나 태평하게 말하다니.

테오는 할 말을 잃어버렸다.

"그런데 캘리퍼가를 먹은 것까지는 좋은데, 정말로 뒷감당은 할 수 있는 겁니까?"

브리데커가 조심스럽게 물었다.

테오와 엘린도 고개를 끄덕였다.

지금 자신들은 흑성교의 3사도까지 처치해 버린 상황.

흑성교나 코넬리오에서 이를 박박 갈고 있을 것이다.

그런 상황에서 자신들의 턱 밑에 슈넬덴의 휘하 가문이 생긴다면, 그들은 절대 가만있지 않을 터.

캘리퍼가를 완전히 박살 내 버릴 각오로 쳐들어올지도 몰랐다.

루크 일행이 이곳에 계속 머물고 있다면 모를까.

캘리퍼가의 힘만으로는 그들의 공격을 막아 낼 수 없을 것이다.

"코넬리오나 흑성교가 우리 눈치를 볼 리도 없잖습니까?"

"그렇긴 하지."

"그럼 결국 캘리퍼가는 다시 그들의 손아귀에 떨어지거나, 아니면 완전히 멸망하는 거 아닙니까?"

"우리만 있었다면 그랬겠지."

루크의 입꼬리가 위로 올라갔다.

"그럼 누가 더 있는 겁니까?"

"그렇지."

"그게 누구입니까?"

테오 사단이 일제히 루크를 보았다.

루크는 뭔가 비밀스러운 말이라도 하듯 그들을 불러모았다.

"……."

그리고 가까이서 들을 수 있을 정도로 속닥거렸다.

그 말을 듣던 테오 사단은 똑같은 생각을 했다.

'루크는 생각보다 더…….'

'공자님은 생각보다 더…….'

나쁜 놈이구나.

브리든 제국의 수도 힐레스도르.

황제 아이바르는 제국 각지에서 들어오는 정보를 듣고 있었다.

몇 가지 좋은 소식도 들려왔지만, 그의 표정은 여전히 뚱했다.

그가 가장 궁금해하는 소식이 전해지지 않았기 때문이리라.

"캘리퍼가에 대한 소식은 없는가?"

"송구합니다. 슈넬덴 측이 소가주를 데리고 캘리퍼로 간이후 아직 전해진 소식이 없습니다."

"끄응…… 대체 그곳에서 뭣들 하고 있는 거지?"

제국으로 데리고 오기로 했던 소가주를 다시 캘리퍼로 데려간 것까지는 그러려니 했다.

어차피 소가주가 힐레스도르로 왔다면 자신들이 빼앗긴 캘리퍼가를 되찾아 줘야 했을 테니까.

자금력과 병력 등 엄청난 자원이 투입되어야 하는 일에 루크가 나서 준다면 제국으로서도 그다지 나쁜 상황은 아니었다.

루크가 1차 정리를 마치고 나면, 제국이 캘리퍼를 지킨다는 명목으로 병력을 투입시켜 마무리를 지어 영향력을 굳혀

두면 되니까.

하지만 문제는 캘리퍼로 간 이후 루크의 소식이 뚝 끊겼다는 점.

그런 상황에서 캘리퍼 영지에서 큰 싸움이 있었다느니 하는 안 좋은 소문마저 들려왔다.

그러니 황제로서도 상황이 궁금할 수밖에 없었다.

"내전이 일어났을 때 우리 정보원들도 모조리 죽는 바람에 더 답답하군."

아이바르가 침음을 내고 있을 때였다.

다다다다ㅡ!

"폐하, 캘리퍼로부터 연락이 왔습니다!"

시종 하나가 다급하게 대전으로 들어오며 외쳤다.

그제야 아이바르의 표정도 밝아졌다.

"루크 공자로부터 연락이 온 것인가?"

"예!"

"그래, 얼른 말해 보아라. 우리 도움이 필요하다고 하던가? 내 그럴 줄 알고 미리 병력을 준비시켜 뒀지."

"화, 황공하옵니다만, 아닙니다."

"그게 아니라고? 그럼?"

시종은 차마 기대감에 찬 아이바르에게 방금 들어온 정보를 전달할 수가 없었다.

하지만 이대로 입을 꾹 다물고 있을 수도 없는 노릇.

결국 시종은 자신이 할 수 있는 한 가장 조심스럽게 입을
열었다.

"캘리퍼가 슈넬덴의 휘하 가문이 되기로 했습니다."

"뭣이라? 그게 무슨 소리냐?"

아이바르에게서는 당연히 시종이 예상했던 반응이 나왔
다.

"캘리퍼의 새 가주가 슈넬덴의 힘에 감명받아 그들의 밑으
로 들어가기로 결정했다고 합니다."

"……."

대전은 찬물을 끼얹은 것처럼 조용해졌다.

시종은 슈넬덴 측에서 전달해 온 내용을 모두 말했다.

"허…… 우리가 캘리퍼에 얼마나 공을 들였는데……. 그
게 홀랑 슈넬덴에 넘어갔다?"

아이바르는 이 상황이 믿기지 않는다는 듯 중얼거렸다.

그러던 중 한 호전적인 기사가 손을 번쩍 들었다.

"이 땅 아래 황제 폐하의 것이 아닌 게 없거늘, 감히 폐하
의 것을 넘보다니! 슈넬덴을 당장 쳐 버리겠습니다!"

"그대의 마음은 알겠으나 자중하라."

"폐하, 윤허만 해 주신다면 제가 당장……!"

"자중하라 하지 않았느냐!"

아이바르가 버럭 소리를 질렀다.

그제야 기사는 입을 다물었다.

그러나 여전히 억울한 표정을 하고 있었다.

"후…… 지금 우리가 코넬리오와의 전면전을 피할 수 있었던 이유가 무엇인지 잊어버렸느냐?"

"슈넬덴과 동맹을 맺고 있어 코넬리오 입장에서도 섣불리 달려들기가 껄끄럽기 때문입니다."

"그걸 아는 사람이 슈넬덴을 치자는 소리가 나오는가?"

"송구합니다."

아이바르는 골치가 아팠는지 관자놀이를 지그시 눌렀다.

'문제는 그것뿐만이 아니지.'

기껏해야 두 가문이 동맹을 맺는 정도를 생각했다.

하지만 캘리퍼가가 아예 휘하 가문이 되어 버렸다.

이건 다시 말해 캘리퍼 지역이 슈넬덴의 땅이 되었다는 의미.

'만약 캘리퍼가 코넬리오로부터 침공받으면 동맹 조약에 의해 제국도 나서야겠지.'

단순히 캘리퍼와 슈넬덴이 동맹을 맺은 거라면 이런저런 핑계를 댈 수도 있겠지만, 휘하 가문이 된 이상 변명의 여지가 없었다.

캘리퍼를 내준 것도 배가 아픈데, 녀석들의 방위까지도 제국이 책임져야 했다.

'캘리퍼가는 꿀꺽했으면서 책임은 우리와 나누겠다?'

어쩐지 루크의 음흉한 미소가 눈앞에 그려지는 것 같았다.

'나쁜 새끼……!'

황제는 그 상스러운 말을 속으로 묻어 두는 수밖에 없었다.

🕷

코넬리오의 가주, 그레이엄 코넬리오.

천하의 정점에 올라있는 그의 지위상, 하루에도 수백 개가 넘는 정보가 그의 귀로 들어온다.

그 소문의 중요도를 나누는 기준은 단 하나.

코넬리오에게 이익이 되는가, 되지 않는가였다.

이익이 된다면 그대로 둘 것이고, 이익이 되지 않는다면 이익이 되는 쪽으로 바꾸면 된다.

대륙 전체에 뿌리내린 코넬리오의 지원단에게 지시를 내려두면, 모든 것은 자신이 원하는 대로 바뀌어 있다.

이 얼마나 쉬운가.

그렇기에 그는 그 어떤 소문을 들을 때도 당황하는 적이 없었다.

하지만 최근 들어 그의 심기를 거스르는 소식이 계속해서 들어왔다.

바로 슈넬덴과 관련된 소식들이었다.

"캘리퍼가 슈넬덴의 휘하로 들어갔다라……."

평소 같았으면 소식을 듣자마자 즉시 다음 행동을 결정하는 그였다.

하지만 이번만큼은 쉬이 결정을 내리지 못했다.

슈넬덴이라는 이름이 들어간 소식이 들려올 때면, 늘 이렇게 결정이 미뤄졌다.

그 사실 하나만으로도 슈넬덴이 얼마나 그에게 거슬리는 존재인지 알 수 있었다.

똑똑똑.

그가 결정을 고민하고 있을 때, 노크 소리가 들려왔다.

사실 노크가 들리기 전부터 그는 누가 오고 있는지 알고 있었다.

"다들 나가 보라."

"예."

그레이엄의 한마디에 가주전에 있던 모든 이들이 즉시 물러났다.

그리고 직후에 검은 로브를 온몸에 두른 여인이 가주전으로 들어왔다.

"캘리퍼가의 소식을 들었나?"

"제가 의식을 준비하느라 워낙 바빠서 풍문을 들을 시간이 없답니다."

흑성교의 교주는 능청스럽게 말했다.

그 능청스러움이 그레이엄의 심기를 더욱 불편하게 했다.

"하긴 그러니 그렇게 태연한 태도를 보이는 거겠지."

"그래도 캘리퍼에서 있었던 일이라면 듣지는 못했어도 보기는 했어요."

"음?"

"전 제자들의 감각을 어느 정도 공유받을 수 있거든요. 후훗."

그레이엄의 눈썹이 꿈틀거렸다.

"그럼 화마가 잠들어 있는 홍염의 잔을 가지고 오지도 못했을뿐더러, 캘리퍼가 슈넬덴의 손에 넘어갔다는 것도 모두 알고 있겠군?"

"맞아요. 덕분에 제가 열심히 준비하고 있던 화마의 강림 의식도 물거품이 되어 버렸죠."

"네놈의 부하가 멍청하게 슈넬덴의 꼬마들조차 이기지 못해서 그런 거잖아."

"어머, 그 말은 취소해 주세요. 내 제자들은 아무에게나 당할 만큼 약하지 않거든요."

교주의 입술에서 차가운 음성이 흘러나왔다.

그 어느 때라도 고압적인 태도를 유지하는 그레이엄조차 조금은 물러설 정도였다.

"오히려 슈넬덴의 꼬마들이 우리가 알던 것보다도 훨씬 더 강한 거랍니다. 잘못이 있다면 코넬리오의 정보원이 잘못된 정보를 가져다줬다는 거겠죠?"

"흥!"

그레이엄은 코웃음을 치며 고개를 돌렸다.

그녀의 태도가 마음에 들지 않았지만, 어쨌든 지금은 누구의 잘잘못을 따질 때가 아니었다.

캘리퍼가 슈넬덴의 휘하로 들어가면서 남부의 상황이 매우 복잡해졌다.

슈넬덴이 바로 남부로 들어왔다는 사실만으로도 이미 심기가 불편했다.

하지만 더욱 큰 문제는 슈넬덴과 브리든이 동맹을 맺었다는 것.

이런 상황에서 캘리퍼를 공격하게 된다면, 코넬리오는 곧 슈넬덴, 브리든과 동시에 싸워야 했다.

물론 피라미 둘과 싸운다고 해서 코넬리오가 이기지 못할 것은 없었다.

다만 의식의 날이 가까워지고 있다는 게 걸릴 뿐.

마음에 들지 않는다고 전투를 벌였다가, 의식에 문제라도 생길 경우 수십 년을 쌓아 올린 공든 탑이 한 번에 무너질 수도 있었다.

교주도 그런 그의 걱정을 알아차렸다.

"메인 의식 준비는 잘 되고 있으니까 걱정하지 마세요. 화마의 영혼이 없어진 건 아쉽지만, 대신 더 탐나는 걸 건졌거든요."

"더 탐나는 것?"

"레오드린, 그 아이의 눈으로 봤어요. 더없이 완벽한 그릇을요."

그 말에 그레이엄의 눈매가 좁혀졌다.

그릇이라는 건 그들의 의식에 있어 가장 중요한 요소였으니까.

"레오드린을 처치한 그 녀석인가?"

"맞아요."

"그가 누구지?"

"저도 아이들의 감각을 완전히 느낄 수 있는 건 아니라서 그것까지는 모르겠네요. 슈넬덴의 혈족인 것 같은데……."

교주가 입술을 핥았다.

마치 빨갛고 탐스러운 사과를 바라보는 아름다운 여인 같았다.

"확실한 건 그릇이 될 자질만큼은 완벽하다는 거예요. 지금껏 봤던 그 어떤 후보들보다도요."

"그런 그릇이 슈넬덴에 있다? 최근 슈넬덴이 귀찮게 구는 데에는 다 이유가 있었군."

그레이엄의 눈에는 탐욕의 빛이 서렸다.

'들리는 소문으로는 형 쪽일 것 같은데, 느낌상으로는 동생 쪽을 무시하기도 힘들군.'

어느 쪽인지는 모르겠지만, 한 가지 확실한 건 있었다.

'더더욱 슈넬덴을 가만둬서는 안 되겠어.'

그릇을 가지고 오기 위해서라도 말이다.

캘리퍼가 있는 남부에서 슈넬덴이 있는 북부까지는 그 거리가 꽤나 멀다.

아무리 황탑의 마차라고 해도, 그 거리를 쉬지 않고 내달릴 수는 없었다.

가는 길에 어쩔 수 없이 도시를 들러 정비해야 하는 시간이 있다는 의미였다.

그리고 루크 일행은 마차를 세워 둔 후 식량을 보충하기 위해 시가지로 나섰다.

"오오오!"

"저분들은?"

대로변에 있던 사람들이 테오 사단을 보며 놀랐다.

고작 기사가 나타났다고 사람들의 시선이 일제히 몰릴 것까지는 없었다.

그럼에도 이렇게 많은 사람들이 관심을 보이는 이유는 하나.

"저 문양이면 확실해! 슈넬덴이구먼!"

"슈넬덴? 설풍검문 슈넬덴의 기사들이란 말인가?"

"나이로 봐서는 그 유명한 테오 사단인 것 같은데?"

사람들은 테오 사단을 향해 환호했다.

"뭐, 뭐야?"

"다들 우리를 보며 엄지를 치켜세우는데요?"

테오 사단은 그들의 반응에 당황했다.

물론 자신들이 범죄도시 돔을 정리하고, 캘리퍼가를 원주인에게 되찾아 주기도 했다.

하지만 그건 어디까지나 남부에서의 이야기.

아무리 발 없는 말이 천리를 간다지만, 아직 소문이 이곳까지 퍼질 정도는 아니었다.

실제로 사람들 사이에서 떠도는 이야기를 들어 보면, 돔이나 캘리퍼에 대한 내용은 거의 없었다.

그럼 이들은 대체 어디서 무슨 소문을 들었는데, 슈넬덴의 문양에 저토록 격한 반응을 보인단 말인가?

그때 옆에서 루크의 웃음소리가 들려왔다.

"다른 녀석들도 제대로 하고 있다더니, 사실이었군."

"응?"

테오 사단이 고개를 갸웃했다.

루크는 기분이 좋았는지, 친절히 설명해 주었다.

"잊었어? 우리가 제국의 임무를 받았던 이유?"

"임무를 받은 이유가…… 아!"

테오가 손가락을 튀겼다.

자신들 말고도 다른 테오 사단 역시 임무에 파견되었다.

그들도 루크에게 지옥 같은 수련을 받았으니, 임무 따위는 쉽게 수행해 버렸을 터.

그리고 그 과정에서 빙우검을 썼다면, 소위 '이목'을 제대로 끌 수 있었을 것이다.

"말했잖아. 이 임무가 끝날 때쯤이면 대륙의 모두가 우리가 돌아온 걸 알게 될 거라고."

"정말로 슈넬덴의 이름이 대륙 전체로 퍼지고 있는 거구나."

테오는 이 상황이 새삼 현실감이 없게 느껴졌다.

그저 슈넬덴의 문양을 가슴에 새긴 것만으로도 모든 사람들의 칭송과 환호가 쏟아지는 상황.

그가 어릴 적 꿈에 그리던 가문의 모습이었다.

'우리가 정말 여기까지 올 줄이야.'

테오는 저도 모르게 가슴에 손을 얹었다.

지금의 감각을 그대로 기억해 두고 싶었기 때문이다.

그걸 본 루크가 뒤쪽으로 쓱 빠졌다.

슈넬덴의 문양에 손을 올린 채로 홀로 앞서 있는 자세.

누가 보더라도 연설할 사람의 모습이었다.

"어어? 저분은?"

"일공자님이시네."

"그 심검의 기사? 과연 저분께서 무슨 말씀을 하실까?"

사람들의 이목이 테오에게 집중되었다.

"이, 이게 무슨……."

물론 전혀 그럴 의도가 없었던 테오의 얼굴엔 당황한 기색
이 역력했다.

'이왕 어그로 끌 거면 제대로 끌어야지.'

낄낄낄!

뒤에서는 루크의 웃음소리만이 들려오고 있었다.

테오 사단이 대륙 각지에서 퍼뜨린 명성은 설풍을 타고 슈
넬덴 본가까지 전해져 왔다.

"다들 잘할 거라고는 예상했지만, 이 정도로 해낼 줄은 몰
랐구나."

율리안이 흡족한 미소를 지은 채 디온에게 말했다.

"그러게나 말입니다. 한동안 백은관에서 공자님들과 수련
을 하더니, 어느새 훌쩍 성장한 모양입니다."

"그들은 언제 돌아온다고 하던가?"

"가장 선두에 있는 피트 일행이 곧 도착한다고 했습니다.
그리고 다들 비슷한 시기에 도착할 거라고 했으니 줄지어 도
착하겠군요."

"오호?"

율리안은 그 사실에 놀랐다.

각기 다른 지역에서 다른 등급의 임무를 수행한 이들이 도착하는 시기가 비슷하다니.

이건 우연이라고 하기에는 공교로웠다.

각자의 능력에 가장 적합한 임무를 배정하지 않고서야 이렇게까지 딱 들어맞을 수는 없었다.

그러고 보니 이 임무를 받아 배정한 게 루크였다는 생각이 들었다.

'설마……'

루크는 이것까지도 계산한 것일까.

그런 게 가능할 리가 없을 텐데도, 루크라면 다를 것 같다는 생각도 들었다.

얼마나 시간이 지났을까.'

디온이 말한 대로 테오 사단의 복귀 소식이 들려왔다.

율리안은 그들을 모두 가주실로 들였다.

슈넬덴의 명성을 드높여 준 것에 대해 한 명, 한 명 직접 공적을 치하해주기 위함이었다.

가장 먼저 도착한 것은 테오 사단의 기사 피트.

그는 율리안에게 자신의 임무에 대해서 보고했다.

"고덴브의 산적 연합을 모두 처치했다고? 민중을 구하고 슈넬덴의 명성까지 드높였구나."

"영광입니다. 그리고 그 산적들을 모두 잡아 왔습니다."

"으응?"

"그놈들 약한 주제에 몸은 튼실해서 설산 개발에 쓰기에 딱 좋겠더라고요."

"몇 명이나 데려왔느냐?"

"일단 걸을 수 있으면 다 데리고 와서 한 100명쯤 될 겁니다."

피트는 율리안의 표정을 살피더니 뭔가 생각난 듯 눈을 동그랗게 떴다.

"아, 걱정하지 마십시오! 죽어 마땅한 놈들을 살려 준 거라 밥만 먹이고 일을 시키면 됩니다. 고작 식비 정도에 저놈들 같은 인력이면 이건 완전 남는 장사죠, 하하하하!"

피트가 호탕하게 웃었다.

율리안은 그 웃음에서 어쩐지 루크가 보이는 것 같았다.

설마 녀석에게 수련받은 기사들은 모두 저렇게 되는 걸까?

"……."

율리안은 슈넬덴의 기사들이 모두 루크처럼 되는 상상을 해 보았다.

실력만큼은 대륙 최강이 되겠지만, 매일같이 사건 사고가 끊이지 않는 가문.

부르르르.

몸이 저절로 떨려 왔다.

더 두려운 건 슈넬덴이 점점 그 상상 속의 모습에 가까워지고 있다는 것이다.

'이걸 마냥 좋다고 해야 할지…….'

율리안은 애매하게 웃으며 다음 기사를 불렀다.

상급 마물들의 토벌.

대형 자연재해 미연에 방지.

심지어 소도시끼리의 내전 중재까지.

하나하나가 상급 기사들도 해내기 어려운 임무들이었다.

그러나 테오 사단은 그 모든 임무를 완수했다.

그러면서도 피해는 가벼운 부상을 제외하고는 거의 없다시피 했다.

물론 피트가 그랬던 것처럼 각자 뭔가 커다란 사고들을 저지르고 오기는 했지만, 그건 그들이 거둔 성과에 비하면 약과였다.

과연 지금 테오 사단이 아닌 이들이 저 임무를 맡았다면 저렇게까지 잘해 낼 수 있었을까?

그는 확신할 수 없었다.

테오 사단은 어느새 가문 최강의 전력으로 자리하고 있는 것이다.

그리고 임무를 다녀온 테오 사단도 그 사실을 어느 정도 인지하고 있었다.

"이 정도면 루크 공자님께서도 인정해 주시겠지?"

"그렇겠지. 아마 공자님께서도 우리가 이렇게까지 잘해 낼 줄은 모르셨을걸."

그들은 율리안의 인정만큼이나 루크의 인정에 목말랐다.

그리고 율리안의 반응을 보니, 자신들이 나름 잘한 것 같아서 기대감은 더욱 올라갔다.

"그러고 보니 공자님들이 아직 안 오셨네?"

"공자님들께서도 임무를 가셨잖아?"

"무슨 임무셨더라?"

"글쎄…… 돔으로 간다고 하셨던 것 같은데."

그들은 내심 루크 일행의 성과가 궁금해졌다.

물론 그들이 테오 사단 내에서도 가장 강한 이들이었지만, 자신들도 그에 못지않게 성장했으니까.

아마 그들이 가지고 온 성과를 보면 차이를 알 수 있으리라.

그리고 마침 그 기대를 채워 주기라도 하려는 듯, 가주실 밖에서 낮은 발걸음 소리가 들려왔다.

뚜벅, 뚜벅.

분명 가주실의 문이 굳게 닫혀 있었음에도, 그 발소리만큼 은 선명하게 들려왔다.

그 소리가 가주실 문 앞에서 멈췄을 때, 모두의 시선이 그 쪽으로 돌아갔다.

덜컹.

끼이이익.

가주실의 커다란 문이 열렸다.

그리고 그 문 뒤에는 역시나 루크 일행이 있었다.

루크는 그 깊은 눈으로 가주실을 슥 훑었다.

자신들의 업적을 자랑하던 테오 사단은 그 시선을 보고는 흠칫했다.

정확히 말하면 테오 사단이 놀란 이유는 그 시선이 아니라, 그 시선 속에 담긴 자신감 때문이리라.

모두가 호기심과 불안감이 반반 담긴 눈으로 루크의 입을 보았다.

루크는 그들의 기대에 부응해 입을 열었다.

"저희는 돔에서 캘리퍼가의 소가주를 제국까지 호위해 달라는 임무를 수행했습니다."

루크의 이야기가 이어졌다.

포덴을 구하고 돔을 평정한 것도 모자라 캘리퍼의 내전까지 참여하고 흑성교의 사도와 싸운 것까지.

내용 하나하나가 나올 때마다 테오 사단은 풀이 죽었다.

하지만 루크의 이야기는 아직 끝나지 않았다.

"아버지, 준비하셔야겠습니다."

"음? 준비라니?"

율리안이 되물었다.

루크의 입가에는 매끄러운 호선이 피어났다.

"캘리퍼가의 가주직을 수행할 준비요."

"……."

이젠 하다하다 가문을 통째로 전리품으로 들고 오는 아들이었다.

Chapter 3

루크의 충격적인 성과 발표를 끝으로 테오 사단의 임무 보고는 모두 끝났다.

그들은 휴식을 위해 모두들 제 숙소로 돌아갔다.

슈넬덴의 가주실엔 다시 고요가 찾아왔다.

그리고 율리안은 그들이 모두 떠났음에도, 한참이나 책상에 같은 자세로 앉아 있었다.

마치 깊은 고민에 잠기기라도 한 것처럼.

그러는 사이 어느새 해는 지고 달빛이 창문을 타고 책상에 내려앉았다.

'너무 오래 앉아 있었나? 머리가 멍해졌군.'

덜컹.

창문을 열자 설산의 냉기가 방 안으로 밀려 들어왔다.

몸은 으슬으슬 떨렸지만, 오히려 머리는 차갑게 식혀 주었다.

"후우—!"

율리안은 그 냉기를 느끼며 깊은숨을 내쉬었다.

그러나 아직도 그의 머릿속은 복잡해 보였다.

그럴 만도 했다.

몇 시간 전, 루크에게 들었던 말은 그만큼이나 충격적이었으니까.

'임무를 보냈더니, 어디 시골의 중소 가문도 아니고 캘리퍼 같은 대형 가문을 통째로 가지고 올 줄이야.'

아직도 실감이 나지 않았다.

자기 가문 하나 지키지 못할 정도로 위태로웠던 때가 어제였는데, 하루아침에 만국 연회에 참가할 정도로 큰 가문을 다스리게 되었다.

처음 루크에게 캘리퍼의 가주가 되어야 한다는 말을 들었을 때는 쉽게 받아들일 수 없었다.

그도 그럴 것이 가주직이라는 건 그저 가주 자리만 넘겨받았다고 해서 수행할 수 있는 게 아니었으니까.

특히나 캘리퍼가처럼 거대한 부속 영지와 수많은 영지민이 있는 가문을 다스릴 때는 수도 없이 많은 자질들이 필요했다.

비단 자질뿐만이 아니라 자격의 문제도 있었다.

과연 자신에게 캘리퍼가를 받을 자격이 있을까?

전해 들은 대로라면, 두 아들은 캘리퍼를 얻는 과정에서 죽음의 문턱까지 갔었다.

그렇게 목숨을 걸고 가지고 온 캘리퍼가를 본가에서 가만히 앉아만 있던 자신이 다스릴 자격이 없었다.

'내겐 자질도, 자격도 없거늘…….'

스스로에 대한 의심이 가시지 않았다.

오히려 캘리퍼를 가져온 루크가 자격이나 자질 모든 면에서 더 적합하다고 생각했다.

그럼에도 루크는 끝까지 그에게 캘리퍼를 맡겼다.

─그럼 제가 이 나이에 본가에 틀어박혀서 가문이나 다스릴 수는 없잖아요. 지금이 딱 바짝 벌 시간인데.

장난스럽게 말하긴 했어도, 지금 상황의 본질이 담겨 있는 말이었다.

두 아들은 대륙 전역을 돌아다니며 슈넬덴의 부활을 위한 인적, 물적 자원을 가지고 온다.

그 자원을 관리하고 있는 것.

그게 바로 자신의 역할이자 의무였다.

'지금 내가 기반을 잘 다져 놔야 훗날 저 아이들이 자기들

것을 제대로 활용할 수 있겠지.'

그것만 해내더라도 자신은 최소한 후손들에게 부끄럽지 않은 가주가 되는 것이리라.

'그러니까 지금은 캘리퍼가를 빠르게 안정시킬 방법에 대해서만 생각하자.'

지금은 거기에 모든 정신력을 집중해도 모자랐다.

다행인 점이라면 루크도 이렇게 커다란 걸 들고 왔으니 당분간은 재정비의 시간을 가질 거라는 것이다.

재정비를 마친 루크가 또 다른 사고를 치기 전에 캘리퍼가를 안정시켜 둬야만 했다.

그래야만 루크가 다음에 칠 사고도 수습할 수 있을 테니까.

하지만 그가 모르는 것이 있었다.

루크는 이미 다른 일을 벌이고 있었다.

율리안이 이걸 알게 된 것은 그로부터 며칠이 지난 후였다.

며칠 후.

율리안은 여전히 슈넬덴을 찾아온 수많은 이들과 만남을 가지느라 정신이 없었다.

최근에서야 겨우 수가 줄었다고 생각했는데, 슈넬덴이 캘리퍼가를 차지했다는 소문이 전해지자 전보다 훨씬 더 많은 사람들이 밀려든 것이다.

사람들이 슈넬덴에만 이렇게 밀려오는 이유가 무엇이냐고?

슈넬덴에는 아직 오르겐 상단 외에는 확고한 파트너가 없었으니까.

코넬리오나 브리든은 그 역사만큼이나 이미 오랫동안 연을 맺어 온 단체가 많았다.

그래서 거의 모든 분야에 고정적인 파트너가 있는 것에 비해, 몰락 직전까지 갔던 슈넬덴의 파트너는 아직 공석이 많았다.

사람들은 슈넬덴이 앞으로도 계속해서 급성장할 것이라고 보고 어떻게든 파트너 자리를 선점하려는 것이었다.

'아무리 그렇다고 해도 그 숫자가 너무 많구나.'

율리안은 자신의 앞에 쌓여 있는 서류를 보자 한숨이 나왔다.

저 서류들은 모두 정문 앞에서 대기 중인 사람들에 대한 정보들이었다.

여기서 중요한 것과 중요하지 않은 것을 분류할 수만 있다면, 저들을 모두 상대하지 않아도 될 텐데.

하지만 그 정도로 자세히 분류하기에는 아직 슈넬덴이 가진 정보력이 부족했다.

정보력이 있어야 그걸 바탕으로 중요도를 구분할 수 있는 법이다.

시간이 갈수록 루크는 더 활약할 텐데, 그때는 정말 손도 쓸 수 없을 만큼 많은 사람들이 올 것이다.

'그전까지 어떻게든 제대로 된 정보망을 구축해야 할 텐데……'

율리안이 눈의 피로를 풀기 위해 미간을 지그시 눌렀다.

그때 디온이 노크를 했다.

"가주님, 급하게 찾아온 손님이 있습니다."

"급하게 찾아왔다고? 다른 사람들의 순서를 무시하고서라도 먼저 봐야 할 정도인가?"

"루블린의 콕스 형제라고 하는데, 루크 공자님을 보러 왔다고 하는군요."

"흐음, 그래? 그렇다면 곧장 소월관으로 보내도록."

"예, 알겠습니다."

율리안은 대수롭지 않게 넘어갔다.

루크가 자신의 손님을 초대하는 것이 한두 번 있는 일도 아니었으니까.

벌써 뭔가 다른 일을 꾸미는 건 아닐까 불안했지만, 이내 그는 고개를 저었다.

캘리퍼에서 돌아온 지 고작 일주일.

벌써 새로운 일을 벌이기에는 너무나도 짧은 시간이었다.

"암, 그렇고말고."

율리안은 그렇게 생각하며, 다음 사람들을 들였다.

그런데 머지않아 루크를 찾아온 또 다른 손님이 나타났다.

"루크를 찾아온 거라면, 곧장 소월관으로 안내해 주게나."

"저도 그러려고 했습니다만, 이번에 찾아온 이가 조금 특이합니다."

"특이하다고? 그게 무슨 말인가?"

"찾아온 손님이 데비파의 두목 데비라고 합니다."

"데비파라면 루크가 돔에서 도움을 줬다는 단체로군."

"맞습니다. 현재는 그들이 돔을 실질적으로 통치하고 있지요."

"루크는 어째서 그자도 슈넬덴으로 부른 거지……?"

율리안은 슬슬 불안함을 느꼈다.

하지만 그는 이번에도 넘기기로 했다.

어쩌면 그것은 루크가 다른 일을 꾸미고 있다는 걸 부정하기 위한 발버둥이었을 지도 몰랐다.

지금은 루크가 벌인 일을 소화하기에도 버거울 지경이었으니까.

"별일이야 있겠는가? 그자도 소월관으로 보내게."

"예, 알겠습니다."

데비를 소월관으로 보낸 후, 한동안은 다른 일은 벌어지지 않았다.

율리안도 그제야 안도감을 느꼈다.

자신의 걱정이 그저 기우에 불과했다고 생각했다.

그대로 오늘의 일정이 끝나갈 때쯤이었다.

"가, 가주님……."

그를 찾아온 디온의 표정에는 당혹감이 가득했다.

대체 무엇 때문에 디온이 저러는 것일까?

"무슨 일인가? 또 루크의 손님이 온 건가?"

"그렇습니다."

"이번에는 누구이길래 그러는 겐가?"

"그것이……."

디온은 말끝을 흐렸다.

도저히 설명할 자신이 없었던 것이다.

"정말 송구합니다만, 가주님께서 보시는 것이 좋을 듯합
니다."

"허…… 대체 누구이기에 자네가 그렇게 말한단 말인가."

율리안은 자리에서 일어나 창문을 열었다.

저 먼 곳에서 사람들이 모여 있는 것이 보였다.

그런데 그 숫자가 좀 많았다.

최근 루크의 활약으로 사람들이 늘어난 것을 감안하더라
도 훨씬 많았다.

율리안은 시력과 청력을 강화하여 그들이 누구인지 보았다.

꼬질꼬질한 몰골.

떡이 져버린 머리카락.

해지다 못해 찢어지기 직전인 누더기.

율리안은 대번에 그들의 정체를 알아차렸지만, 도저히 받아들일 수가 없었다.

그러나 그들의 말소리가 들려왔을 때는 인정할 수밖에 없었다.

"이야, 슈넬덴가는 소문대로 정말 으리으리하구먼."

"으리으리한 저택에 살면 뭘 하는가? 이렇게 추워서야 구걸하기도 전에 얼어 죽겠는데."

"그래도 살아서 여기까지 오면 빌어먹지 않더라도 밥을 준다고 하지 않던가?"

그들은 모두 거지였다.

수십 명의 거지가 슈넬덴의 정문 앞에 모여든 것이다.

"저들 모두가 루크가 부른 손님들인가?"

"그, 그렇습니다."

율리안은 꾹 참고 있던 목청을 터뜨렸다.

"루크, 이 녀석아!!"

그의 목소리가 본가 전체를 쩌렁쩌렁하게 울렸다.

※

율리안은 곧장 루크와 테오를 가주실로 불렀다.

루크는 테오뿐만 아니라 콕스 형제와 데비까지 데리고서 가주실로 갔다.

가주실의 문을 열자마자 율리안이 머리를 꽁꽁 싸맨 채로 의자에 앉아 있는 게 보였다.

"무슨 일이세요?"

"대체 무슨 일을 꾸미고 있는 게냐?"

"무슨 일이라니요?"

"그럼 아무 일도 없는데, 거지 수십 명을 본가로 불러들인 게냐?"

"아, 저 사람들은 그냥 거지가 아니에요."

"그냥 거지가 아니면 무슨 거지냐?"

"상거지죠."

"……."

율리안은 황당한 눈으로 루크를 보았다.

콕스 형제와 데비는 율리안의 기세에 허리를 바짝 세웠다.

"저 녀석들이 각 지역 거지들 중에서 제일 높은 녀석들이에요."

하지만 루크는 여전히 능청스러운 목소리로 말했다.

"그러니까 저 녀석들을 통해서 모든 지역의 거지들에게 지시를 전달할 수 있단 말이죠."

"지시를 전달해?"

율리안은 호기심이 동한 것 같았다.

"또 상상도 못 할 계획을 세우고 있나 보구나."

"그렇죠."

"그게 무엇이냐?"

"간단히 말씀드리자면……."

루크는 자신이 구상하고 있던 바를 말해 주었다.

"허……!"

설명을 들은 율리안의 입에선 탄성이 흘러나왔다.

정말 생각지도 못한 계획이었기 때문이었다.

"그러니까 대륙의 거지들을 이용해 거대한 정보 조직을 만들겠다는 게냐?"

루크가 고개를 끄덕였다.

"이곳 테론 대륙에 거지가 없는 곳은 없죠. 심지어 코넬리오 영지에도 거지가 있습니다. 그런 거지들을 모두 정보원으로 활용할 수만 있다면요?"

"대륙 전체에 눈과 귀를 둔 것과 같겠군."

"바로 그겁니다!"

각 도시의 거지들을 조직화하여 대륙 각지에서 전해지는 정보를 수집한다.

분명 이론적으로는 그럴싸한 계획이었다.

아니, 그럴싸한 정도가 아니라 감탄을 자아내는 계획이었다.

실현할 수만 있다면, 슈넬덴의 정보력은 단숨에 최고 수준까지 올라갈 테니까.

그러면 지금 정문 앞에 모여 있는 저들 중에서 중요한 인물들만 골라내는 것도 훨씬 수월해지겠지.

다만 율리안이 걱정하는 건 그 계획을 실현시킬 수 있느냐는 것이었다.

"루크, 네 말대로 거지들이 도시 곳곳에 존재한다는 것은 알겠다. 하지만 정보원 활동을 위해서는 최소한의 기술은 배워야 하지 않겠느냐?"

그저 구걸만 하면서 저잣거리에 떠다니는 소문만 수집할 거라면, 굳이 시간과 비용을 들여 가며 대륙 전체에 거지 조직을 운영할 필요가 없었다.

시차가 조금 있더라도, 오르겐 상단의 상단 망을 이용하면 충분히 비슷한 수준의 정보를 얻을 수 있을 테니까.

물론 루크도 그걸 알고 있었다.

"그래서 제가 콕스 형제를 부른 거예요."

"음? 저들에게 뭔가 특별한 능력이라도 있는 게냐?"

"콕스 가문에 전해져 내려오는 비전이 정보원 활동에 아주 적합하거든요."

루크가 콕스 형제를 가리키며 말했다.

"저들의 비전을 응용해 최소 수련으로 최대 효율을 뽑을 수 있는 기술을 만들어 전수하려고요."

이쯤 되니 율리안으로서도 할 말이 없어졌다.

루크는 이미 거기까지도 모두 생각해 놓고서 이 계획을 만들어 가고 있는 것이었다.

"석 달 안에 제대로 된 보급형 비전을 만들어 여기 모인 거지들에게 전수할 거예요. 그리고 그 거지들이 자기네 지역에서 그 기술을 다시 전수하는 거죠."

고작 석 달 만에 그게 가능한가?

그런 생각이 스쳐 지나갔지만, 율리안은 더 이상 의심하지 않았다.

언제 저 녀석이 불가능할 것 같다고 생각되는 것들을 못한 적이 있던가.

"알겠다. 그렇게 알고 있으마."

"그럼 허락은 받았으니까 저는 가 볼게요. 거지들이 백은관 앞에서 기다리고 있을 거라서요."

"이미 상거지 수십 명을 본가 내에 들였단 말이더냐?"

루크는 싱긋 웃으며 고개를 끄덕였다.

"내가 허하지 않았으면 어떻게 하려고?"

"가문을 위한 길인데, 허하지 않을 리가 없으시죠."

"허……."

율리안은 가주실을 나가는 루크를 보며 혀를 찼다.

'거지들을 이용한 정보 조직이라…….'

걱정을 하는 율리안의 입가에도 옅은 미소가 그려졌다.

전에 본 적 없는 형태의 조직이었지만, 어쩐지 기대감이 먼저 들었다.

아마 루크가 저토록 자신하고 있기 때문이리라.

'백은관에서 또 다른 비명이 들려오겠구먼.'

테오 사단이 임무로 자리를 비우며 한동안 조용했던 백은
관 앞 연무장.

웅성웅성.

오랜만에 그곳에 사람들이 북적였다.

그러나 그것은 테오 사단의 목소리가 아니었다.

"우에에에취!"

따다다다닥!

누더기 차림의 거지들이 설산의 한기를 견디지 못하고 몸
을 떨었다.

노상에서 밤을 보내야 하는 거지들에게 추위는 가장 큰 경
계 대상이었다.

그 때문에 한참이나 연무장에 서 있던 거지들 사이에서 점
점 불만의 목소리가 커졌다.

"염병! 아무리 귀한 집 도련님이라도 그렇지, 이 엄동설한
에 사람을 세워 놓고 뭐 하자는 거야?"

"우리가 밥 빌어먹고 산다고 사람도 아닌 줄 아시나?"

"카아아아악, 퉤! 이렇게 멍청하게 서 있을 시간에 나는 노던에 가서 구걸이라도 할 거야."

루크가 율리안과 이야기를 나누고 있는 동안, 백은관 앞에서 기다리고 있던 거지들이 결국 폭발했다.

"모두 멈춰!"

거지들의 관리를 맡은 테오가 그들을 불러 세웠다.

"그렇게는 못 하겠습니다, 나리."

"여기 서 있다가는 얼어 죽을 거요."

"자, 갑시다, 갑시다!"

그러나 거지들은 테오의 말을 귓등으로도 듣지 않았다.

"이것들이……!"

테오가 참지 못하고 기세를 피워 올렸다.

그의 손은 이미 검 손잡이를 잡고 있었다.

그러나 브리데커와 엘린이 그런 그를 말렸다.

"공자님, 거지들에게는 단순한 협박으로 안 되는 거 아시지 않습니까?"

"맞아요. 이공자님이 돔에서 했던 말을 떠올려 보세요."

"하긴. 내일 길바닥에서 죽어도 이상하지 않은 녀석들에게는 협박이 통하지 않았지?"

테오도 돔 앞에 있던 거지 무리에게 살기를 피워 올려도 꿈쩍도 하지 않던 것을 떠올렸다.

그리고 루크가 그들을 어떤 것으로 움직였는지도 함께 떠올렸다.

"멈추는 자에게는 이걸 주지."

테오가 은화를 꺼내 거지들에게 보여 주었다.

그러자 예상했던 대로 거지들은 발걸음을 멈췄다.

'후훗, 나도 그동안 무식하게 검술만 배운 게 아니란 말이지.'

테오가 내심 뿌듯해하고 있을 때였다.

수십 명의 거지들이 양손을 쭉 내밀었다.

그것은 그 은화를 달라는 의미였다.

"거지들이라 그런지 반응이 즉각적이네요. 은화를 안 주면 당장이라도 다시 떠날 기세예요."

"얼른 은화를 주시죠. 거지들을 놓친 걸 이공자님이 알게 되면 큰일 납니다."

"그, 그렇지?"

각자에게 은화를 하나씩 주면 꽤 큰 금액이었지만 어쩔 수 없었다.

이로써 돈을 잃는 대신 루크의 분노는 피할 수 있을 테니까.

"아이고! 감사합니다, 나리!"

은화를 나눠 받은 거지들이 테오 사단을 향해 넙죽 엎드렸다.

테오 사단은 자신들도 루크처럼 거지들을 다루는 데 성공했다고 생각했다.

"자, 감사의 인사를 드렸으니 이제 갑시다!"

"좋소, 좋소."

"노던으로 내려가면 이 돈으로 속을 한번 데우고 구걸을 시작해야겠구먼!"

하지만 거지들은 다시 발걸음을 움직이기 시작했다.

그걸 본 테오 사단은 당황했다.

"뭐, 뭐야. 너희?"

"돈을 받았잖아!"

"아무리 거지들이라도 그렇지, 약속을 지켜라! 네 이놈들!"

테오 사단의 외침에 거지들은 오히려 더 황당하다는 표정을 지었다.

"무슨 소리입니까, 나리들? 쇤네들은 약속을 지켰습니다."

"뭐?"

"은화를 받은 조건으로 멈추지 않았습니까? 그리고 멈춘 후에 다시 움직이는 것뿐입니다요."

"……."

테오 사단은 할 말을 잃어버렸다.

분명 얼토당토않은 소리였다.

하지만 그런 말을 저렇게 당당하게 해 버리니까, 오히려 자신들이 이상한 소리를 한 것 같았다.

"주신 돈은 잘 쓰겠습니다. 쉰네들께 적선을 베풀어 주셨으니 분명 복 받으실 겁니다."

"강녕하십시오, 나리들!"

과연 상거지들은 일반적인 거지들과는 근본부터가 달랐다.

상거지들에게 놀아난 테오가 살기를 흩뿌렸다.

그러나 일반 거지들에게도 통하지 않던 협박이 상거지들에게 통할 리가 없었다.

"어쩔 수 없다. 몇 놈을 조져서 본보기라도 보여 줘야지."

"맞습니다, 이대로 가다간 저희가 루크 공자님께 죽습니다."

"아가리를 제일 많이 턴 놈부터 조지시죠!"

그러나 테오 사단이 움직일 필요는 없었다.

그들이 손을 쓰기도 전에 거지들이 벌써 발걸음을 멈췄기 때문.

목숨을 위협하는 협박에도 전혀 멈출 낌새도 없던 저들의 발을 멈춰 세운 것이 대체 무엇일까?

거지들의 눈은 드래곤의 보물을 발견하기라도 한 것처럼 동그랗게 떠져 있었다.

테오 사단도 거지들의 대열 앞쪽으로 시선을 돌렸다.

거기엔 루크가 서 있었다.

뒤에 먹을 것과 재물을 산처럼 쌓아 둔 채로.

등장만으로 이미 모든 이목을 집중시킨 루크가 앞으로 한 걸음 나왔다.

"다들 어디 가는 거지?"

"나리께서 쇤네들을 슈넬덴으로 부르신 분인가 봅니다."

상거지들 중 하나가 대답했다.

"맞아. 루크 슈넬덴이라고 해."

"쇤네는 나브라고 합니다. 제국의 수도 힐레스도르에서 온 거지입죠."

"반가워, 나브. 내 질문에도 답해 줘."

"아무리 우리가 비천한 거지라고 하더라도, 사람을 불러 놓고 이리 오랫동안 기다리게만 하는 건 도리가 아닌 줄로 압니다. 저희는 더 이상 기다리지 못하고 이곳을 떠나던 중 이었습니다."

"아, 그건 미안해. 너희를 집안으로 들이는 데 설득이 길 어졌거든."

루크가 정중하게 사과했다.

그걸 본 나브는 회심의 미소를 지었다.

자신의 한마디에 넙죽 사과부터 하는 걸로 봐서는 이 녀석 도 테오만큼 샌님인 것 같았으니까.

'이 녀석에게서도 짭짤하게 얻어 낼 수 있겠군.'

그가 뒤에 있던 상거지들에게 슬쩍 눈짓을 보냈다.

바람을 잡아 루크를 압박하라는 의미였다.

그러나 루크가 먼저 입을 열었다.

"그래도 너희들을 3개월간 머물게 하기로 설득했으니까, 이제 이것도 줄 수 있게 됐어."

루크는 자신의 뒤에 있는 상자 더미를 가리키며 말했다.

"예? 그 말씀은……?"

"맞아. 이건 다 너희에게 주려던 거야. 마음껏 가져가."

루크는 성서에 나올 법한 인자한 미소를 지었다.

"지, 진짜입니까?"

"그렇다니까. 너희가 원하는 만큼 저어어언부 가져가."

"아, 알겠습니다! 그렇게 말씀하신다면야!"

우두두두두두-!

거지들은 붉은색 천을 본 황소처럼 상자들을 향해 달려들었다.

"아이고, 이게 꿈이냐, 생시냐?"

"여기가 가슈인께서 약속하셨던 낙원이구나."

"그딴 말 할 시간에 하나라도 더 챙겨!"

거지들은 양손 가득 금화를 집어 들어 주머니에 넣으면서 동시 옆에 있던 음식을 게걸스럽게 처먹었다.

루크는 그런 거지들을 보며 흐뭇하게 웃었다.

당연히 테오 사단은 이 상황을 이해할 수가 없었다.

"저걸 다 줘도 되는 거야?"

"그래야만 하는 거야."

"그래야만 하다니?"

"형도 저놈들과 협상해 봤지?"

"응."

테오는 아직도 화가 식지 않았는지 이를 갈았다.

루크도 이해한다는 듯 그의 어깨를 툭툭 두드려 주었다.

"저놈들은 저 길바닥에서만 최소 십 년을 넘게 구걸하면서 살아남은 놈들이야."

그런 짬이 있으니까 고작 은화 정도에는 반응도 제대로 안 보이고, 오히려 테오를 농락하기까지 한 것이다.

"저런 녀석들의 주의를 돌리려면 이 정도는 해 줘야 하는 거지."

"하지만 고작 거지들에게 저걸 다 주는 건 너무 아깝지 않아?"

"그건 걱정하지 마. 아무리 며칠을 굶었어도 결국 한 번에 먹을 수 있는 양은 정해져 있으니까."

루크가 사악한 미소를 지었다.

"그리고 고기도 먹어 본 놈들이나 먹는 거지. 구걸만 해온 거지들에겐 값비싼 보물들만 골라 챙길 수 있는 안목은 없어."

"그래?"

루크의 말대로였다.

넘쳐 나는 음식으로 배를 채우고, 주머니 한가득 재물을 챙긴 거지들이 슬슬 상자 더미에서 나오기 시작했다.

거지들이 모두 나왔음에도 상자는 아직 절반도 열리지 않았다.

게다가 테오 사단의 눈에는 똑똑히 보였다.

저중에서 정말 귀한 것들에는 아직 손도 대지 않았다는 것을.

지금 저들이 먹고 챙긴 것을 대략 계산하자면 각각 초급 기사 한 명의 녹봉만큼도 나오지 않았다.

"와…… 정말이네. 진정한 의미의 가성비야."

"그럼 이제 배도 불리고 등도 따뜻해졌으니 협상하러 가 볼까?"

루크는 행복에 겨워하고 있는 거지들에게 다가갔다.

"다들 원하는 만큼 챙겼나?"

"아이고, 나리!"

"나리, 감사합니다!"

"제가 죽어 가슈인 앞에 서면, 가장 먼저 나리의 이름부터 은인이라고 고하겠습니다요."

거지들은 루크를 보자마자 아예 무릎을 꿇고 절을 올렸다.

그들의 눈에서는 루크를 향한 진심 어린 존경심이 흘러나왔다.

조금 전의 태도와는 확연히 달랐다.

"혹시 이것들을 더 가지고 싶나?"

"이, 이걸 더 주신다고요?"

"매달 이렇게 쌓아 놓고 원하는 만큼 챙길 수 있게 해 주지."

쿨럭, 쿨럭!

거지들은 헛숨을 들이켜다가 사레에 들렸다.

하지만 침이 기도로 들어가는 고통 속에서도 그들의 표정은 행복하기만 했다.

매달 저런 재물 더미를 쌓아 두고 원하는 만큼 챙기게 해 주다니.

거지들에게 그런 천국이 어디에 있단 말인가.

그러나 루크의 제안은 거기서 끝이 아니었다.

"저 재물 더미만이 아니야. 슈넬덴 직속 기관의 소속을 나타내는 패도 함께 내주지."

"······!"

거지들의 눈이 번쩍 뜨였다.

그건 돈과는 또 다른 보상이었다.

그들이 각 구역의 거지들을 관리하는 상거지라고 해도, 거지는 거지인 법.

자신들이 수금한 금액의 일부분은 어쩔 수 없이 지역의 양아치들에게 넘겨줘야 했다.

그렇지 않으면 녀석들은 치안 관리라는 명목으로 그 지역에서는 더 이상 구걸을 하지 못하게 할 테니까.

그러나 만약 자신들에게 슈넬덴 소속의 패가 있다면 이야기가 완전히 달라진다.

그것만 있다면 더 이상 그놈들에게 자신들이 수금한 돈을 떼어줄 필요가 없다는 의미였다.

아무리 간이 배 밖으로 튀어나온 양아치라고 하더라도, 슈넬덴에서 비호하고 있는 이를 건들 수 있겠는가.

최근 슈넬덴의 위세를 생각하면 양아치 정도가 아니라, 웬만한 소형 가문의 기사들도 자신들을 함부로 대할 수는 없을 것이다.

산처럼 쌓인 재물과 슈넬덴 소속을 증명하는 패.

이것만으로도 이미 충분히 많은 보상이었다.

그러나 루크의 제안은 아직 끝나지 않았다.

"마지막으로 너희에게 특별한 마나 호흡법과 비전도 전수해 줄 거야."

"……."

거지들은 이제 생각하는 것 자체를 포기해 버렸다.

마나 호흡법과 비전.

그건 돈이 있다고 해서 배울 수 있는 것이 아니었다.

오직 가문의 기사 작위를 받은 이들에게만 주어지는 특권이 바로 마나 호흡법과 비전이었다.

이쯤 되니까 아무리 거지들이라도 의심이 가기 시작했다.

누군가 이렇게 커다란 적선을 할 때면, 분명 뭔가 원하는 게 있기 마련이었으니까.

거지들은 숨을 죽인 채로 루크가 다음 할 말에 집중했다.

그리고 마침내 루크의 입이 열렸다.

"조건은 석 달간 버티는 것."

"예?"

"그러니까 고작 석 달을 버티는 조건으로 나리께서 말씀하신 것들을 다 준다는 겁니까?"

"맞아."

"오……!"

거지들은 잠깐 서로를 쳐다보았다.

여기에 무슨 함정이 있는지 확인하는 것이었다.

그러나 그들 중 어느 누구도 수상한 점을 찾아내지 못했다.

오히려 자신들에게 너무나 유리했기 때문에 수상해 보일 지경.

"그게 싫으면 얼마든지 여기서 나가도 돼. 싫다는 사람 억지로 잡고 있을 생각도 없으니까."

루크는 조금의 미련도 없이 길을 비켜 주었다.

그러나 거지들은 이런 천금 같은 기회를 놓칠 수가 없었다.

"바, 받아들이겠습니다. 반드시 버티겠습니다."

"저희도요."

나브를 시작으로 거지들이 일제히 고개를 숙였다.

뒷골목의 들개들인 양 제멋대로 움직이던 상거지들을 한 번에 통제하는 루크의 모습에 테오 사단은 감탄했다.

"꽤 힘들 텐데 괜찮겠어?"

"물론입죠! 또 쉰네들이 버티는 거라면 이골이 날 만큼 많이 했습니다요."

"좋아. 그럼 앞으로 잘 부탁하지."

"쉰네들에게 이리도 큰 선행을 베푸시다니, 나리께서는 꼭 복 받으실 겁니다! 그렇고말고요!"

"글세…… 과연 그럴까."

"예? 뭐라고 하셨습니까?"

"아무것도 아니야."

루크는 그렇게 말하고는 테오 쪽으로 몸을 돌렸다.

"그럼 앞으로 잘 부탁해, 교관님."

"웅? 나?"

테오는 자기 자신을 손가락으로 가리켰다.

"맞아. 형이 저 사람들에게 기본적인 신체 능력을 가르칠 거야."

"흐흐흐흐, 그래?"

테오의 입가에선 사악한 미소가 그려졌다.

그의 머릿속에는 지금껏 당했던 것에 대해 복수하는 장면이 흘러갔다.

"그럼 잘 부탁해. 한 달 안에 호흡법과 보법을 익힐 만큼은 기초를 쌓아 줘."

"걱정 마. 아주 제대로 교육시킬 테니까."

거지들은 어째서인지 설산의 한기가 더욱 강해진 것 같다는 생각이 들었다.

하지만 설산이 아니라 테오로부터 그 한기가 나왔다는 사실을 알았을 때는……

이미 돌이키기에 늦어도 너무 늦은 상황이었다.

❦

노상에서 생활한다는 건 생각보다 많은 의지력을 필요로 한다.

한여름에 온갖 해충들에게 자신의 몸을 대접하면서도 숙면을 할 수 있어야 함은 물론이고, 한겨울에 살을 에는 추위에도 잠을 청할 수 있어야 한다.

또한 거지들만 보면 냅다 자신의 화를 풀어 버리는 사람들로부터 맞아 가면서도 깽값을 구걸할 맷집 역시 필요했다.

그 외에도 구걸판에서 살아남기 위해서는 훨씬 더 많은 것들이 필요했지만, 어쨌든 한 가지만큼은 단언할 수 있었다.

구걸 판에서 오래 살아남은 거지들에게 의지력은 기본으로 갖춰져야 한다는 것.

그리고 슈넬덴에 모인 상거지들은 모두 그런 구걸판에서 최소한 십 년은 버텨 온 인물들이었다.

그런 그들의 입에서 한 달째 곡소리가 울려 퍼지고 있었다.

"으아아아아아악! 거지 죽네, 거지 죽어!"

"아이고, 나리들. 저 좀 살려 주세요. 이러다 정말 사람 죽습니다요."

"밥만 먹여 줬다고 사람을 이리 막 굴릴 수는 없는 법입니다."

거지들의 몰골은 처음 슈넬덴에 왔을 때보다도 더 꼬질꼬질해져 있었다.

그도 그럴 것이 이곳에 온 이후로 한 달째 백은관 앞 연무장에서 구르고 있었기 때문.

하지만 수련 담당이던 테오는 거지들의 부탁을 들어주지 않았다.

"힘든 거 나도 안다. 하지만 이게 다 너희를 위한 길이야. 나도 눈물을 머금고 수련시키는 거니까 다들 조금만 참아라."

거지들은 절대 테오의 말을 믿지 않았다.

거지로 있다 보면 상대의 표정을 읽는 것에도 능숙해지기 마련.

그렇기에 그들은 알 수 있었다.

지금 저것은 한 달 전 본인을 농락했던 것에 대한 복수라는 것을.

"여러분, 이럴 바에는 그냥 떠납시다."

"맞아요. 힘들면 언제든지 나가면 된다고 했잖습니까?"

결국 몇몇 거지들 사이에서는 그런 불만이 나왔다.

그러나 이전과 달리 지금은 그 어떤 거지도 선뜻 그 말에
동참하지 않았다.

심지어 떠나자고 주장한 거지들의 얼굴에도 확신이 없어
보였다.

이제 월급을 받는 게 머지않았기 때문이었다.

돈과 음식이 말 그대로 산처럼 쌓여 있는 상자 더미.

거기서 자신이 원하는 만큼 챙길 수 있는 날일 바로 코앞
인데, 누구 하나 선뜻 움직일 수 있겠는가.

이미 한번 그 맛을 본 거지들은 더 이상 과거로 돌아갈 수
없는 것이었다.

그리고 그들을 붙잡는 건 그게 다가 아니었다.

조금만 버티면 명문의 기사들이나 배우는 마나 호흡법을
배울 수 있었다.

물론 루크의 말에 의하면 쉽게 배우기 위해 기본적인 것들
만 추려낸 호흡법이라고 했지만…… 그것만 해도 어디인가?

아마 테론 대륙의 모든 거지들 중에서 마나 호흡법을 할
수 있는 거지는 자신들이 유일하리라.

그리고 그것마저 잘 버티고 나면, 이후에는 보법과 호신용

무술도 전수해 준다고 했다.

그 모든 걸 배우고 나면 슈넬덴의 소속임을 인증하는 패까지 받을 수 있었다.

이 모든 게 한 달 단위로 차례차례 주어지다 보니, 이 죽을 것 같은 고생 중에도 누구 하나 나가겠다고 선뜻 말할 수가 없는 것이다.

"거, 길바닥에서 구걸한 돈 다 빼앗기는 거 생각하면 차라리 여기서 구르는 게 낫지."

"맞아. 버티고 나면 확실한 보상도 있지 않은가."

"그래, 버티자. 버텨!"

"제기랄, 내가 이거 버티고 왕초가 되고 만다."

결국 거지들은 이를 악물고 수련을 하는 쪽을 택했다.

그리고 그들이 대화를 엿듣고 있던 테오가 다가왔다.

"아주 좋은 대답이야."

"예?"

"너희 말대로 마나 호흡법을 배우기까지 머지않았지만, 너흰 아직 준비가 덜 됐다."

테오의 입꼬리가 뒤틀렸다.

거지들은 그걸 보고서 테오가 할 말이 무엇인지 바로 눈치 챘다.

"그러니까 지금부터 수련의 강도를 더 높일 거야. 알겠나?"

"끄아아아아아악!"

그때 이후로 백은관의 귀곡성은 한층 더 커졌다.

✦

"수련 성과는 생각보다 훨씬 좋습니다. 일공자님이 워낙
잘 가르치는 덕분입니다."

"그리고 생각보다 저 거지들 몸이 날래긴 합니다. 정보술
을 배우는 속도도 빠르고요."

콕스 형제는 루크에게 수련 성과에 대해 보고하고 있었다.

루크는 알고 있었다는 듯이 고개를 끄덕였다.

"그럴 만하지. 노상에서 그렇게 오래 살아남은 것만으로
도 그 자질은 어느 정도 증명된 거니까."

"이런 속도라면 호흡법까지도 금방 배울 것 같습니다."

"호흡법까지는 어떻게든 할 수 있을 거야. 문제는 보법이
지."

거지들이 최소한 자신들의 몸을 지키며 고급 정보를 입수
하기 위해서는 보법이 필요했다.

그리고 루크는 콕스가의 귀영보를 저들에게 전수할 생각
이었다.

그전에 루크는 콕스 형제에게 다시 한번 확인받았다.

"정말 귀영보를 전수해 줘도 괜찮겠어?"

그래도 가문 대대로 전해져 내려오는 비전을 가문의 일원

이 아닌 자에게 전수해 준다는 게 마음에 들지 않을 수도 있었으니까.

하지만 콕스 형제는 전혀 그렇게 생각하지 않았다.

"공자님, 저희는 이미 슈넬덴의 일원입니다. 슈넬덴 정보 조직의 수장이 바로 저희죠."

"맞습니다. 그러니 저희 부하들의 실력을 키우는 게 무엇보다 중하죠."

그들은 귀영보를 전수하는 것에는 전혀 거리낌이 없었다.

하지만 그것과는 별개로 걱정되는 것이 있었다.

"전수하는 것 자체는 문제가 아닌데, 전수하는 방법이 문제입니다."

"귀영보는 전혀 훈련받지 않은 자가 단기간에 배울 수 있는 비전은 아니거든요."

"나도 거지들을 고작 한두 달 수련시킨 정도로 귀영보를 배울 수 있을 거란 생각은 안 했어."

루크도 알고 있는 사실이었다.

콕스 가는 원래 암살가였던 만큼, 귀영보도 당연히 숙련받은 암살자의 자질에 맞춰져 만들어진 비전이었다.

"그럼 누구한테 귀영보를 전수합니까?"

"나한테."

"예?"

콕스 형제는 본인을 가리키고 있는 루크를 보며 눈을 동그랗게 떴다.

"거지들에게 보법을 전수할 거라 하지 않으셨습니까?"

"맞아. 근데 그게 귀영보가 아닌 거지."

"귀영보가 아니면 무엇입니까?"

"내가 직접 만든 보법."

그 질문에 루크는 너무나 간단하게 대답했다.

"귀영보와 비슷한 움직임을 보이면서도 훨씬 쉽게 배울 수 있도록. 뭐, 극성으로 가면 당연히 차이는 있겠지만, 초반 단계에서는 거의 비슷할 거야."

"……."

콕스 형제는 벌어진 입을 다물지 못했다. 그러니까 지금 귀영보를 배우기 쉽도록 변형시키겠다는 말이 아닌가.

말이 변형이지 그건 비전을 새롭게 만드는 것과 다름이 없었다.

비전이란 처음부터 끝까지 연결되는 하나의 유기체와도 같았다. 그런 비전에서 어려운 지점을 빼고 쉬운 것끼리 묶어서 배우기 쉽게 만드는 것은 일반적인 방법으로는 불가능했다.

비유하자면 이미 지어진 건물을 완전히 해체하고 그 재료들로 전혀 다른 건물을 짓는 것과 같았다.

"그게…… 가능한 겁니까?"

"나도 모르지. 하지만 아마 가능하지 않을까?"

비전을 새롭게 만드는 것이 마치 식사하는 것이라도 되는 양 가볍게 말하는 모습에 콕스 형제는 황당했다.

"아무튼 시간 없으니까 얼른 귀영보부터 보여 줘 봐."

"아, 알겠습니다."

콕스 형제는 허겁지겁 귀영보의 준비 자세를 취했다.

그러다 그들은 뭔가 생각이 났는지 멈칫했다.

"아, 먼저 마나 흐름부터 말씀드려야겠네요. 일단 귀영보는 코어에서부터 시작해⋯⋯."

"됐어. 마나 흐름 없이 그냥 시범만 보여 줘. 대신 내가 알아볼 수 있게 구분 동작 정도로만 보여 주면 돼."

"예, 예?"

일반적인 비전 전수 과정과는 완전히 다른 방식이었다.

세상의 어떤 사람이 그저 보는 것만으로 마나의 흐름까지 파악할 수 있단 말인가.

그러나 루크의 눈은 전혀 농담하는 사람 같지가 않았다.

콕스 형제는 하는 수 없이 귀영보를 구분 동작으로 보여 주었다.

스르륵.

콕스 형제가 동시에 귀영보의 첫 발을 내디뎠다.

그와 동시에 그들의 기척이 순식간에 흐릿해졌다.

그리고 발이 움직일 때마다 그들의 기척은 더욱 옅어졌다.

"⋯⋯."

루크는 그들의 움직임에 완전히 몰입했다.

비단 몸의 움직임뿐만이 아니었다.

발을 내딛는 순간부터 시작되는 마나의 움직임.

그리고 다음 움직임을 가져가기 위해 취하는 자세.

루크는 비전의 한 동작을 구성하는 모든 것을 한눈에 담고 있는 것이다.

그러는 사이 귀영보의 마지막 걸음이 끝났다.

"후–!"

콕스 형제가 참았던 호흡을 내쉬었다.

시범이 끝났음에도 루크는 아무런 말이 없었다.

그들이 보여 준 동작을 곱씹고 있는 것이었다.

"한 번 더 보여 줘."

"한 번 더요? 그것보다는 제가 하나씩 설명해 드리는 쪽 이……."

"됐어. 그냥 보여 주는 걸로 충분해."

"알겠습니다."

콕스 형제는 다시 처음부터 귀영보를 시전했다.

루크의 눈은 이번에도 그 동작부터 마나의 움직임 하나까지도 쫓았다.

그들은 그날 코어에 마나가 한 방울도 남지 않을 때까지 귀영보를 반복해야 했다.

마나를 모두 사용해버린 콕스 형제는 초주검이 되어 돌아갔다.

루크는 그들을 돌려보내고 나서도 여전히 생각이 잠겨 있었다.

'귀영보를 자세히 본 건 이번이 처음인데, 생각보다 더 특별한 보법이었구나.'

귀영보는 주변의 마나와 자신의 마나를 동화시켜, 바로 코앞에 있어도 기척을 숨겼다.

게다가 빠른 움직임이 필요할 때는 동화된 마나의 흐름을 이용해 효율적으로 추진력을 얻을 수도 있었다.

기존의 보법은 자신의 내부에 집중하고 있다면, 귀영보는 외부의 마나에 집중해 그것을 이용하는 방식이었다.

그 때문에 다른 보법에 비해 배우는 것 자체는 어려웠지만, 일단 배우기만 하면 자신이 가진 것에 비해 더 큰 능력을 낼 수 있는 것이다

'누가 만들었는지는 몰라도 꽤 기발한 비전을 만들어 냈네.'

주변의 마나와 동화되어 자신의 기척을 숨기는 건 루크에게도 꽤나 쓸모가 있을 것 같았다.

한 합에 목숨이 오가는 치열한 전투 중에 귀영보를 사용한

다면 아주 잠깐의 틈을 만들어 낼 수 있을 테니까.

그리고 그 틈이 그 전투의 승패를 좌우하는 일격이 될 수도 있었다.

귀영보를 배워 둬서 나쁜 것은 전혀 없으리라.

다만 이걸 검술이라고는 모르고 살았던 거지들에게 전수하기에는 무리였다.

귀영보의 묘리를 이해하기에는 수련이 부족했고, 그렇다고 몸에 익을 때까지 반복시키기에는 시간이 부족했으니까.

'역시 내가 귀영보를 익힌 후에 여기서 필요한 것만 골라서 새로운 보법을 만들어야겠어.'

루크는 천천히 몸을 일으켰다.

그의 머릿속에는 콕스 형제가 보여 줬던 귀영보가 끊임없이 다시 재생되고 있었다.

'첫 발은 허초에 가까울 정도로 가볍게.'

척.

루크가 첫 발을 내디뎠다.

가볍게 내디딘다는 건 백운보와 비슷했다.

하지만 백운보가 구름을 밟는 듯 가볍게 움직이는 보법이라면, 귀영보는 그림자 속에 모습을 감추는 듯한 은밀한 보법이었다.

주변의 마나와 자신의 마나가 비슷해지도록 운용하는 것이 중요했다.

스륵.

그리고 그 순간 루크의 기척이 사라졌다.

콕스 형제가 그랬던 것처럼.

루크는 거기서 멈추지 않았다.

'그리고 다음이⋯⋯.'

콕스 형제가 보여 줬던 움직임을 떠올리며, 그는 자신의 몸을 움직였다.

루크가 발을 내디딜 때마다 그의 기척은 점점 더 사라지더니, 어느덧 그의 모습마저 사라져 버렸다.

아마 콕스 형제가 아직 이곳에 있었다면 입을 쩍 벌렸을 것이다.

아니, 콕스 가문의 선조들까지도 저승에서 놀라 뒤집어졌을 것이다.

모습까지 감추는 건 귀영보를 극성까지 운용했을 때 나타나는 현상이었으니까.

고작 한나절 본 것만으로 귀영보를 마스터한 것과 다름이 없다니.

"후우."

루크가 참았던 숨을 몰아쉬자, 다시 그의 모습이 드러났다.

'이거, 쓸모가 꽤 많겠는데?'

루크의 입가에는 미소가 그려졌다.

이렇게 감쪽같이 모습을 감춰 보니, 이걸 이용할 방법이 무궁무진하게 떠올랐다.

아마 몸에 익힌다면 더욱 자연스럽게 귀영보를 구사할 수 있으리라.

하지만 그것보다 먼저 해야 할 게 있었으니.

'일단은 거지들에게 전수할 비전부터 만들어야지.'

루크는 아예 폐관 수련이라도 하듯 방문을 잠그고서 귀영보를 변형해 갔다.

그리고 슈넬덴의 새로운 정보 조직인 콕스 패치에 전수할 보법이 만들어지는 데는 한 달이 채 걸리지 않았다.

거지들이 백은관에서 수련을 받은 지도 두 달이 되어 갔다.

인간은 본디 적응의 동물인지라, 아무리 지옥같은 수련이라고 하더라도 적응할 터.

하지만 백은관에서 들려오는 거지들의 비명은 시간이 지나도 줄어들지 않았다.

그럴 만도 했다.

테오 사단은 그들이 적응할 수 없도록 계속해서 수련의 강도를 올렸으니까.

점진적 과부하의 효과가 얼마나 좋은지는 그들이 직접 당해봤기에 알고 있었다.

　"나리, 한 번만 살려 줍쇼."

　"이러다 저희 다 죽겠습니다요."

　"너희의 아픔은 알고 있다. 이게 다 빠른 성장을 위한 길이라 눈물을 머금고 시키는 거야."

　말하는 내용과는 다르게 테오의 입꼬리는 씰룩거리고 있었다.

　거지들은 테오가 아직 예전의 일에 앙심을 품고 있다는 것을 눈치챘다.

　그러나 그걸 눈치챘다고 해서 그들이 할 수 있는 것은 없었다.

　그들은 이미 이곳에서 꼼짝없이 석 달을 버텨야만 하는 신세였으니까.

　그저 두 달 전 저 녀석을 골탕 먹였던 자신들을 원망하는 수밖에.

　"조금 있으면 정보술 교육 시간이니까 다들 마지막까지 바짝 달려 보자고."

　수련시키는 테오의 옆으로 콕스 형제가 다가왔다.

　다음에 있을 정보술 교육을 준비하기 위해서였다.

　그리고 그들은 바닥을 구르고 있는 거지들을 질린 눈으로 바라보았다.

'이 집안의 수련은 진짜 어마어마하구나.'

물론 그들도 루블린에 있을 때 잠깐 테오 사단과 함께 수련했던 적이 있었다.

그 덕분에 슈넬덴의 수련법에 대해서 어느 정도는 알고 있었다.

다만 이렇게 제대로 각을 잡고 수련시키는 모습은 처음이었다.

"이러다 죽는 거 아닙니까?"

"괜찮아. 사람이 생각보다 쉽게 안 죽더라고. 그리고 저 거지들은 타고난 신체 능력이 있어서 영양소만 잘 챙겨 줘도 충분히 버틸 거야."

"슈넬덴에서는 모두가 이렇게 수련하고 있는 겁니까?"

"루크 그놈 밑에서 수련받은 녀석들은 모두 똑같지."

"……."

콕스 형제는 슈넬덴이 어째서 이토록 기적 같은 성장을 보일 수 있었는지 깨달았다.

모두가 이런 미친 수련을 소화하고 있다면, 부활하지 않으려야 않을 수가 없을 것이다.

"그나저나 다음 교육은 바로 시작이지? 그럼 바로 준비해 줘. 나도 내 수련하러 가야 하니까."

"여기서 수련을 더 하신다고요?"

테오는 지금까지 거지들과 똑같은 강도로 함께 수련하지

않았던가.

그래 놓고 다시 자기 수련을 하러 가다니.

"뭘 그렇게 놀라? 루크, 그 녀석에 비하면 사실 우리는 아무것도 아닌데."

"이게 아무것도 아니라니요?"

"그놈은 언제나 우리가 하는 것보다 몇 배는 더 하거든. 잠은 언제 자나 싶을 정도로."

테오는 슬쩍 소월관이 있는 방향을 보았다.

루크가 비전 연구를 한다며 저곳에 틀어박힌 지 한 달이 다 되어 갔다.

그러나 녀석은 비전을 연구하는 와중에도 더 강해지고 있으리라.

루크가 저렇게 숨 쉴 틈도 없이 달려가고 있으니, 자신도 멈추어 설 수가 없는 것이다.

"그럼 루크 공자님께선 보법 연구에 수련까지 다 하고 계신 건가요?"

"그뿐이겠어? 대륙 전체에서 일어나고 있는 일들 파악에, 그 이후에 해야 할 일도 그려 두고 있을걸."

"……"

콕스 형제는 할 말을 잃었다.

"그게 가능한 겁니까?"

"당연히 불가능이지. 그런데……."

테오가 고개를 끄덕였다.

"그놈은 아마 해 버릴 거야. 진짜 괴물 같은 놈이거든."

콕스 형제는 그 말에 동의하면서도 완전히 믿지는 않았다.

아무리 그래도 비전 하나를 새롭게 만든다는 건 고작 한 달 만에 해낼 수 있을 리가 없었으니까.

그들이 그렇게 생각하며 다음 교육을 준비하기 시작할 때였다.

저 멀리서 누군가 걸어오는 게 보였다.

'누구지?'

콕스 형제가 눈을 가늘게 뜨며 앞을 보았다.

아직 거리가 멀어서 누구인지 정확히 식별되지 않았다.

"거 봐."

그러나 테오의 눈에는 그가 누구인지 보였던 모양이다.

콕스 형제는 설마 하는 마음으로 그쪽을 더 자세히 보았다.

잠시 후 그자의 얼굴이 눈에 들어왔다.

콕스 형제의 눈은 믿을 수 없다는 듯이 떨렸다.

이곳으로 오고 있는 자는 정말 루크였던 것이다.

"그럼 저, 정말로?"

"고작 한 달 만에 귀영보를 보고서 새로운 비전을 만들어 냈다는 건가?"

루크의 저 환한 표정이 그것이 사실이라는 걸 증명하고 있었다.

그리고 루크는 직접 그 추측에 마침표를 찍어 주었다.

"새로운 보법인 설영보와 강설타법이 완성됐어."

그사이 보법만이 아니라 다른 비전도 만들어 온 루크였다.

"잠깐 휴식!"

테오의 한마디에 거지들이 일제히 바닥에 주저앉았다.

영하에 가까운 날씨였음에도, 그들의 몸에서는 새하얀 김
이 뿜어져 나왔다.

거지들은 더 이상은 때려죽여도 못한다며 앓는 소리를 내
었다.

그때 루크가 그들에게 다가갔다.

"다들 지금까지 기초 수련하느라 고생 많았어."

"이공자님이시군요."

"지금껏 잘 버텼으니 이제 약속대로 비전을 알려 주도록
하지."

루크의 말에 거지들의 표정이 구원자를 만난 것처럼 밝아
졌다.

"비전은 이공자님이 직접 가르쳐 준다고 했지?"

"드디어 일공자님의 마수에서 벗어나는구나!"

"이대로 며칠만 더 있었다가는 정말로 죽었을 거야."

거지들은 작게 환호했다.

"그래도 이공자님은 일공자님보다 훨씬 점잖으시겠지?"

"당연하지. 저분은 우리한테 원한도 없잖아."

거지들은 저들끼리 속닥거렸다.

그러나 아무리 목소리를 낮춰도 테오의 귀에는 그 내용이 명확하게 들렸다.

"쯧쯧……."

내용을 들은 테오는 혀를 찼다.

루크가 왔으니까 좀 나을 거라고?

이 얼마나 황당한 소리인가.

'하긴 저 녀석들은 아직 루크의 진면목을 본 적이 없긴 하지.'

저들이 본 루크라고는 언제나 인자한 미소로 돈을 나눠 주던 모습밖에 없으니까.

아마 자신이 해 준 수련 방식이 모두 루크에게서 물려받은 거라는 걸 알면, 저 녀석들은 실신해 버렸으리라.

"몸을 숨기거나 도주, 미행에 사용할 수 있는 설영보와 주변에 있는 무기를 이용해 호신을 할 수 있는 강설타법, 이 두 가지를 알려 주지."

"예!"

거지들이 힘차게 대답했다.

이제야 그 악마 같던 테오의 손에서 벗어났다는 생각과 가장 기다리던 비전을 배운다는 생각에 기운이 절로 솟은 것이다.

"그럼 앞으로 보름 동안 설영보의 비전을 모두 알려 주지."

"저……."

그때 거지 중 하나가 슬쩍 손을 들었다.

루크도 기억하고 있는 자였다.

"힐레스도르의 나브라고 했나?"

"맞습니다."

"뭐지?"

"쇤네가 잘 몰라서 그러는데, 비전이라는 게 원래 보름 만에 배울 수 있는 겁니까?"

"원래는 불가능하지."

나브의 표정에 물음표가 떠올랐다.

루크는 선심 쓰듯 그 이유를 설명해주었다.

"일단 이 설영보나 강설타법 모두 다른 비전들이랑 달리 태생부터 그 깊이보다는 쉽게 배우는 데 초점을 두고 만들어졌어."

나브도 그제야 고개를 끄덕였다.

하지만 의문이 모두 해소된 건 아니었다.

아무리 배우기 쉽게 만들어졌다고 해도, 보름 만에 배우는 비전은 듣지도, 보지도 못했으니까.

"그리고 내가 가능하게 만들어 줄 거야. 그러니까 걱정하지 마."

루크가 미소를 지으며 말했다.

분명 티 없이 맑은 미소였다.

<u>으스스스스.</u>

그러나 거지들은 그 미소를 보자 온몸에 소름이 돋는 것 같았다.

어쩐지 가장 만나지 말았어야 하는 상대를 만난 것 같은 기분.

심지어 지금껏 자신들을 죽을 만큼 굴리던 테오 사단도 애도하는 눈빛으로 이쪽을 바라보고 있었다.

'뭐가 잘못된 거지?'

그리고 머지않아 수련이 시작되었고, 거지들은 모든 의문이 풀렸다.

"몸에 때려 박아! 안 때려 박으면 내가 직접 때려 박아 넣어 주지."

거지들은 형보다 더한 동생이 있다는 것을 그날 깨달았다.

❦

지난 석 달 간 백은관에서 들려오던 비명이 멎었다.

그곳을 지나는 하인들 사이에서도 그건 화젯거리였다.

"이제 수련이 끝난 건가?"

"수련이 끝난 게 모두 죽어서 그런 거라던데?"

"에이, 설마."

"저기서 들려오는 비명 들어봤을 거 아니야? 단말마의 비명이 아니면 그런 소리는 절대 못 내."

"하긴 그것도 그러네."

백은관에서 수련을 받던 이들이 모두 죽었다.

그건 하인들 사이에서도 꽤나 유명한 소문이었다.

그리고 소문은 그것뿐만이 아니었다.

"저기서 죽은 거지들의 원혼이 나타난다는 이야기는 들었어?"

"원혼?"

"원래 거처가 없던 사람들이 객사하면 거기 지박령이 된다는 말이 있잖아."

"그러니까 백은관이 그 원혼들의 거처가 됐단 말이야?"

"그런 거지."

그러고 보니 백은관에 왠지 으스스한 기운이 감도는 것 같기도 했다.

"에이, 세상에 무슨 유령이 있다고 그러는 거야?"

"내가 아무 증거도 없이 그러겠어? 여기서 희끄무레한 형체를 봤다는 하인들이 다섯이나 있어."

"정말로? 또 과장하는 거 아니야?"

"진짜야, 나도 똑똑히 봤다니까."

"유령이 어떻게 생겼는데?"

"그게 설명하기가 어려운데……."

그 하인은 어떻게든 설명하기 위해 애를 썼다.

하지만 애당초 스쳐 가듯 본 것을 정확히 묘사할 수 있을 리가 없었다.

"이거 봐, 설명 못 하는 거 보니까 역시 구라였네!"

"구라가 아니라……!"

그때였다.

샤샤샥.

검은 형체가 하인들의 옆을 지나쳤다.

"그래! 딱 저렇게 생겼었어."

"딱 저렇게 생겼구…… 응?"

하인들이 눈을 동그랗게 뜨며 서로를 바라보았다.

둘의 얼굴은 실시간으로 새파랗게 질려 갔다.

"지, 지, 진짜 유령!"

그들이 뭐라고 하기도 전에 검은 형체는 어딘가로 숨어 버렸다.

마치 누군가로 도망치는 것 같았다.

부스스.

바로 뒤이어 수풀이 움직였다.

아직 충격에서 회복하지 못한 하인들은 뒷걸음질 쳤다.

화악!

"으아아아악!"

"호, 혹시 이공자님 아니십니까?"

거기서 등장한 것은 루크였다.

하인들은 곧장 인사를 올렸다.

루크는 고개만 돌려 인사를 받아 주고는 재빨리 주변을 살폈다.

그러고는 조금 전 유령이 숨었던 수풀로 달려들었다.

"잡았다, 요놈!"

"으악!"

수풀 속에서 웬 사내가 덜미를 잡힌 채로 끌려 나왔다.

어떻게든 빠져나가기 위해 발버둥 치는 모습이 마치 사냥당한 초식동물 같았다.

"잡히면 죽는다. 기억하겠지?"

"아이고, 세상에 목숨을 걸고 하는 숨바꼭질이 어디 있습니까?"

"너희의 수련을 위해서는 어쩔 수 없는 거야."

"살려 주십시오!"

"나브, 너는 그래도 마지막으로 잡혔으니까 반만 죽여 줄게."

"반만 죽어도 죽는 건 똑같잖습니까."

루크는 어깨를 으쓱했다.

"강설타법을 몸으로 직접 익힐 기회인데 왜 그래?"

척.

루크는 바닥에 떨어져 있던 나무 작대기 하나를 잡았다.

강설타법은 거지들의 특성을 고려하여 주변에서 쉽게 구할 수 있는 무기를 활용해 구사할 수 있는 호신 비전이었다.

"그럼 철저히 교육해 주지."

"으아아아아아아악!"

하인들은 몸을 돌렸다.

차마 그 모습을 보고 있을 수 없었기 때문이다.

뒤쪽에서는 정말 비 오는 날 먼지가 나도록 맞는 소리가 들려왔다.

잠시 후 그 소리가 멎었다.

"거기 너희."

"예, 예?"

하인들은 루크의 목소리에 깜짝 놀라 뒤쪽을 돌아보았다.

"여기서 봤던 건 절대 비밀이야."

"무, 물론이죠!"

"저, 저희는 아무것도 못 봤습니다."

루크는 그런 그들을 보며 생긋 웃어 주었다.

"좋아, 그럼 가 봐."

"예!"

하인들은 행여나 자신들도 같은 신세가 될까 봐 부리나케

달아났다.

"끄으으윽!"

그때 나브의 입에서 앓는 소리가 흘러나왔다.

"오, 설영보도 훌륭했는데 맷집도 꽤 좋네."

"가, 감사합니다."

'좋아. 아직 조금 부족한 게 있지만, 이 정도면 그럭저럭 운영될 만하네.'

나브가 게 중 가장 뛰어난 자이긴 했지만, 다른 녀석들도 정보 수집을 하기엔 충분한 기량을 갖췄다.

최근에 했던 이 숨바꼭질 수련의 효과로 충분히 검증되었다.

한 계단 더 도약이 필요하다면 그때 저들을 다시 다 불러들여도 되리라.

루크는 만족스러운 미소를 지었다.

'이제 때가 됐어.'

대륙 전체에 슈넬덴의 정보망을 연결할 때 말이다.

❀

힐레스도르.

대륙 제2의 위세를 자랑하는 브리든 제국의 수도인 만큼, 이곳에는 많은 조직들이 있었다.

상인 길드, 장인 길드, 도둑 길드 등.

다양한 사람들이 자신들의 이익을 위해 조직을 만들어 활동했다.

그리고 그 조직 중에는 거지들이 만든 조직도 있었다.

힐레스도르 뒷골목에서 거지 길드의 간부들이 모였다.

그들은 하나같이 심각한 얼굴을 하고 있었다.

"나브 왕초가 슈넬덴으로 떠난 지 벌써 석 달째야. 그리고 아무런 소식도 없고."

"혹시 왕초가 어디서 객사한 거 아니야?"

"이 거지새끼가! 할 말이 있고, 못 할 말이 있지!"

한 거지가 다른 거지의 멱살을 잡았다.

멱살이 잡힌 거지는 캑캑거리면서도 제 할 말을 했다.

"아닌 말로 길바닥에서 죽는 거지들이 얼마나 흔한데, 왕초라고 안 그럴까? 가뜩이나 그렇게 추운 슈넬덴으로 갔는데?"

그 말에 다른 거지들도 고개를 끄덕였다.

"내일까지 왕초한테서 연락 안 오면, 새로운 왕초를 선출해야 해."

"맞아. 그럼 누가 왕초 자리에 올라가지?"

거지들이 새 왕초 자리를 논하는 걸 보고 멱살을 잡았던 거지가 발끈했다.

"에라이, 퉤! 누가 밥 빌어먹는 놈들 아니랄까 봐. 의리라고는 개죽을 해서 잡수셨구먼."

"뭐? 이 거지 새끼가 말 다했어?"

"그래 말 다했다. 뭐 어쩔래?"

"에헤이, 이 거지 놈들이 왜 이런대?"

"저 녀석들 좀 말려 봐."

"왜 말려? 재밌기만 한데. 낄낄."

싸우려는 거지들과 그리고 말리려는 거지들.

그들이 뒤엉키며 난장판이 되어 가고 있을 때였다.

골목 끝에서 누군가 커다란 짐을 들고 저벅저벅 걸어왔다.

"다들 시끌벅적하군."

그 목소리에 거지들이 일제히 반응했다.

그건 바로 왕초인 나브의 목소리였기 때문이다.

"왕초!"

"어디 다녀오신 거예요?"

"우린 왕초가 진짜 슈넬덴 길바닥에서 객사라도 한 줄 알았네!"

그들의 말에 나브는 치를 떨었다.

"객사라고? 차라리 객사를 하는 게 더 나았을지도 모르겠다."

"예?"

나브는 더 이상 말하지 않았다.

그들을 납득시킬 자신도 없거니와 슈넬덴에서의 기억을 떠올리고 싶지 않았기 때문이다.

하지만 거지들이 그를 가만두지 않았다.

"슈넬덴은 어땠어요?"

"정말로 거기 가니까 더 이상 안 빌어먹고 살 만큼 돈과 먹을 걸 줬어요?"

"……."

나브의 표정이 급격히 굳어졌다.

'그래, 돈과 먹을 건 많이 주기야 했지.'

하지만 부하들이 저토록 재촉하는데, 답변하지 않을 수도 없는 노릇.

그는 품에서 커다란 주머니를 꺼냈다.

짤랑짤랑!

안에서 들리는 청아한 소리에 거지들이 식사 종소리에 반응하는 개인 양 고개를 쳐들었다.

그것은 자신들의 그릇 앞에 떨어지는 동전 소리와 같았기 때문이다.

이미 소리로 도전의 종류까지도 구분할 수 있는 경지의 거지들이 외쳤다.

"설마 그 안에 든 거 전부 금화입니까?"

"맞아. 금화지."

"세상에! 슈넬덴에 가면 더 이상 구걸하지 않아도 된다는 말이 사실이었군요."

"또 다른 건 얻어 온 게 없습니까?"

거지들은 신이 나서 물었다.

그럴수록 나브의 표정은 더욱 창백해졌지만, 이미 금화에 눈이 먼 거지들의 눈에는 왕초의 근심 따위 보이지도 않았다.

"마나 호흡법이랑 비전도 배워 왔어. 그리고 슈넬덴의 일원임을 증명하는 증표도 받았고."

"그, 그, 그게 사실입니까?"

"저희도 슈넬덴으로 가야겠습니다."

"당장 짐 챙겨!"

거지들의 눈이 시뻘게졌다.

자신들도 당장 슈넬덴으로 달려가 저 중 하나라도 얻고 싶었기 때문이다.

그러나 나브는 고개를 저었다.

어쩐지 창백하던 그의 얼굴에 점점 사악한 미소가 피어나는 것 같았다.

"너희는 굳이 슈넬덴으로 갈 필요 없어."

"설마 독차지하시겠다는 겁니까? 아무리 왕초라도 그건 선 넘었죠!"

"다 내가 가르쳐 줄 거니까 그럴 필요 없다고."

"예? 저희도 저걸 다 배울 수 있다고요?"

"그래, 등급에 따라 다르지만, 일단 여기 간부 녀석들은 다 알려 줄 거야."

"어흑, 나는 왕초가 그럴 줄 알았어요."

급기야 거지들은 울먹거리기까지 했다.

그들은 울먹거리느라 보지 못했다.

나브의 표정이 어느새 확 변해 있다는 것을.

그것은 루크나 테오의 그것과 비슷해 보였다.

"언제부터 우리도 마나 호흡법이나 비전을 배울 수 있는 겁니까?"

"그럼 질질 끌 것도 것 없이 바로 알려 줄까?"

"예!"

거지들은 신이 나서 대답했다.

자신들 앞에 어떤 미래가 기다리고 있는지도 모르고서.

"그럼 시작하자고."

곧이어 힐레스도르의 뒷골목에서는 백은관에서 울려 퍼졌던 것과 비슷한 비명이 들려왔다.

그런 비명은 비단 힐레스도르에서의 뒷골목에서만 들려오는 것이 아니었다.

거지들이 있는 모든 뒷골목에서 비슷한 소리가 들려왔다.

-세상에 슈넬덴의 눈과 귀가 심어지는 소리.

루크는 훗날 그 소리를 그렇게 표현했다.

삭풍대.

콕스 형제를 필두로 하여 대륙 각지에 뿌리내릴 슈넬덴의 새로운 정보 조직이 가진 이름이었다.

대륙 곳곳에서 삭풍대가 움직이기 시작했다.

구걸을 하며 저잣거리에서 보고 들은 소문.

그리고 삭풍대의 간부급들이 미행해 캐낸 고급 정보 등.

온갖 정보들이 거지들에 의해 슈넬덴으로 모여들었다.

그것을 분류하여 중요한 정보만 선별하는 건 삭풍대의 공동 대주인 콕스 형제가 맡았다.

그들은 아예 루블린에서 슈넬덴으로 거처를 옮겨 삭풍대의 운영에 집중했다.

그 덕분에 슈넬덴은 삽시간에 대륙에서 최신 정보를 가장 많이 가진 세력이 되었다.

그리고 그렇게 정보가 많으면 더욱 빠르고 합리적인 결정을 내릴 수 있기 마련.

"게르트랑 상단은 만나지 않는다고 하고, 일단은 자메니가의 사람은 먼저 들이도록."

율리안은 콕스 형제가 보내온 보고서를 바탕으로, 슈넬덴 앞에 모여드는 이들 중에서 슈넬덴에 도움이 될 만한 이들만 고를 수 있게 되었다.

그뿐일까.

대륙에서 발생하는 주요한 사건들은 언제나 슈넬덴이 한 발 앞서 활약했다.

급격히 세력을 키운 수적, 갑자기 나타난 마물, 마을을 휩쓴 산사태 등.

각종 사건에서 슈넬덴의 기사들이 가장 먼저 나타나 활약했다.

다른 가문의 기사들이 나타났을 때는 이미 슈넬덴에서 모든 사건을 정리해 버린 후였다.

그렇다고 다른 가문들이 가만있는 것은 아니었다.

온갖 정보망을 동원해 자신들의 지역만큼이라도 커버하려고 했으나, 상대는 사람이 사는 곳이라면 어디든 있는 걸 인들.

그들은 도저히 슈넬덴의 속도를 쫓아갈 수가 없었던 것이다.

그 덕에 대륙에서 슈넬덴의 명성은 날이 갈수록 높아졌다.

누구보다 먼저 나타나서 어려운 일을 척척 해결해 주니, 어떻게 사람들이 환호하지 않을 수 있겠는가.

게다가 그들이 흩날리는 눈송이는 슈넬덴의 신비감을 한층 더 끌어올렸다.

상황이 이렇게 흘러가니, 몇몇 호사가들은 벌써부터 슈넬덴이 예전의 힘을 완전히 되찾았다고 떠들기에 이르렀다.

"……여기까지가 최근 떠도는 소문이라고 합니다."

"흐음."

콕스 형제의 보고를 들은 루크가 만족스러운 미소를 지었다.

생각보다 삭풍대가 불러일으킨 효과가 더욱 컸기 때문이다.

석 달간 그 고생을 해가며 비전을 만들고 거지들을 교육시킨 보람이 있었다.

"이대로 정보를 쌓아 간다면, 분명 훨씬 의미 있는 정보를 캐낼 수도 있을 겁니다."

콕스 형제가 눈을 반짝이며 말했다.

하지만 루크는 그들과 조금 다른 생각을 하는 것 같았다.

"정보 수집이 잘되는 건 반길 만한 일이긴 해. 하지만 나는 고작 그것 때문에 삭풍대를 만든 게 아니야."

콕스 형제는 루크가 하는 말을 단번에 이해하지 못했다.

"공자님께서는 뭔가 다른 생각을 하고 계신 겁니까?"

"대륙 각지에 눈과 귀를 심어 두었다면, 그걸 입으로도 활용하고 싶은 거지."

그제야 그들도 루크가 생각하는 바를 어느 정도 깨달았다.

"그 말씀은……?"

"예를 들면 대륙 각지에서 정보를 모으는 게 가능하다면, 반대로 원하는 정보를 퍼뜨리는 것도 가능하지 않겠어?"

"가능해 보입니다."

콕스 형제들도 동의했다.

몰이꾼들을 이용하여 필요한 정보를 퍼뜨리는 건 그들도 기자 시절 즐겨 사용하던 방법이었으니까.

다만 대륙 전체에 퍼져있는 삭풍대원들을 이용해 정보를 퍼뜨릴 생각은 하지 못했을 뿐.

원하는 정보를 거의 동시에 전 대륙에서 퍼지게 한다.

그게 가능하다면 대륙 전체의 여론을 슈넬덴의 입맛에 맞게 움직일 수 있다는 의미였다.

다만 그렇게 되기 위해서는 아직 확인해야 할 것이 남아있었다.

"삭풍대원들은 다들 걸인들입니다. 걸인들이 퍼뜨리는 소문이 제대로 먹혀들어 갈지는 미지수입니다."

"우리가 대륙 곳곳에 심어 둔 요인들이 비단 걸인들뿐만이 아니지."

루크는 자신의 손에 있던 두루마리를 보여 주었다.

그것은 오르겐 상단의 인장이 찍혀 있었다.

"거지들이 퍼뜨리기 시작하는 소문에 상인들의 이야기까지 더해지면, 아무리 믿기 어려운 사실이라도 믿게 될 거야."

군중 속에서 세 명만 하늘을 쳐다봐도 주변 사람들이 모두 하늘을 보는 존재가 바로 인간이었으니까.

"이왕 이렇게 된 거 지금 바로 시험해 볼까?"

"시험요?"

"우리가 생각한 대로 소문을 전 대륙에 퍼뜨릴 수 있는지 실험해 보는 거지. 나중에 정말 필요할 때 생각만큼 잘 안 퍼지면 어떡하겠어?"

"혹시 퍼뜨릴 만한 소문이라도 있으십니까?"

"흐음……."

루크는 잠깐 뜸을 들이더니, 씨익 웃어 보였다.

콕스 형제는 저도 모르게 침을 꿀꺽 삼켰다.

루크의 입가에 저런 비릿한 미소가 피어난다는 건 또 뭔가 충격적인 일을 꾸미고 있다는 것과도 같았으니까.

"소문으로 할 수 있는 건 뻔하지. 이간질 아니겠어?"

"이간질요?"

"코넬리오를 중심으로 한 세력을 점차 떼어 내는 거지."

코넬리오가 이토록 오랫동안 최고의 자리를 유지할 수 있었던 이유 중 하나는 바로 코넬리오 아래에 뭉친 명문가들 덕분이었다.

마룡과의 전쟁이 끝난 이후, 악투스가나 서벗가 등 대륙을 대표하는 온갖 명문들이 스스로 코넬리오의 밑으로 들어갔다.

당시에는 각자의 사정이 있었지만, 그렇게 시간이 흐르며 코넬리오는 자연스럽게 명문들의 수장으로서 자리매김한 것이다.

코넬리오의 영향력이 대륙 곳곳까지 미칠 수 있게 해 준 지원단 역시 명문 연합 덕분에 가능했던 것이었으니, 그 중요성은 이루 말할 수 없었다.

그리고 루크는 바로 그 지점을 노리고자 하는 것이다.

"코넬리오가 명문 연합 간부 자리에 악투스를 빼고 슈넬덴을 넣으려 한다는 거야."

"예?"

콕스 형제의 입술이 새하얗게 질렸다.

그도 그럴 것이 악투스 가문은 제국조차도 눈치를 살피는 명문이자, 현재는 코넬리오의 오른팔이기도 했으니까.

"그런 소문을 퍼뜨렸다가 자칫 코넬리오가 움직일 수도 있지 않습니까?"

"그건 괜찮아. 그들은 직접 움직이지 않을 거니까."

"코넬리오가 헛소문을 그대로 듣고만 있을 리가요."

"가만히 듣고만 있지는 않을 거야. 오히려 악투스를 이용해 슈넬덴을 어떻게 하려고 하겠지."

루크는 쓴웃음을 지으며 말했다.

"그놈들은 골칫거리를 처리할 때는 언제나 다른 녀석을 이용할 생각밖에 안 하거든."

아마 시간이 흘렀어도 그놈들의 성향은 바뀌지 않았을 것이다.

그것이 코넬리오의 본질이었으니까.

'그리고 그 성향이 코넬리오를 점차 무너뜨려 갈 테지.'

루크의 눈에는 강한 결의가 비쳐 보였다.

Chapter 4

악투스 가문.

코넬리오를 필두로 한 명문가 연합의 주요 가문이자, 육체적 강함으로 따진다면 단연 최강으로 꼽히는 가문이다.

어떠한 기술도 없이 단순히 힘으로만 겨룬다면, 대륙의 그어떤 가문도 악투스를 이길 수 없었을 정도였다.

이처럼 악투스가는 강한 힘을 가문 내 최고의 가치로 생각했다.

그리고 그들은 강한 힘만큼이나 명예를 중시하고 호기로웠기에 마룡과의 전투 때도 꽤나 크게 활약했었다.

다만 마룡과의 전투 때 활약했던 이들의 말로가 모두 그랬듯, 악투스도 치명적인 수준의 피해를 입었다.

전쟁이 끝난 이후, 더 이상 가문을 운영하는 게 불가능하다고 여긴 당시 악투스가의 가주는 결국 코넬리오에게 도움을 받는 쪽을 선택했다.

당연히 당시 악투스가의 기사들 사이에서는 반발이 컸지만, 집안이 쓰러지기 직전인데 누가 그걸 저지할 수 있겠는가.

그리고 현재까지의 결과만 놓고 보자면, 당시의 선택은 좋은 결정인 것처럼 보였다.

그들은 코넬리오의 전폭적인 지원을 받아 쓰러져 가던 가문을 다시 일으키는 데 성공했으니까.

덕분에 악투스는 여전히 대표적인 명문가로서 지위를 유지하고 있기도 했다.

선대부터 그렇게 힘겹게 지켜온 명예였기에, 누군가 가문의 명예에 먹칠한다면 악투스가 사람들은 절대 이를 두고 보지 않았다.

그건 악투스의 현 가주 아이거 악투스 역시 마찬가지였다.

"흠……."

그는 거칠게 자란 자신의 턱수염을 쓰다듬었다.

팔뚝을 따라 불끈거리는 핏줄이 그의 불편한 심기를 드러내 주었다.

"그러니까 코넬리오가 명문가 연합 간부 자리에서 악투스를 밀어내고 슈넬덴을 넣으려 한다고 하였느냐?

아이거의 거대한 체구에 걸맞은 걸걸한 목소리가 가주전

을 가득 채웠다.

마치 자신의 목전에서 호랑이가 포효하는 걸 본 것 같은
느낌에, 시종은 저도 모르게 어깨를 움츠렸다.

"그, 그렇습니다."

"본인은 사람들이 그 근본 없는 소문보다 사람들이 그 소
문을 믿는다는 게 더 치욕적이구나!"

"믿는 게 아니옵고, 그저 그럴 수도 있겠다고 가능성을 제
기하는 정도의……."

"그게 그거잖느냐!"

맹수의 포효가 다시 한번 터져 나왔다.

"당장 그 소문을 나불거리는 놈들을 잡아 와. 내가 그 아
가리를 다 찢어 버릴 테니까."

"그것이 저잣거리의 소문인지라 누구를 특정하기가 어렵
습니다."

"이런 젠장맞을!"

쿵, 콰지직!

그가 주먹으로 의자에 팔걸이를 내려치자 팔걸이가 부서
졌다.

그뿐일까.

부서진 팔걸이가 바닥까지 뚫고 아래로 떨어졌다.

"쯧, 튼튼한 의자로 준비해 두라고 그리도 말했거늘."

시종은 차마 더 튼튼한 의자로 준비해 두겠다고 말할 수가

없었다.

일단 저 의자부터가 드워프가 제련한 강철로 만들어진 의자였으니까.

악투스가의 기사 둘이 간신히 들어서 옮겨야 할 정도로 무겁고 튼튼한 의자를 한 방에 부숴 버리는 걸 그가 어찌할 수 있겠는가.

다행히 아이거는 의자에 대해서는 그 이상 뭐라고 하지는 않았다.

"어쨌든 이 소문의 시작지가 코넬리오 영지랬지?"

"맞습니다."

"코넬리오는 이 소문에 대해 어찌 대응한다고 하던가? 당연히 사실무근이라며 입장을 밝혔겠지?"

"……."

"왜 말이 없나? 설마 코넬리오에서 아무런 조치도 하지 않는 건 아닐 테고."

"그것이……."

시종은 눈을 꽉 감고 대답했다.

어차피 뒷말을 안 해서 죽으나, 마저 해서 죽으나 마찬가지였으니까.

"코넬리오에서는 특별히 할 수 있는 조치가 없다고 하였습니다."

"뭐라? 그들이 아무런 행동도 취하지 않으면, 누가 보더라도 그걸 인정하는 것이지 않으냐?"

"저도 그 점을 말해 보긴 했습니다만, 그래도 어쩔 수 없다는 말만 반복했습니다."

"악투스의 명예가 헛소문으로 인해 추락하게 되었는데, 아직도 그런 미적지근한 태도를 보이겠다?"

쿠르르.

아이거가 강철 의자에서 몸을 일으켰다.

2m는 거뜬히 넘을 것 같은 키와 성인 여자 둘은 넘을 것 같은 거대한 체구.

그런 그가 일어나자 가주전 전체에 그늘이 드리웠다.

그것만 보더라도 그가 어째서 악투스가의 가주인지 알 수 있었다.

그는 불만이 가득한 목소리로 말했다.

"안 되겠다. 내가 직접 코넬리오가로 갈 터이니, 당장 채비하라."

"예, 알겠습니다."

✿

코넬리오의 가주전.

그레이엄 역시 아이거와 같은 소문을 보고받고 있었다.

악투스까지도 전해진 소문이 코넬리오의 귀에 들어오지

않았을 리가 없었다.

"……이런 소문이 돌고 있다고 합니다."

"놀랍군."

그레이엄의 첫 번째 반응은 놀라움이었다.

"똑같은 소문이 대륙 전체에서 돌고 있다고 했나?"

"그렇습니다. 그것도 비슷한 시기에 시작된 것으로 보입니다."

우연히 전 지역에서 똑같은 내용의 소문이 동시에 시작될 확률이 얼마나 될까?

아마 오크가 붓을 들고 아무렇게나 휘둘렀더니, 우연히 자신의 자화상이 나온 것과 같은 확률이리라.

그러니 이건 의도적으로 누군가 소문을 퍼뜨린 거라고밖에 볼 수 없었다.

그러면 누가 소문을 퍼뜨린 것일까.

소문의 내용으로 보나, 그 소문에 섞인 조롱의 뉘앙스로 보나 이건 슈넬덴에서 퍼뜨린 것이리라.

'문제는 어떻게 그게 가능했냐는 것인데…….'

소문이 동시에 전 지역에 퍼진다는 것은 다시 말하자면, 전 지역에 그들의 입이 있다는 말과도 같았다.

물론 코넬리오 역시 지원단이라는 비슷한 조직이 있기는 했지만, 그럼에도 이 정도로 동시에 똑같은 소문을 퍼뜨릴 정도는 아니었다.

그렇다면 슈넬덴이 코넬리오보다 더 우수한 정보 조직을 갖추고 있다는 말일까.

'슈넬데이라는 이름이 들어가면 수상한 것들밖에 없군.'

망하기 직전의 가문에서 부활한 지 얼마나 되었다고, 어떻게 이만큼이나 세력을 키울 수 있는 걸까.

'슈넬덴이라……. 역시 선대들께서 그토록 슈넬덴을 경계했던 이유가 있었군.'

그레이엄이 가주 자리를 가진 이후, 자신에게 이토록 위협이 되던 존재는 없었다.

'이것도 그 그릇이 벌이고 있는 건가?'

뭐가 되었든 이번 기회에 확신하게 되었다.

슈넬덴이 더욱 커지기 전에 놈들을 쳐야 한다는 것이다.

'일단은 그놈들이 가지고 있는 정보망이 무엇인지부터 알아내야겠지.'

결정을 내린 그는 곧장 부관을 바라보았다.

"소문을 무마하지 말고, 그 소문이 어디서 퍼져 나오는지부터 파악하도록."

"예!"

지시가 막 끝났을 무렵, 가주전 밖에서 소란스러운 소리가 들려왔다.

"무슨 일인가?"

"악투스가의 아이거 악투스 가주가 가주님을 뵙길 청합

니다."

"악투스 가주와는 특별히 약속한 바가 없는데?"

"저잣거리에 떠돌고 있는 소문에 대해서 저희가 적극적으로 대응하지 않은 것에 대해 항의를 한다고 합니다."

"쯧, 고작 그따위 헛소문 때문에 가주가 직접 움직인단 말인가?"

지금은 저들이 징징거리는 소리를 들어 줄 여유도 없었다.

중요한 의식을 준비하고 있는 와중에 방해가 될지 모르는 슈넬덴의 등장으로 녀석들에게 신경 쓰기도 바빴으니까.

"나는 악투스 가주를 만날 시간이 없으니, 알아서 돌려보내도록 하라."

"예."

그러던 그레이엄의 머리에는 뭔가 번뜩이는 생각이 스쳐 갔다.

'어쩌면 저들을 이용해 슈넬덴이 가진 힘을 측정해 볼 수도 있겠군.'

흑성교나 적탑의 신분으로 지금껏 슈넬덴과 몇 번 충돌한 적이 있었는데, 그때마다 슈넬덴은 엄청난 활약을 했었다.

하지만 그 과정을 제대로 전해 주었던 이들은 아무도 없었다.

언제나 그곳에 있었던 이들은 슈넬덴의 손에 처치되었으니까.

그나마 가이몬 코넬리오와 루크가 대련했던 적이 있긴 했지만, 고작 후기지수 간의 대련으로는 가문이 가진 전력을 파악할 수 없었다.

'슈넬덴을 공격하기 전에 녀석들이 가진 전력을 알아 두는 것도 나쁘지 않겠지.'

그레이엄의 입가에 비릿한 미소가 피어올랐다.

"악투스가의 가주를 들이라. 내가 직접 만나도록 하지."

"예!"

◈

코넬리오와 악투스가의 가주가 서로 마주 보고 있었다.

아이거는 얼굴이 시뻘겋고 호흡이 거친 반면, 그레이엄은 느긋한 얼굴로 소파에 기대앉아 있었다.

쪼르르르.

드륵.

"일단은 차부터 드는 게 어떻소? 마음을 가라앉혀 주는 차라오."

"가주님 같으면 지금 차가 목구멍으로 넘어가겠습니까?"

아이거가 씩씩거리며 말했다.

"무엇 때문에 그러시오?"

"가주님도 알고 계시지 않습니까? 저잣거리에 파다한 소문을 말입니다."

"그거라면 들었소."

"그럼 그 소문을 알고 있으면서도 어째서 아무 조치도 하지 않는 겁니까?"

"그야 조치할 필요가 없기 때문이오. 어차피 코넬리오는 그리할 생각이 없으니까."

자신과는 달리 너무나도 차분한 그레이엄의 대답에 아이거는 미간을 찌푸렸다.

"정녕 이리 미적지근하게 대응하실 겁니까? 코넬리오와 악투스 간의 관계를 잊으신 건 아니겠지요?"

"가주께서는 내가 어찌해 주길 바라시오?"

"어찌 당연한 걸 물으십니까? 소문의 진실을 말씀해 주셔야지요."

"……."

그레이엄은 아무런 대답도 하지 않았다.

뜻을 알 수 없는 행동에 아이거는 더욱 답답해졌다.

"명문 연합의 간부 문제가 아닙니다. 이대로 두면 사람들 사이에 슈넬덴이 악투스보다 더욱 강하다는 말이 퍼질 겁니다. 이게 코넬리오가 원하는 그림입니까?"

보다 못한 아이거가 소리쳤다.

"그렇게 되면 그 피해가 악투스가에만 가지 않을 겁니다. 코넬리오를 중심으로 한 명문 연합 전체가 그 피해를 지게 될 테지요."

"……."

그레이엄은 그럼에도 아무런 대답도 하지 않았다.

그저 의미심장한 미소만 짓고 있을 뿐.

그 미소에서는 어쩐지 능구렁이 같은 불길함이 느껴졌다.

그러더니 마침내 그레이엄이 입을 열었다.

"설마 사람들이 그 소문을 그대로 믿겠소?"

"진눈깨비가 계속되면 길이 얼듯, 소문이 계속되면 공고했던 명성에도 금이 갈 수밖에 없습니다."

"그렇다면 악투스가에서 그것이 사실이 아님을 증명해 보이면 되지 않겠소?"

"증명이라니요?"

아이거가 의문을 표했다.

"나 역시 최근의 슈넬덴이 제법 잘나간다는 것은 알고 있소. 하지만 그것은 어디까지나 후기지수들 정도의 활약일 뿐이오."

"그렇긴 합니다. 지금 슈넬덴의 명성은 거의 대부분 후기지수들이 만든 거지요."

"하지만 후기지수라는 건 어디까지나 '미래'를 보았을 때라는 거 아니겠소?"

그레이엄은 아이거의 눈빛이 찰나에 변하는 것을 놓치지 않았다.

"그러니 악투스가 이번 기회에 보여 주는 것이오. 결국 현시점에서 어느 가문이 더 강한지."

"가주께서 하시는 말씀이 무슨 의미인지 알 것 같소."

아이거는 왔을 때와는 달리, 매우 점잖게 가주전에서 물러 났다.

그리고 그가 가주전을 완전히 나가자마자 그레이엄의 입 가엔 비릿한 미소가 그려졌다.

잠시 후.

코넬리오의 가주전을 부수기라도 할 것처럼 쳐들어갔던 아이거가 걸어 나왔다.

악투스의 시종은 그가 무사히 걸어 나오는 것을 보고서 안 심했다.

다행히 저 안에서 코넬리오 가주와 싸움을 벌이진 않은 모 양이었다.

그러나 여전히 그의 심기는 불편해 보였다.

"소문에 대해서는 코넬리오도 어찌할 수 없다며 미적지근 하게 나오더군."

"그럼 저희는 어찌합니까?"

"어찌할 방법이 없지."

아이거는 나지막이 말했다.

그의 팔뚝에 돋은 핏줄들이 파르르 떨렸다.

아마 끓어오르는 화를 참고 있기 때문이리라.

가문 대대로 다혈질 성미를 가진 악투스가의 순혈들에게
는 더욱 어려운 일일 테지.

"우리가 직접 그 소문이 사실이 아님을 증명하는 수밖에."

"그 말씀은……?"

"그렇다."

아이거가 주먹을 꽉 쥐어 보였다.

"모든 사족을 압도할 수 있는 것은 오직 힘. 악투스의 힘
이 얼마나 강한지 직접 보여 줘야겠지."

저것은 악투스가와 슈넬덴가가 비무를 하겠다는 의미이리
라.

"누구를 보내면 되겠습니까?"

"그것은 내가 본가로 돌아가는 대로 정하도록 하지."

아이거는 빠르게 악투스가로 돌아갔다.

코넬리오가를 필두로 한 공고한 명문 연합에 조금씩 금이
가고 있는 순간이었다.

✿

쿵.

율리안은 문서에 슈넬덴 가주의 인장을 찍었다.

그 문서가 전해질 곳은 남부에 있는 캘리퍼가.

'이것으로 캘리퍼가도 다시 궤도에 오르겠지.'

그의 눈 밑에는 진한 다크서클이 드리웠지만, 그 눈빛만큼은 별빛처럼 빛나고 있었다.

그것은 캘리퍼가를 생각보다 빠르게 원상 복구 시킨 것에 대한 뿌듯함 때문이었다.

자리가 사람을 만든다고 했던가.

율리안은 요즘 그 말을 절실히 체감하고 있었다.

도저히 자신의 능력으로는 안 될 것 같은 일들도, 막상 가주의 자리에서 면전에 닥치니 해결되는 것이다.

최근 들어 자신은 북부의 패자라는 말을 듣고 있었다.

그만큼 많은 일들이 이곳으로 들어왔고, 이제는 나름 이 일들을 능숙하게 처리해 나가는 것 같기도 했다.

'이것마저도 루크에게 고마워해야 하나?'

자신을 북부의 패자 자리에 올려 준 장본인이 바로 루크였으니까.

그로서는 루크에게 감사하지 않을 수가 없었다.

가끔은 예상치 못한 사고로 골치를 아프게 할 때도 있었지만, 그럼에도 그 아이에게 고마운 마음은 항상 품고 있으리라.

율리안이 다시 한번 그 다짐을 가슴에 새기고 있을 때였다.

"가주님!"

디온이 노크도 없이 가주실 문을 열고 들어왔다.

율리안은 그 사실에 화가 나기보다는 불안감이 먼저 들었다.

너무나도 익숙한 상황이었기 때문.

"무슨 일인가?"

"아, 악투스가로부터 슈넬덴을 방문하겠다는 말을 전해 왔습니다."

"악투스라면…… 그 악투스 말인가?"

"맞습니다, 괴력검문의 그 악투스."

"악투스가 어째서 슈넬덴을 방문한다는 거지?"

디온은 본인이 말을 하면서도 아직 믿기지 않는 것 같았다.

하지만 더욱 믿을 수 없는 것은 율리안이 한 질문에 대한 답이었다.

"슈넬덴과 비무를 벌이겠다고 합니다."

"……."

사람의 얼굴이 저렇게 새하얘질 수 있을까?

그런 생각이 들 만큼 율리안의 얼굴이 창백해졌다.

이제야 캘리퍼가의 일을 처리하고 났더니, 곧바로 악투스와 비무라니.

이걸 듣고서도 핏기가 가시지 않을 가주는 아마 그레이엄 코넬리오밖에 없을 것이다.

"느닷없이 비무라니? 도대체 무엇을 얻기 위해 하는 비무인가?"

"잘못된 소문을 바로잡으려고 한답니다."

"소문?"

율리안은 고개를 갸웃했다.

최근 악투스가에 대한 소문은 들은 적이 없기 때문이다.

"무슨 소문이 돌고 있는 거지?"

"그건……."

디온이 우물쭈물하더니, 악투스가로부터 전해 들은 이야기를 모두 말해 주었다.

코넬리오는 최근 슈넬덴이 악투스를 앞섰다고 판단하여 명문 연합 간부 자리에 슈넬덴을 대신한다는 내용이었다.

"대체 어디서부터 그런 헛소문이 퍼지고 있단 말인가? 아니, 그 전에 대륙 전체에 퍼진 소문이 어째서 노던에서는 퍼지지 않았고!"

만약 노던에서 그런 소문이 퍼지는 것을 들었다면, 슈넬덴은 곧장 그것이 사실이 아니라는 입장을 밝혔을 것이다.

악투스가가 자신들의 자존심에 상처를 입으면 어떻게 나올지는 너무나 잘 알고 있었으니까.

그러나 이미 악투스가는 머리끝까지 열이 나 버렸고, 이제와 사실을 밝힌다고 한들 그들의 방향을 돌릴 수도 없었다.

이건 누군가의 음모가 틀림없었다.

슈넬덴가와 악투스가가 한번 겨루기를 바라는 자의 음모 말이다.

'잠깐…… 슈넬덴과 악투스가 겨루길 바라는 자의 음모?'

그 순간, 율리안의 머릿속에는 그런 음모를 가진 자가 누구인지 스쳐 지나갔다.

대륙 전체에 소문을 퍼뜨릴 수 있을 정도로 방대한 정보망을 가진 이.

노던에서는 소문을 통제함으로써 율리안이 선제적으로 수습할 수 없도록 할 수 있는 이.

무엇보다 이런 정신 나간 일을 꾸밀 수 있는 이.

그 모든 추측이 공통으로 가리키고 있는 이는 한 명이었다.

"루크, 이노오오오오옴!"

율리안은 오늘도 루크를 소환해야 했다.

❦

루크와 테오는 즉시 가주실로 소환당했다.

과거의 테오였으면 이럴 때마다 무슨 일일까 하고 떨었겠지만, 이제는 이렇게 공동 소환을 당하는 것도 워낙 익숙해져서 별다른 걱정도 들지 않았다.

다만 루크가 또 사고를 쳤겠거니 생각할 뿐.

그러니 이럴 때 해야 할 일은 하나였다.

"아버지, 무슨 일 때문이신지는 모르겠지만, 저는 모르는 일입니다! 루크 혼자 다 꾸민 겁니다."

"와, 아무리 그래도 형이 동생을 버리냐?"

루크는 자신을 지목하고 있는 테오를 향해 구시렁거렸다.

"후우…… 조용히들 하거라!"

"헙."

테오와 루크가 동시에 입을 다물었다.

"악투스가로부터 비무를 요청한다고 연락이 왔다."

"오, 역시 비무를 신청했군요?"

"루크, 역시 너였구나."

"맞아요."

루크가 장난기 넘치는 웃음을 지으며 말했다.

'지금 슈넬덴가가 누리는 모든 건 루크 덕분이고, 그런 루크에게는 언제나 계획이 있다. 아무렴 그렇고말고.'

율리안은 마음속으로 다짐했던 말을 떠올리고 또 떠올렸다.

그렇게라도 하지 않으면 마음이 가라앉지 않을 것 같았기 때문이다.

"어째서 악투스가와 비무를 하려 했느냐? 이유만 물어보자"

"자극이죠."

"자극?"

"테오 사단은 그동안 꽤 많은 수련을 받았고, 또 임무를 통해 실전 경험도 쌓았어요."

루크는 청산유수처럼 대답했다.

"하지만 이대로 있다 보면 결국 현 상황에 안주하고 말죠. 그래서 녀석들을 더 자극할 만한 사건이 필요했어요."

"악투스가라는 강한 상대를 대비함으로써 더욱 수련에 정진하도록 하겠다는 것이더냐?"

"바로 그거죠."

"그랬군."

율리안이 의외로 쉽게 고개를 끄덕였다.

그걸 본 루크가 오히려 눈을 동그랗게 떴다.

'의외네? 이것보다는 더 화낼 줄 알았는데?'

하지만 그동안의 경험으로 율리안의 마음속에는 루크에 대한 굳은 믿음이 있었다.

"그래, 늘 그렇듯 네게 또 어떤 계획이 있는 거겠지. 수련을 하는 것과 더불어 그 이후의 일까지도."

"물론입니다."

"그런 거라면 되었다. 테오 사단에게는 미안하지만 더욱 강해지기 위함이니 어쩔 수 없지."

물론 그런 것도 있었지만, 율리안이 생각하는 또 다른 것이 있었다.

'후기지수 간의 대결에서 저 아이들을 이길 만한 가문은 없지.'

아무리 겸손이 습관이 되어 버린 율리안이라고 하더라도, 한 가지만큼은 자신할 수 있었다.

적어도 후기지수들의 실력만큼은 슈넬덴이 대륙에서 가장 강하다고.

그건 라바흐와의 건곤일척, 만국연회에서의 비무들, 그리고 이번 원정을 통해서 몇 번이나 증명하지 않았던가.

이리 말하기 부끄러웠지만, 사실 현재 슈넬덴의 위상도 수석이나 상급 기사가 아니라 초중급 기사들로 이루어진 후기지수들로부터 나온 것이다.

'가뜩이나 그럴진대 악투스가의 비전은 대기만성형이기까지 하니까.'

악투스가의 검술은 대부분 신체의 힘을 바탕으로 구현되는 것이다.

몸을 단련한 시간이 많을수록 그 검술의 위력도 강해지는 것은 당연한 이치였다.

그런 슈넬덴과 악투스가의 후기지수들이 맞붙는다면?

슈넬덴이 충분히 이길 수 있다는 계산이 섰다.

'아마 루크도 여기까지 생각하고서 이런 일을 꾸민 거겠지.'

율리안이 흐뭇한 미소를 지었다.

가끔 보면 저 조그만 녀석이 어떻게 저런 계산까지 할 수 있을까 궁금했다.

'그게 다 선조들의 좋은 피를 타고 나서……..'

율리안이 그렇게 생각하고 있을 때였다.

"아, 참고로 악투스가의 상대는 최소한 상급 기사들일 거예요."

"최소한 상급이라고?"

율리안의 눈이 튀어나오는 것은 아닐까?

그런 걱정이 들 정도로 그의 눈이 커졌다.

율리안이 생각하고 있던 것과 상황이 전혀 다르게 흘러가고 있었다.

"어째서 최소한 상급 기사들인 것이냐? 그들은 명예나 자존심도 없더냐?"

이제야 왜 건곤일척이 아니라 비무를 신청하였는지도 알 것 같았다.

소문을 바로잡기 위함이면 건곤일척이 더 확실했을 터.

그래야 로엔의 공증인까지도 쓸 수 있을 테니까.

하지만 그러지 않은 건 서로 급이 다른 기사들을 붙일 생각이었기 때문이었다.

아무리 그래도 그렇지, 세상의 어느 가문이 비무할 때 후기지수를 상대로 상급 기사들을 내세운단 말인가.

하지만 루크의 대답을 들었을 때는 억장이 무너졌다.

"제가 중간에 악투스의 상급 기사들과 슈넬덴의 테오 사단이 붙어도 슈넬덴이 이긴다는 소문까지 더 냈거든요."

"너…… 악투스가 대기만성형이라는 건 알고서 한 도발이더냐?"

"물론이죠."

루크가 고개를 끄덕였다.

너무나 해맑아서 정말 아무 일도 아닌 것처럼 넘길 뻔했다.

"말했잖아요. 이건 테오 사단에게 자극을 주기 위함이라고. 다들 임무의 성과로 한창 어깨에 힘이 들어가 있을 텐데, 이 정도 상대는 와 줘야 자극이 되지 않겠어요?"

"자극이고 뭐고, 악투스에게 비무를 벌였다가 지면 어쩌려고 그러느냐?"

"에이, 우리가 언제부터 그렇게 대단한 명문이었다고 악투스에게 지면 큰일이라도 날 것같이 말씀하세요?"

"……"

"슈넬덴이 이기면 정말로 악투스를 넘어선 걸 증명한 거니까 좋고, 슈넬덴이 져도 원래 질 비무였으니까 상관없죠."

루크의 말에 아무 대답도 할 수 없었다.

저 아이의 말이 모두 맞았으니까.

'내가 나도 모르는 사이에 지금 누리고 있는 것에 젖고 있

었구나.'

반성을 마친 율리안은 다시 눈을 번쩍 떴다.

"알겠다. 일단은 네 선택을 따르도록 하마."

"걱정 마세요. 그렇게 큰일은 안 날 거예요."

루크는 그렇게 말하고 가주실을 나갔다.

그러나 율리안은 루크의 입에서 작게 흘러나온 마지막 말을 들었다.

'아마도……라니.'

"루크, 정말로 져도 상관없는 거 아니지?"

방 밖을 나온 테오가 물었다.

그는 절대 그렇지 않을 거라고 확신했다.

루크 저놈은 차라리 죽으면 죽었지, 가문 간의 대결에서 패하는 건 용서하지 못하는 녀석이었으니까.

루크의 반응은 그의 예상대로였다.

"당연한 걸 왜 물어?"

루크가 살벌한 광망을 내비치며 말했다.

"설마 악투스 그 근육 돼지들에게 지는 놈이 있으면, 그놈부터 죽여 버려야지."

"죽여 버리다니. 그래도 게네를 인간 취급은 해 줘야지."

"인간 취급? 악투스한테 지는 것들은 인간도 아니야."

테오는 지금도 백은관에서 수련하고 있던 테오 사단이 생각났다.

'아무래도 너희들 죽기 직전까지 구를 것 같아.'

아, 물론 죽기 직전까지 구르는 모습에는 자신도 포함되어 있었다.

차라리 악투스가 하루라도 빨리 슈넬덴에 도착하기를 바라게 될지도 몰랐다.

"그건 어느 정도 예상했던 거라 그렇다고 치더라도, 이번 건 건곤일척도 아닌데 정말 괜찮겠어?"

이전에 라바흐와 건곤일척을 했을 때와는 상황이 달랐다.

건곤일척이야 연승제를 기본으로 하니 여차하면 루크가 나서서 홀로 끝낼 수도 있었다.

실제로 라바흐와의 건곤일척 때에는 그렇게 했고.

하지만 이번 건 건곤일척이 아니라 명목상 친선 비무였다.

연승제가 아니라 각각의 단판으로 비무를 하고 그 결과를 합산하여 승패를 결정한다는 의미였다.

아무리 테오 사단이 강하다고 하더라도, 테오와 브리데커, 엘린이 아니라면 악투스의 상급 기사에게 승리를 확신할 수 없었다.

'루크가 무모해 보이는 선택을 할 때면 항상 만반의 준비를 갖춰 뒀는데, 지금은 그런 준비가 전혀 안 보여.'

루크가 아무리 용을 쓰더라도 비무장 밖에서 비무장 안의 결과를 바꿀 수는 없지 않겠는가.

분명 그건 루크도 알고 있을 텐데…….

정작 루크의 얼굴엔 자신감이 차 있었다.

"누가 호락호락하게 라운드제로 비무한대?"

"음? 그러면 다른 방법이라도 있는 거야?"

"방법이야 있지."

"하긴 너한테 방법이 없을 리가 없지."

그 방법이 무엇인지까지는 떠오르진 않았지만, 그럼에도 어떤 방법을 가지고 있을 줄은 추측하고 있었다.

다만, 그렇다고 해서 걱정이 완전 사라진 건 아니다.

"그 전에 그 방법을 악투스가 받아들여 주긴 한대?"

그들 입장에서도 라운드제인 비무가 가장 유리한 방식일 것이다.

그런데 갑자기 그걸 바꾸겠다고 하면 그들로서도 거부감이 들 수밖에 없을 것이다.

"아마 받아들일 거야."

"어떻게 확신하는데?"

"글쎄, 선조의 경험 같은 거지."

루크는 비릿하게 웃으며 앞으로 걸어 나갔다.

그가 이토록 자신 있는 이유가 있었다.

'악투스가를 마룡 토벌전에 참가시킨 사람이 바로 나거든.'

그 근육 돼지들을 입맛에 맞게 주무르는 방법에 대해서는
누구보다도 잘 알고 있는 루크였다.

"……."
여느 때와 다름없이 백은관 앞에 모인 테오 사단은 멍한
얼굴로 루크를 보고 있었다.
"그러니까 지금 악투스가 슈넬덴과 비무를 하게 되었는
데, 그 대표가 우리라는 거군요?"
"맞아."
"……."
혹시나 하는 마음에서 다시 한번 물어봤지만, 변하는 건
없었다.
루크는 너무나도 당연하게 고개를 끄덕였다.
그럴수록 테오 사단의 얼굴에선 핏기가 더욱 가셨다.
'내가 저 마음을 잘 알지.'
옆에서 이야기를 듣고 있던 테오가 고개를 끄덕였다.
예전에 라바흐가와 건곤일척을 한다는 이야기를 들었을
때 얼마나 부담이 되던지.
'그래도 덕분에 수련에 더 매진할 수 있기는 했어.'
단순히 루크가 무서워서 수련하는 것과 가문의 명예를 등

에 짊어진 채 수련하는 건 차이가 클 수밖에 없었다.

아마 루크는 이번에도 그걸 노리고서 이런 비무를 준비한 것일 테지.

"벌써부터 그렇게 울상을 하면 어떡해? 너희 걔네 못 이겨?"

"아, 아닙니다!"

루크의 호통에 그들이 얼른 정신을 차렸다.

"악투스가의 중급 기사라면, 아직 육체가 완성되지 않았을 테니 저희가 이길 수 있죠."

"우리도 그동안 게을리 수련한 건 아니니까."

"이참에 악투스에게 이기고 사람들에게 보여주는 겁니다. 슈넬덴이 이만큼이나 강해졌다는 걸!"

몇몇 녀석들은 오히려 의욕을 불태우기도 했다.

"그런 자신감은 좋은데, 참고로 너희들의 상대는 중급 기사가 아니라, 최소한 상급일 거야."

"……."

"미친……."

테오 사단의 얼굴은 창백하다 못해 아예 해골처럼 되어 버렸다.

어디선가 나지막한 욕설도 함께 흘러나왔다.

느닷없이 대륙에서 손꼽히는 명문가의 상급 기사들과 비무를 한다니, 저런 반응이 나오는 것도 이상한 건 아니었다.

"너희들은 걱정하지 않아도 돼."

"뭔가 수가 있는 겁니까?"

"물론이지."

루크가 자신감에 찬 목소리로 말했다.

테오 사단은 뭔가를 기대하듯 눈을 반짝였다.

"너희가 그놈들을 이길 수 있도록 만들어 줄 거야."

"그러니까 그 말씀은……."

루크의 입가에 악랄한 미소가 피어났다.

테오 사단은 차마 그 뒷말을 자신들의 입으로 꺼내기 싫었다.

하지만 루크가 눈을 시퍼렇게 뜨고 쳐다보고 있으니 뒷말까지 할 수밖에 없었다.

"저희에게 추가 수련을 시킨다는 말씀이시군요."

"정확해! 이제야 자랑스러운 테오 사단의 일원들 같군."

지금도 지옥 같은 강도의 수련인데, 악투스가를 이기기 위한 수련이라면 얼마나 더 혹독할까.

그들은 벌써부터 눈물이 앞을 가리는 기분이었다.

"수련은 안 해도 좋아. 대신 악투스에게 지는 놈들은 어떻게 되는지 알겠지?"

"물론입니다."

"그럼 바로 수련부터 하자고."

"혹시 어떤 수련을 하는지 물어봐도 될까요?"

모르고 맞는 매보다 알고 맞는 매가 더 낫다고 하지 않던가.

테오 사단은 혹시나 하는 마음에 물었다.

"악투스가의 검술이 어떤지는 다들 잘 알고 있겠지?"

"엄청난 힘으로 상대를 짓누르는 검술이죠."

누군가 악투스가의 검술을 본다면 단순하고 무식하다고 할 수도 있었다.

그럴 수도 있었다.

그들의 검술은 아무런 초식도 없이 냅다 후려 버리는 것처럼 보이니까.

하지만 그렇기에 그들이 더욱 대단한 것이다.

어떠한 요령도 없이 오로지 순수한 힘만으로 대륙 최고의 명문 반열에 올랐다는 건 그만큼이나 강한 힘을 가지고 있다는 의미였으니까.

"그놈들은 알고서도 못 막을 정도로 무지막지한 힘을 가지고 있지."

"그럼 어떻게 합니까?"

"대응해야지."

루크는 간단하게 말했다.

그러나 테오 사단은 아직 감을 못 잡고 있는 것 같았다.

상관은 없었다.

말로 이해시키는 것보다 몸으로 느끼는 게 더 빠를 테니까.

"그러니까 그 대응을 위한 수련을 할 거야. 최대한 실전과 같은 환경을 구축해서 말이야."

"……."

악투스가의 힘을 어떻게 구현하겠다는 것일까?

테오 사단의 머릿속에 그 궁금증이 떠오를 때였다.

드르르르르륵─!

어디선가 무거운 것을 질질 끄는 듯한 소리가 들려왔다.

테오 사단의 시선이 움직였다.

조그만 키에 다부진 체격의 드워프가 거대한 검을 끌고 오고 있었다.

"타티칸?"

그는 설산에서 슈넬덴의 무기를 공급하고 있는 드워프들이 마이스터인 타티칸이었다.

타티칸은 테오 사단을 지나친 채로 루크에게 다가갔다.

"네 녀석이 주문한 물건을 들고 왔다."

쿵!

그는 루크의 앞에 대검을 던졌다.

그 크기만큼이나 육중한 소리가 사방을 울렸다.

"근데 이렇게 무거운 검을 어디에 쓰려고 만들어 달란 거야?"

"수련용으로 쓰려고요."

"이런 걸 수련용으로 쓰다니, 이해할 수가 없군."

타티칸은 주변을 슥 훑어보더니 말했다.

"참고로 이거 드워프 3명에서도 겨우 들었을 정도야. 정말로 이걸 네가 말했던 수련을 할 거야?"

"당연하죠. 그래서 마이스터에게 부탁한 거예요."

"쯧쯧, 죽고 싶으면 뭔들 못하겠어."

타티칸은 그렇게 말하고는 다시 휘적휘적 걸어갔다.

그러나 테오 사단의 귀에는 여전히 타티칸의 말이 맴돌고 있었다.

죽고 싶으면 뭔들 못 하겠느냐니.

도대체 저걸로 뭘 하려는데, 드워프가 저런 반응을 보인 것일까.

쿠르르릉.

그때 루크가 그 대검을 집어 들었다.

그와 함께 흙먼지가 피어올랐다.

"강력한 힘을 구사하는 상대를 이기기 위해서는 어떻게 해야 할까? 간단해. 그 힘을 똑같은 힘으로 버티든, 아니면 흘려보내든 둘 중 하나야."

척.

루크는 그 거대한 검을 어깨에 걸쳤다.

"원래 이런 건 경험을 통해서 배우는 수밖에 없어. 근데 늘 그렇듯 우리에게는 시간이 많이 없어. 그러니까 조금은 무식한 방법을 써야겠지?"

"그 무식한 방법이라는 게 설마 저 검으로 후드려 치는 걸 막아야 하는 건 아니겠지?"

가만히 듣고 있던 테오가 조심스럽게 말했다.

"뭘 당연한 걸 물어?"

"아니, 그런데 이건 진짜 다칠 수도 있는 거 아니야?"

"그건 걱정하지 마. 내가 정확하게 힘 조절할 테니까."

그러다 까딱 힘을 잘못 조절하기라도 하면 어쩌려고?

그 말이 테오의 입가에 계속 맴돌았다.

하지만 루크의 눈빛을 보자 도저히 그 말을 입 밖으로 낼 수가 없었다.

"다 알아들었으면, 일단 형부터 나와."

콰아아아앙!

콰아앙!

백은관에서는 하루 종일 폭탄이 터지는 듯한 소리가 들려왔다.

그리고 그 소리가 멎었을 때는 모든 테오 사단이 땀투성이가 되어 쓰러져 있었다.

"이러다 다 죽어……."

"으으으으윽!"

"파, 팔에 감각이 없어."

아픔을 토로하는 목소리에도 아무런 생기가 느껴지지 않았다.

"후우."

루크도 하루 종일 무거운 대검을 휘두른 탓에 숨을 몰아쉬었다.

그러나 그의 입가에는 만족스러운 미소가 서려 있었다.

다들 처음에는 이 육중한 검으로 휘두르는 검을 힘으로 버티려다가 주저앉기 일쑤였다.

그런 방식으로 진짜 악투스의 상급 기사들을 상대한다면 한 방에 나가떨어지고 마리라.

그들의 힘은 그저 무게만 늘린 이 검으로 휘두르는 것보다 훨씬 더 강했으니까.

'아무리 좋은 전술을 가지고 있어도, 한 방에 나가떨어져서야 절대 이길 수는 없지.'

그렇기에 루크는 테오 사단이 힘을 흘리기 시작할 때까지 끊임없이 이 수련을 반복했다.

다행히 수련이 진행될수록 자신의 검을 흘리는 이들이 늘기 시작했다.

아무리 그동안 공을 들여 키웠다고는 해도, 이토록 빠르게 요령을 터득할 줄이야.

타티칸에게 특별히 부탁해서 대검을 만든 보람이 있었다.

이대로 조금만 더 수련을 한다면, 적어도 악투스의 검에 한 방에 나가떨어지는 일은 없으리라.

"다들 수고했어. 이 정도면 오늘 근력 수련은 마쳐도 되겠 군."

"드디어 쉰다!"

"으어어어."

테오 사단은 사막에서 오아시스를 만나기라도 한 것처럼 환호했다.

하지만 곧이어 들려온 루크의 목소리는 그들의 희망을 가차 없이 꺾어 버렸다.

"그럼 2시간만 쉬었다가 바로 전술 수련을 하자."

"이어서요……?"

테오 사단은 자신들의 귀를 의심했다.

그러나 루크는 너무나 당연하게 고개를 끄덕였다.

"그럼 적이랑 싸우는데 무식하게 근력 수련만 할 거였어?"

"그건 아닙니다만…….'

"그럼 바로 준비해."

루크는 그렇게 말하고는 연무장 뒤쪽으로 향했다.

"공자님은 사람이 아닌 게 틀림없어."

"아무리 그래도 그렇지 여기서 어떻게 더 수련을 시킬 수 있는 거야?"

"난 못 해. 절대 못 해."

그들 사이에서는 앓는 소리가 흘러나왔다.

마음 같아서는 아예 이대로 드러누워 버리고 싶었다.

하지만 그들이 불만을 있는 그대로 토로할 수 없는 이유는 루크가 있었기 때문이다.

그들도 루크가 연무장 뒤쪽으로 향한 이유가 본인의 수련을 하기 위해서라는 걸 알고 있었다.

하루 종일 저렇게 거대한 검을 휘둘러 놓고도 남는 시간에 수련이라니.

루크가 저렇게 나오니, 그들도 마냥 늘어질 수가 없었다.

"우리도 하자."

"그래, 해야지."

그들은 차라리 하루라도 빨리 악투스가 슈넬덴에 도착해 주길 바랐다.

※

시간이 흐르고, 악투스가 도착하기로 한 시간이 되었다.

이전 같았으면 슈넬덴 측에서 외부 손님을 맞이하기 위해 많은 준비를 했을 테지만, 이제는 슈넬덴의 위상이 많이 달라졌다.

굳이 그런 준비가 없더라도, 그저 슈넬덴의 본가라는 이름에서 주는 위압감이 생긴 것이다.

가주와 원로회, 그리고 테오 사단 정도만 정문으로 나와 그들을 맞이할 준비를 했다.

　쿠르르릉.

　이윽고 정문이 열리고 그곳으로 장정 여럿이 들어왔다.

　'확실히 남다르긴 하네.'

　테오는 그 장정들을 보며 생각했다.

　기사들이 저렇게 도열해서 들어오는 모습은 몇 번이나 보아서, 이제는 별 감흥도 없을 거라 생각했다.

　하지만 저들은 뭔가 달랐다.

　하긴 하나같이 오크를 연상케 할 정도로 거대한 체구를 지닌 기사들이 대거 걸어오는데, 다름을 느끼지 않는 게 오히려 정상이 아니리라.

　'그렇다고 체구만 큰 게 아니야.'

　그저 거대한 체구로만 치자면 오크 무리들이 더 클 수도 있었다.

　사람과 오크가 가지는 기본적인 체격 차이가 있었으니까.

　저들에게서는 그것과는 다른 힘이 느껴졌다.

　마치 힘이라는 게 형상화되어 보이는 듯한 착각이 들 정도였다.

　'그래서 괴력검문이구나.'

　저런 놈들과 비무를 한다고 생각하니, 저도 모르게 손에 땀이 맺혔다.

톡톡.

한창 긴장을 하고 있을 때, 율리안이 슬쩍 그를 불렀다.

"내가 이야기할 터이니, 너는 루크가 입을 열지 못하게 잘 막고 있거라."

"네."

테오는 고개를 끄덕였다.

그렇지 않아도 험악한 분위기로 슈넬덴에 들어온 그들인데, 여기서 루크가 신경을 긁기라도 하면 큰일일 테니까.

테오 사단이 차례차례 움직여 슬쩍 루크의 앞을 가로막았다.

그 뒤쪽으로 테오와 브리데커, 엘린이 다가갔다.

언제든지 루크를 붙잡을 수 있도록.

그리고 그 틈에 율리안이 악투스를 맞이했다.

"여기까지 오느라 고생 많았소. 슈넬덴의 가주 율리안 슈넬덴이오."

"북부의 패자를 만나게 되니 영광입니다. 저는 악투스가의 알프렌이라고 합니다."

알프렌이 대표로 인사를 올렸다.

알프렌이라면 율리안도 알고 있는 자였다.

악투스가를 대표하는 다섯 기사 중 한 명이자, 악투스의 가주가 가장 신뢰하는 인물이었으니까.

'알프렌을 보낸 걸 보면, 아주 끝장을 볼 생각인가 보군.'

하긴 군이 보낸 사람들의 면면을 확인할 필요도 없이, 악투스의 기사들이 풍겨 대고 있는 기세만 보더라도 그들이 얼마나 굳은 마음으로 슈넬덴을 찾았는지 알 수 있었다.

"무려 악투스의 다섯 기둥 중 한 명이 올 줄은 몰랐소."

"꼬인 매듭이 있으니 풀러 오는 것은 당연한 거 아니겠습니까?"

이건 매듭을 푸는 게 아니라 아예 자르러 온 거지 않나?

율리안은 그 말이 입가에 맴돌았다.

"그리고 최근 엄청난 속도로 성장하고 있는 슈넬덴을 두 눈으로 직접 보고 싶기도 했습니다."

"그래서 직접 본 슈넬덴은 어떤 것 같소?"

"제가 슈넬덴을 처음 방문하는 거라 잘은 모르겠지만, 확실히 북부의 패자라 불릴 만한 자격이 있는 것 같습니다. 특히 기사들의 기세가 정말 남다르더군요."

"과찬이오. 기세라 하면 악투스가 더 강하지 않겠소?"

"허허허, 그것도 확실히 맞는 말이지요. 하나 이렇게 직접 보니 슈넬덴에 비하면 아직 모자란 것 같습니다. 그런 의미에서."

그러던 알프렌의 눈빛이 확 변했다.

드디어 본론을 꺼내려 하는 것이다.

"악투스의 기사들이 슈넬덴의 기사들과 직접 겨룸으로써 서로의 검술에 대해 배움의 시간을 가지는 것이 어떻겠습니까?"

율리안이 인상을 찌푸렸다.

이미 비무를 하겠다고 다 떠벌렸으면서 인제 와서 서로 배움의 시간을 가지자니.

실제로는 가문의 위세를 증명하고 싶은 것이면서, 어떻게든 친선 비무임을 티내고 싶은 것이 아니던가.

그렇다고 이를 하나하나 드잡이하기에는 슈넬덴 쪽이 더욱 치졸해 보일 수도 있었다.

'일단은 배움이라는 말을 받아들이고는……'

율리안이 다음 수를 생각할 때였다.

"서로 배우기는 개뿔."

뒤쪽에서 거친 목소리가 들려왔다.

루크가 테오 사단을 뿌리치고 튀어나왔다.

"그냥 악투스가 슈넬덴보다 강하다는 걸 보여 주려고 동네 양아치처럼 기사들 우르르 끌고 온 거 아니에요?"

율리안은 눈을 동그랗게 뜨고는 테오를 보았다.

그 모습을 본 테오는 고개를 저었다.

'아버지, 죄송해요. 근데 루크는 아버지도 못 말리시잖아요.'

그렇기에 율리안으로서도 할 말은 없었다.

그저 얼굴이 시뻘게지고 있는 알프렌을 보며 조용히 기도하는 수밖에.

"지금 뭐라고 그랬는가?"

알프렌의 목소리는 그의 표정만큼이나 일그러졌다.

주변의 분위기는 급격하게 냉랭해졌다.

그러나 루크는 그런 것 따위에는 전혀 신경도 쓰지 않는 것 같았다.

"악투스가 동네 양아치처럼 상급 기사들 우르르 데리고 젖 비린내 나는 풋내기들 조지러 왔다고요."

"동네 양아치?"

"그다지 틀린 말은 아닐 텐데."

루크가 여전히 히죽거리며 말했다.

그것이 알프렌을 더욱 분노하게 만들었다.

"아무래도 공자는 타 가문과 교류하는 방법부터 배워야 할 것 같군."

"이래 봬도 제가 가문의 외교를 담당하거든요. 나름 좋은 성과들도 많이 올리고 있는데, 원한다면 가르쳐 드릴까요? 이를테면 악투스가 슈넬덴보다 낫다는 소문을 퍼뜨리는 방법이라든가."

"역시나 그건 네놈이 퍼뜨린 헛소문이었구나!"

결국 알프렌의 분노가 폭발했다.

슈넬덴의 기사들은 저도 모르게 검집으로 손이 올라갔다.

자신의 목숨을 위협받을 정도로 강한 기세에 무인으로서 의 본능이 반응한 것이다.

오로지 목소리만으로도 모든 슈넬덴 기사들을 긴장시킬 수 있는 힘을 가진 존재.

그가 괜히 악투스의 오검이라 불리는 자가 아니었다.

그러나 곧이어 그 기세에 전혀 밀리지 않는 목소리가 들려왔다.

그것은 악투스 쪽이 아니라, 슈넬덴 쪽에서 들려온 것이었다.

"그게 헛소문인지 진짜인지는 아직 모르는 거 아닌가요?"

루크가 나지막이 말했다.

그걸 듣고 있던 테오 사단은 고개를 저었다.

"와우……."

"그냥 대놓고 싸우자는 거네."

"이러다 비무고 뭐고, 여기서 전쟁이라도 날 것 같은데요. 말려야 하는 거 아닙니까?"

"누가 저놈을 말릴 거야? 아마 아버지도 저놈은 못 막을 걸."

테오의 말에 모두가 고개를 끄덕였다.

다만 그 사실을 모르는 알프렌은 곧장 율리안을 보았다.

"가주님, 지금 공자의 발언은 양 가문의 건설적인 교류를 저해하고 있습니다. 이대로 가만두실 겁니까?"

"미안하오. 저 아이는 우리도 말리지 못하는 녀석이라……. 알프렌 경이 부디 넓은 마음으로 이해해 주시오."

율리안은 진심을 담아 말했고, 그건 분명 알프렌에게도 전해졌다.

그래서 더더욱 알프렌은 이 집구석을 이해할 수가 없었다.

'여긴 뭐 정상인 녀석이 없어?'

가주고 공자고 기사들이고.

누구 하나 일반적인 녀석이 없었다.

'됐다. 정상이든 비정상이든 다 쳐부숴 버리면 되는 것을!'

그는 율리안을 향해 눈을 부라렸다.

"가주께서도 그리 말씀하시니 알겠습니다. 저희가 객인 입장에서 이해하도록 하지요."

"고맙게 생각하오."

"굳이 소문의 진위를 밝힐 것도 없습니다. 어차피 비무를 통해서 그 소문의 진위가 밝혀질 터이니."

"아, 그 비무 말인데요."

옆에서 히죽거리고 있던 루크가 입을 열었다.

이젠 루크의 목소리만 들어도 저절로 미간이 찌푸려졌다.

"무엇인가?"

"근데 일대일로 하지 말고 단체전으로 하는 게 어때요?"

"단체전?"

"네, 어차피 우르르 몰려온 김에 다 같이 싸우자는 거죠. 그냥 싸우는 것뿐만 아니라 전술 같은 것도 짤 수 있고 좋잖아요?"

알프렌은 당연히 곧바로 거절하려고 했다.

굳이 녀석들이 원하는 쪽으로 들어줄 필요는 없었으니까.

그것이 어떤 변수가 될지도 몰랐고.

그러나 그전에 루크가 먼저 알프렌의 신경을 긁었다.

마치 그가 무슨 고민을 하고 있는지 알기라도 하는 듯.

"무엇보다 일대일 비무는 재미가 없잖아요. 그럼 보러 오는 사람도 적어서 돈도 안 될 테고."

으드득!

알프렌은 이를 악물었다.

"공자는 지금 이 비무를 그저 놀이나 돈벌이쯤으로 여기고 있는 것인가?"

"맞아요."

"비무는 기사들의 신성한 의식이거늘, 어찌 그런 입에도 담기 힘든 말을……!"

"솔직히 기사들끼리 치고받고 싸우면 그것만큼 재미있는 구경거리가 어디 있다고요."

이제는 알프렌뿐만이 아니라, 악투스가의 기사들 전원이 분노했다.

자신들이 이 먼 길을 온 이유는 다름 아닌 악투스 가문의 떨어진 명예를 회복하기 위한 것이었다.

그런데 정작 그 상대인 슈넬덴은 이걸 그저 돈이 되는 유희 거리로 생각하고 있지 않은가.

루크는 그들의 심기를 건드렸다는 걸 알면서도 거기서 멈추지 않았다.

"이왕 말 나온 김에 주변 도시들에도 알릴까요? 지난번에 노던에서 건곤일척을 했을 때 반응이 엄청 좋았거든요."

으드드드득!

알프렌은 금방이라도 앞으로 튀어 나갈 것처럼 자세를 잡았다.

마음 같아서는 지금 당장 저 조그만 녀석의 면상을 후려 버리고 싶었다.

그러나 그는 초인적인 인내를 발휘해 그걸 마음속으로만 묻어 두었다.

정식 비무를 위해 방문한 객의 입장에서 그럴 수는 없었으니까.

무엇보다 저 녀석의 의도를 알 것 같기 때문이기도 했다.

'잘 생각해 봐라, 알프렌. 저 녀석은 겁을 먹은 거야.'

돈벌이니, 놀잇감이니 지껄였지만, 설마 기사가 자신의 비무를 그렇게 생각할 리가 없었다.

결국 어떻게든 변수를 만들기 위해 단체전을 하자고 말하는 것이리라.

'겉으로는 헛소문인지 사실인지 확인해 봐야 한다고 떵떵거렸지만, 결국에는 발버둥을 치는 것뿐이지.'

그렇게 생각하니 분노가 조금 사그라들고 웃음기가 돌았다.

"껄껄껄! 단체전이라도 하면 악투스에게 이길 수 있을 거라고 생각한 건가?"

"그래 보였어요?"

"공자, 아직 어려서 세상만사를 모르는 것 같으니 말해 주지. 무릇 사람이란 일반적이지 않은 일을 할 때는 반드시 그이유가 있는 법이지."

"악투스에게 심계에 대해 교육받는 날이 오다니, 진짜 세상이 말세구나."

루크가 애늙은이처럼 고개를 저었다.

하지만 알프렌의 눈에는 그것마저도 어떻게든 사실을 숨기려 하는 발버둥처럼 보였다.

"단체전이라 하였는가? 좋네. 내 공자가 원하는 방식대로 해 주지."

"오, 그래요?"

루크가 회심의 미소를 지었다.

"하지만 그렇게 원하는 대로 단체전을 했는데도 지게 되면, 그때는 무슨 말을 할 수 있을지 궁금하군."

"패자는 입이 있어도 말을 할 수 없는 법이죠."

"끝까지 자존심은 살았군!"

알프렌이 고개를 끄덕이고는 율리안을 보았다.

"좋습니다. 이번 양 가의 비무는 단체전으로 하지요. 그대신 그러고도 패배하면 그땐 지금의 모욕까지도 사죄해야 할 것입니다."

"물론이오, 알프렌 경."

"거참 탁월한 선택이네요."

알프렌은 끝까지 고개를 빳빳이 들고 있는 루크가 마음에 들지 않았다.

"알프렌 경, 단체전을 해도 정말 괜찮으시겠습니까?"

그때 알프렌의 뒤에 있던 기사가 걱정스레 물었다.

"굳이 저들이 원하는 단체전을 해 주는 것이 걱정됩니다."

"나도 알고 있다. 하지만 이로써 우리도 더욱 당당해질 수 있지."

"당당해지다니요?"

"저 싹수없는 공자의 말이 어느 정도 맞다. 아무리 헛소문을 바로 잡기 위함이라지만, 상급 기사들로 초중급의 기사들을 상대하는 건 남들이 보기에도 당당하지 못한 일이지."

알프렌이 차분하게 말했다.

"하지만 우리가 일부러 저들의 요구를 들어준다면 그 부분은 어느 정도 상쇄할 수 있지 않겠느냐?"

"그렇군요."

알프렌은 슈넬덴 쪽을 다시 한번 바라보았다.

저들도 이번 대결을 앞두고 긴장하고 있었다.

자신의 성질을 긁어 대던 루크도 분명 마찬가지일 터.

'그런데 어째서 저 녀석은 저렇게 여유롭단 말인가?'

아무리 봐도 저건 정말로 아무런 걱정조차 하지 않는 자의 모습 같았다.

믿는 구석이 있어서 정말로 걱정하지 않는 것일까, 아니면 그만큼 표정 관리를 잘하는 것일까.

상황으로만 봐서는 당연히 후자일 텐데.

'되었다. 일이 생긴다고 해도, 내가 나서면 될 터이니.'

알프렌은 슈넬덴 쪽에서 시선을 거두었다.

며칠 후.

험하디험한 슈넬덴 산에, 웬일로 많은 인파가 우글거렸다.

평소 같았으면 슈넬덴가를 방문하기 위한 인파라고 생각했을 터.

하지만 오늘만큼은 달랐다.

"헥헥, 고작 비무를 보자고 이 높은 산을 올라야 하는 것인가? 그것도 그렇게 비싼 돈을 내고서?"

"자네는 무슨 소리를 하는가? 무려 슈넬덴과 악투스가 비무를 벌이는데 당연히 이 정도 고생은 해야지."

"하긴. 게다가 그냥 비무도 아니고 단체전이라니, 이건 보는 맛이 더 새롭긴 하지."

슈넬덴 산을 오른 이들은 대부분 슈넬덴과 악투스의 비무를 지켜보기 위함이었다.

알프렌은 그 인파들을 보며 인상을 찌푸렸다.

'무가의 명예로운 의식에 구경꾼들이 저렇게 한가득이라
니.'

알프렌으로서는 구경꾼들이 득실거리는 게 마음에 들지
않았다.

하지만 다시 생각해 보면 악투스의 승리를 증언해 줄 이들
도 그만큼 많다는 의미.

그는 언짢은 마음을 잠시 접어두고 뒤쪽을 돌아보았다.

악투스가 기사들의 늠름한 모습이 눈에 들어왔다.

그 모습을 보자 언짢았던 마음이 조금은 풀리는 것 같았
다.

"다들 잘 준비하고 온 모양이군."

"물론입니다."

저들이 제시한 단체전 방식은 어릴 때 하던 기마전과 비슷
했다.

양쪽 진영에서 대장을 정하고, 그 대장이 쓰러지면 지는
것이다.

악투스의 대장은 당연히 알프렌이 맡기로 했다.

"서로의 진영으로 향하는 길목은 로돈, 라이노, 페라튼 너
희가 맡는다. 그리고 각자 데리고 갈 인원들은……."

알프렌은 각 길목에 설 인원들까지 배분해 주었다.

그리고 나서야 상대의 전술에 대해 이야기를 나눴다.

보통 전술을 짜는 방식과 차이가 있었지만, 악투스에겐 별 상관이 없었다.

그들은 언제나 이렇게 해 왔고, 언제나 승리를 거뒀으니까.

"저쪽의 대장은 역시 루크겠지?"

"테오일 수도 있습니다."

그럴 수도 있었다.

어쨌거나 외부에 알려진 바로는 슈넬덴의 외교는 루크가 담당하고, 무력은 테오가 담당하는 것이었으니까.

그의 말에 알프렌은 고개를 저었다.

"아니, 무조건 루크야."

"어떻게 확신하십니까?"

"그놈이 그토록 자신감을 보이는 데는 분명 무슨 계획 있다는 것이겠지. 그 계획에 변수를 줄이기 위해서라도 본인이 대장이 돼야 할 거야."

"그렇군요. 그럼 그 계획이라는 건 뭘까요?"

"계획이 뭐든 상관없다. 어차피 계획이라는 건 압도적인 힘 앞에서는 무력하니까. 이번 기회에 그 사실을 똑똑히 알려주도록 하라."

"예!"

알프렌의 외침에 악투스가의 기사들도 호응했다.

그들의 기세는 멀리서 보고 있던 관중들에게까지 그대로 전해질 정도였다.

"저게 악투스구나."

"하나같이 거인족을 연상하게 한다더니, 그 말이 꼭 맞는 것 같군."

"슈넬덴이 이길 수 있으려나?"

"당연히 슈넬덴이 이기지! 노던 사람이면 제발 슈넬덴 응원합시다."

"나도 그렇게 생각했는데, 막상 악투스를 보니까 그런 것도 아닌 것 같아."

관중들은 걱정스러운 눈으로 슈넬덴 진영을 내려다보았다.

한편 슈넬덴 진영은 악투스와 달리 혼란스러운 상태였다.

악투스와의 대련을 앞두고 있기 때문이냐고?

전혀 그렇지 않았다.

오히려 그들과의 대련이 생각보다 빨리 준비되어 고마울 지경이었다.

덕분에 루크의 지옥 같은 수련을 하루라도 덜 받을 수 있었으니까.

다만 그들이 이토록 당황하는 이유는…….

"도대체 루크는 어디로 간 거야?"

테오가 주위를 두리번거리며 말했다.

"대장을 한다는 녀석이 갑자기 사라지면 어떡해? 누구 아는 사람 없어?"

"분명 악투스와 예를 나누고 진영으로 올 때까지는 있었는데요."

"젠장, 이러다 진짜 내가 대장이라도 해야 하는 거 아니야?"

그때 심판으로 나온 샤룬가의 기사가 헛기침했다.

"아직 대장이 정해지지 않았습니까? 대결이 시작되고 나면 더 이상 인원 추가 및 대장 변경이 불가능합니다."

"아, 그게……."

테오가 머리를 벅벅 긁었다.

아무리 생각해도 방법이 떠오르지 않았다.

"일단은 공자님이 하시죠."

"내가 하면 루크는 어떡해?"

"그래도 지금 실격을 당할 수는 없잖습니까?"

"하긴……."

테오가 결국 대장을 상징하는 완장을 차려고 할 때였다.

"다들 준비는 잘됐어?"

나무 위에서 그토록 찾아 헤매던 녀석의 목소리가 들려왔다.

툭.

루크가 나무 위에서 가볍게 뛰어내렸다.

그러자 테오가 루크를 향해 완장을 집어 던졌다.

"야, 이놈아! 이럴 때까지 늦으면 어떡해? 뭐 하다가 왔어?"

"미안, 미안. 마지막으로 상대 쪽 정찰 좀 다녀왔지. 우리가 완벽히 이겨야 하니까."

"너 조금만 늦었어도 실격이었어."

"그 시간까지 계산하고 움직인 거야. 그리고 다 확인했어."

루크의 눈이 날카롭게 빛났다.

"내가 시킨 대로만 하면 돼. 그러면 무조건 이길 수 있어."

❧

"이제 슬슬 시작하겠네."

루크는 절벽 위에서 모습을 드러내는 심판을 보며 말했다.

그의 말을 듣고 뒤에 있던 테오 사단도 고개를 끄덕였다.

루크를 포함해 총 열 명.

루크가 이번 대련을 앞두고 엄선한 이들이었다.

삐이이익.

산 높은 곳에서 호루라기 소리가 들려왔다.

그와 함께 이곳에서도 한눈에 확인할 수 있는 커다란 깃발이 펄럭였다.

그것은 대련의 시작을 알리는 신호였다.

그와 함께 테오 사단은 세 명씩 세 갈래로 나뉘어 달려 나갔다.

마치 모든 게 짜여있는 듯 일사불란한 움직임.

그럴 만도 했다.

이미 한참 전부터 루크가 똑같은 전술을 계속해서 연습하게 시켰으니까.

타다다다닷.

가장 위쪽 길로 향한 건 브리데커의 일행이었다.

일행 가장 선두에 서 있는 브리데커의 눈에는 긴장감이 어려 있었다.

초급 기사 시절 때만 하더라도 그는 항상 무리를 이끌고 다녔지만, 루크와 함께 다닌 이후로는 이렇게 한 무리를 이끌었던 적이 아예 없었다.

'그 와중에 싸워야 할 상대가 악투스의 상급 기사라니.'

긴장되지 않으려야 않을 수가 없었다.

게다가 그의 긴장을 더하는 요인이 또 있었으니.

쿵, 쿵, 쿵, 쿵!

멀리서부터 들려오는 저 발소리를 들어 보라.

저절로 마른침이 삼켜졌다.

그러나 긴장했다고 해서 몸까지 굳을 브리데커가 아니었다.

여태껏 저놈보다 더 괴물 같은 놈들과도 싸워 왔으니까.

'이공자님께 수련받은 대로만 하면 돼.'

브리데커는 마음을 다잡으며 자세를 잡았다.

"모두 대열 갖춰!"

브리데커를 뒤따르던 일행이 그의 좌우로 나누어 섰다.

이윽고 거대한 발소리의 주인들이 나타났다.

거대한 세 명의 덩치들.

그들을 보자 투지가 저절로 꺾이는 것 같았다.

"뭐야? 우리 상대가 너희냐?"

그 맨 앞에 있는 사내가 불만스럽게 말했다.

그는 다른 기사들에 비해서도 훨씬 더 큰 체구를 가지고 있었다.

브리데커도 이미 알고 있는 녀석이었다.

'역시 라이노가 왔군.'

신체적인 조건으로만 따지면 악투스가의 그 어떤 이들보다도 잘 어울리는 녀석.

루크가 예상했던 대로 지형지물이 거의 없는 가장 단순한 지형으로는 라이노가 온 것이다.

"흥, 하나같이 젖비린내 나는 꼬마들이군."

라이노의 말을 듣고 뒤에 있던 악투스의 기사들도 껄껄 웃었다.

"너희 같은 꼬마들을 괴롭히는 데는 취미가 없지만, 가문의 명예를 위해서는 어쩔 수 없구나. 이해해다오!"

라이노가 콧김을 내뿜으며 앞으로 달려 나갔다.

악투스의 기사들이 그 뒤를 따랐다.

그들은 브리데커 일행을 향해 일제히 검을 휘둘렀다.

어떠한 초식도 없었다.

그저 강한 힘으로 휘두르는 것.

그 행위 자체에 모든 의미가 담겨 있는 단순한 검로.

그러나 악투스가의 검술이 되면, 그 위력이 달라진다.

"태중검!"

그들의 검이 회색으로 물들었다.

그러자 검에서 풍겨 나오는 중압감 자체가 달라졌다.

후우우우웅.

콰아아아아앙!

악투스가 자랑하는 태중검의 위력에 슈넬덴 산 전체가 떨
렸다.

이런 위력이라면 당연히 슈넬덴의 기사들도 찌그러졌으리
라.

모두가 그렇게 생각했다.

실제로 관중 중 몇몇은 아예 고개를 돌리기도 하였다.

그러나 슈넬덴의 기사들은 모두 멀쩡하게 서 있었다.

검을 막아 낸 충격에 손이 떨리긴 했지만, 그럼에도 몸에
는 어떠한 상처도 없는 건 사실이었다.

"응?"

라이노는 고개를 갸웃했다.

"한 방에 나가떨어질 거라 생각했는데?"

자신뿐만 아니라, 다른 두 명도 상대를 제압하지 못했다.

저런 약골들이 태중검을 힘으로 버텨 낼 수 있을 거라고 생각하지 않았다.

그러나 저들은 순간적으로 자신들의 힘을 흘리면서 태중검을 견뎌 냈다.

'제법이긴 하군.'

그렇다고 해서 전혀 상대하지 못할 녀석들은 아니었다.

그저 예상 밖이라는 것 정도.

"어디서 힘을 흘리면 버틸 수 있을 거라는 말을 들은 모양인데, 너희들이 착각하는 게 있지."

라이노의 검이 또다시 회색으로 물들었다.

이번에는 전보다 더욱 짙은 회색이었다.

쿵.

검이 놓여 있던 땅이 무게를 이기지 못하고 균열이 생겼다.

쿠쿠쿠쿵.

뒤쪽에 있던 악투스 기사들의 검도 마찬가지였다.

"악투스의 검은 감히 흘리지도 못할 정도로 강하다는 것이다."

"으."

그들이 뿜어내는 기세에 브리데커 일행이 주춤거렸다.

"다음부터 우리의 검을 흘리려면 팔 하나 부서질 각오는 해야 할 거야."

타다다다닷.

육중한 검을 든 채로 악투스가의 기사들이 각자의 상대를 향해 달려들었다.

"A 포메이션!"

악투스 가의 기사들이 막 검을 내리치려는 순간, 브리데커가 외쳤다.

그 외침에 다른 두 명이 그가 있는 곳으로 모여들었다.

콰아아앙!

육중한 검이 원래 그들이 있던 곳을 내리찍었고, 애꿎은 바닥만 완전히 뒤집혔다.

쿠우우웅!

그리고 브리데커의 주위에 모인 두 명이 힘을 합쳐 라이노의 검을 받아 냈다.

세 명이라고 보기 힘들 정도로 정확한 타이밍에 라이노의 힘을 흘렸다.

"그래, 언제까지 막아 낼 수 있는지 보자."

라이노가 검을 한 번 더 내리쳤다.

콰아아앙!

"크윽!"

"으으윽!"

브리데커 일행은 또다시 라이노의 공격을 받아 냈다.

그리고 직후에 상대를 놓쳤던 다른 녀석들이 브리데커 일행을 노리고 달려들었다.

"B 포메이션!"

그걸 보자마자 브리데커가 외쳤다.

브리데커 일행은 각각 약속되어 있던 방향으로 흩어졌다.

사라락ー!

그곳에 새하얀 빙우를 남긴 채로.

빙우는 라이노 일행의 몸에 내려앉아 상처를 냈다.

"어쭈? 재밌는 짓거리를 하는군."

라이노는 자신의 팔뚝에 생긴 긴 자상을 보며 입술을 핥았다.

그는 피를 털어 내며 브리데커 일행을 쳐다보았다.

"그런 같잖은 수법이 통할까 보냐?"

열을 받은 라이노는 무작정 눈앞에 보이는 녀석을 향해 달려들었다.

그러나 브리데커 쪽도 예상하였다는 듯 빠르게 반응했다.

"C 포메이션!"

마치 정교하게 조립된 기계처럼 세 명은 거의 동시에 움직였다.

다시 한번 브리데커를 중심으로 모여든 일행은 라이노의 공격을 막아 냈다.

콰아아아앙!

콰아앙!

콰앙!

연속되는 폭격 속에서도 브리데커 일행은 라이노의 공격을 모두 막아 냈다.

"B 포메이션!"

사라라락.

그리고 좀 전과 똑같은 방법으로 빙우를 남긴 채로 흩어졌다.

라이노의 몸에는 조금 전보다 더 많은 상처가 새겨졌다.

피를 보면 볼수록 라이노는 점점 더 열이 받았다.

"그딴 하찮은 짓거리는 압도적인 힘 앞에 무의미하다는 걸 보여 주마!"

라이노는 입술을 질끈 물며 진형의 한 곳만 집중적으로 타격했다.

아무리 단단한 방패라고 하더라도 한 곳을 계속 때리다 보면 결국 그곳에 구멍이 생기는 법이었으니까.

그러나 브리데커 일행은 서로서로 자리를 바꿔 가며 라이노의 공격을 분산시켰다.

"조금만 더 버티면 우리한테도 기회가 온다!"

브리데커의 외침을 들은 일행은 이를 악 물며 공격을 막아 냈다.

　　그러다 라이노의 일행이 진형을 공격하러 오면, 이전과 비슷한 방법으로 흩어졌다.

　　얼마나 시간이 흘렀을까.

　　"쥐새끼 같은 놈들."

　　공격은 라이노 일행이 훨씬 더 많이 했지만, 오히려 그만큼 그들의 몸에 상처가 새겨져 있었다.

　　"후우우욱."

　　처음과 달리 어느새 호흡도 거칠어져 있었다.

　　라이노도 그제야 뭔가 잘못되었다는 것을 알았다.

　　문제는 어떻게 해야 할지 모르겠다는 것.

　　당연히 자신들의 압도적인 힘이면 저런 진형 따위는 박살 낼 수 있다고 생각했다.

　　하지만 그런 생각에 힘 조절을 하지 못했고, 지금은 오히려 체력이 부친 상태가 되었다.

　　'이제라도 물러서서 상황을 살펴야 하나?'

　　자존심이 상하지만 어쩔 수 없었다.

　　이대로 계속 무식하게 덤벼들다간 정말 체력을 모두 써 버릴지도 몰랐으니까.

　　하지만 브리데커는 그 순간을 놓치지 않았다.

　　지금이 바로 그들이 그토록 기다리던 순간이었으니까.

망한 가문의
검술 천재가
되었다

"F 포메이션!"

그와 함께 브리데커가 라이노를 향해 달려들었다.

백아검의 초식대로 라이노의 목덜미를 향해 검을 찔러 넣었다.

콰앙!

라이노가 급하게 검을 막아 냈다.

그러나 그 순간 그의 양 옆구리 쪽으로 새하얀 검이 찌르고 들어왔다.

촤악!

촤아악.

드디어 그의 몸에 커다란 상처가 났다.

"크윽!"

라이노가 주춤거리며 뒤로 물러났다.

그걸 본 브리데커 일행의 눈에는 확신의 빛이 어렸다.

'이거, 통한다!'

'공자님 말이 맞았어.'

자신들이 싸워야 할 상대가 누구인지, 그리고 그 상대와 싸워 이기기 위해서는 어떻게 해야 하는지.

루크가 이야기해 줬던 모든 것이 그대로 맞아떨어지고 있었다.

물론 통할 거라는 건 어느 정도 알고 있었지만, 이렇게 직접 확인하고 나자 더욱 자신감이 붙었다.

'우리가 악투스의 상급 기사들을 이길 수 있어!'

한편 아래쪽 길목.

이곳은 위쪽 길목과 달리 매우 복잡한 지형이었다.

이곳에서는 슈넬덴의 엘린 일행과 악투스의 로돈 일행이 겨루고 있었다.

"지금이야. 치고 들어간다!"

엘린의 외침을 들은 일행이 단번에 로돈 일행을 향해 달려들었다.

그걸 본 로돈이 당황했다.

"지금 공격을 한다고? 당장 철포검으로 막아!"

로돈 일행의 검이 회색으로 물들었다.

그러나 엘린 일행은 이미 바로 코앞까지 파고든 상황.

그들의 공격을 온전히 막아 내기는 무리였다.

촤자자자자작.

엘린 일행의 검이 번뜩였다.

새하얀 검기가 로돈 일행 중 한 명의 몸을 난도질해 버렸다.

"이 새끼들이!"

로돈이 육중한 검을 휘둘렀다.

공기가 뭉개지는 소리와 함께 스치기만 해도 뼈가 부러질 것 같은 검이 들이닥쳤다.

그러나 이건 어디까지나 위협용 공격이었다.

'일단 이걸로 거리를 확보하고 그 틈에 프스킨을 구한 다음, 곧바로 이어서 밀어붙이는 거다.'

정신없는 전투 중에도 로돈의 머릿속에는 다음 장면이 자동으로 그려졌다.

그는 악투스가의 상급 기사들 중 가장 전략적으로 싸울 줄 아는 이였다.

악투스가의 가공할 힘과 그 힘을 전략적으로 사용할 수 있는 지략.

그것이 악투스가의 모두가 로돈과 겨루는 걸 꺼리는 이유였다.

지금 내린 선택도 동료를 가장 안전하게 구해 낼 방법이었다.

악투스의 검이 날아들면 상대의 반응은 거리를 벌리든, 어떻게든 흘리든 둘 중 하나였으니까.

하지만 그런 상식이 통하지 않는 이들이 있었으니.

휘릭.

파바밧.

엘린 일행은 기형적으로 몸을 꺾으며 로돈의 검을 스치듯 피했다.

'그럴 리가? 저 각도에서는 아무리 피한다고 해도 검에 닿을 수밖에 없을 텐데?'

이윽고 엘린의 일행 중 한 명이 검면에 부딪혔다.

그 과정에서 팔에 금이 가기는 했지만, 정작 본인은 그런 것 따위는 전혀 신경 쓰지도 않는 것 같았다.

그들의 눈은 먹이를 향해 쇄도하는 매처럼 오직 로돈만을 향하고 있었다.

좌자자자작!

세 개의 검이 각자 춤을 추며 로돈을 난도질했다

"크으으윽!"

온몸에 상처가 난 로돈이 뒤로 물러났다.

그의 눈은 점점 더 짙은 당혹감으로 물들었다.

그들의 기괴한 움직임 때문이 아니라, 상식이 전혀 통하지 않는 전투 방식 때문이었다.

'설마 팔 하나를 내주고 내 몸에 상처를 내는 걸 택한다고?'

그로서는 도저히 생각할 수 있는 선택지가 아니었다.

몸에 생긴 상처야 전투에 큰 문제는 없었지만, 팔에 금이 가는 건 향후 전투에도 문제가 될 수 있는 것이었으니까.

하지만 저들은 그걸 조금도 생각하지 않는 것 같았다.

"흐흐흐, 드디어 대장의 피를 봤군."

"목덜미를 조금 더 깊게 베었어야 했는데."

"다음번에는 무조건 목을 따 버리겠어."

로돈은 그들을 보며 생각했다.

'저것들…… 제정신이 아니잖아?'

눈이 반쯤 돌아간 것이 하나같이 전투광이나 살인귀처럼 보였다.

저런 놈들에게 상식적인 전투 방법이라는 게 통할 리가 없었다.

'뭐 저런 놈들이 다 있어?'

로돈은 앞으로의 싸움을 어떻게 끌고 갈지 생각할 틈도 없었다.

그리고 그 살인귀들이 다시 제각기 방향으로 흩어졌으니까.

'뭔가 잘못됐어. 아주 단단히 잘못됐어.'

세 길목 중 두 개의 길목에서 전혀 생각지도 못한 방향으로 전투가 흘러가고 있었다.

Chapter 5

"흠……."

슈넬덴 진영에 홀로 남은 루크는 눈을 감은 채로 전장의 상황을 읽고 있었다.

그의 얼굴에서는 평소에는 잘 볼 수 없는 표정이 보였다.

어찌 보면 긴장한 것 같기도 했다.

마룡을 앞에 두고도 긴장하지 않았던 그였지만, 자신이 공들여서 키운 녀석들이 강적과 겨룬다고 하니 긴장이 되는 것이다.

물론 이기기 위한 모든 준비를 마쳤고, 그것도 모자라 몇 번이고 확인하기까지 했다.

오늘 대련에 늦을 뻔한 것도 마지막에 마지막으로 악투스의 상황을 한 번 더 체크하려다가 그런 것이었으니까.

그러나 그렇게 몇 번이나 점검하더라도 일말의 긴장감은 가시지 않았다.

그건 아마 자신의 실수로 녀석들이 다칠 수 있다는 걱정 때문이리라.

'어쩔 수 없지. 지금 슈넬덴에 주어진 시간은 그리 많지 않고, 하루라도 빠르게 성장시키기 위해서는 이 수밖에 없으니까.'

홀로 강해지는 것만으로는 이 가문을 지킬 수 없다는 건 지난 생에서 확인하지 않았던가.

슈넬덴의 모두가 성장하지 않는다면, 슈넬덴은 결코 옛 영광을 되찾을 수 없으리라.

루크가 애써 자신의 마음을 달래며 전황을 살피고 있을 때였다.

위쪽 길목과 아래쪽 길목에서 치열하게 이어지던 전투의 승기가 한쪽으로 기울기 시작했다.

그리고 루크의 입가에는 진한 미소가 그려졌다.

브리데커와 엘린 일행 모두 상대를 밀어붙이기 시작했기 때문이다.

'그럼 그렇지.'

자신의 계획대로 흘러가자, 루크는 이제야 조금은 마음을 놓았다.

사실 순수한 실력으로 본다면, 테오 사단은 아직 악투스의 상급 기사들을 이긴다고 확신할 수는 없었다.

그럼에도 브리데커와 엘린 일행이 저들을 밀어붙이고 있는 이유는 하나였다.

'상성을 생각해서 상대를 정하고 전술을 만든 덕분이지.'

먼저 루크가 뽑은 출전 명단 9명은 오로지 실력 순으로만 뽑은 것이 아니었다.

테오 일행은 실력 순으로 배치했다면, 엘린과 브리데커 일행은 서로 가장 비슷한 전투 성향을 지니고 있는 이들로 조를 짰다.

그리고 각 조가 싸워야 할 상대들도 모두 정해 두었다.

본인의 완력에 대한 확신에 차 있는 라이노에게는 정교함과 조직력을 가진 브리데커를.

힘과 더불어 전략적인 능력을 가진 로돈은 변칙적이고 때론 광기 어린 목적성을 보이는 엘린과 붙게 했다.

그럼에도 루크는 아직 부족하다고 생각했다.

루크는 각 일행에게 최적의 전법을 고안하고, 자신이 직접 라이노와 로돈이 되어 각 일행과 실전 상대도 되어 주었다.

테오 사단이 근력 수련 이후에 받았던 전술 수련이 바로 그걸 몸에 익히기 위한 수련이었다.

누군가 이 이야기를 듣는다면, 의문이 들 법도 했다.

어떻게 그 모든 걸 미리 알고서 정확히 준비할 수 있었는가.

악투스가 슈넬덴으로 온다고만 했지, 거기에 누가 포함되어 있는지 알 방법은 없었다.

게다가 설령 그 명단에 누가 포함되어 있는지 알았다고는 해도, 그들이 정확히 어떤 약점을 가졌는지 파악하는 건 훨씬 더 어려운 일이었다.

그 어떤 가문도 기사들의 약점이 퍼져 나가는 걸 원치 않기에, 그것에 대해서는 철저히 함구하려고 하니까.

그럼에도 루크는 그걸 모두 파악하고서 그들이 오기 한참 전부터 테오 사단을 수련시켰다.

마치 앉은 자리에서 천하를 내려다보기라도 한 것처럼.

'사실 크게 틀린 말도 아니지.'

루크가 그토록 전 대륙에 걸친 정보망을 구축하려고 했던 이유 중 하나가 바로 이것이었다.

삭풍대를 통해 거의 실시간으로 전달되는 정보들이 있었기에, 루크도 이런 준비가 가능했던 것이다.

그토록 철저하게 준비를 했으니, 브리데커와 엘린 일행이 이토록 선전하는 것은 어찌 보면 당연한 일이었다.

'암, 그렇고말고.'

그러는 사이 대결의 흐름은 거의 브리데커와 엘린에게로 넘어갔다.

이제 조금만 있으면 전투가 마무리되리라.

모든 게 자신의 계획대로 흘러가고 있는 상황.

그러나 루크의 표정에는 아직 일말의 긴장감이 남아 있었다.

그의 시선이 테오가 맡은 중앙 길목을 향했다.

저곳에서는 아직 전투가 벌어지지 않았다.

아마 두 쪽 모두 대치를 하고 있는 것이겠지.

'다른 녀석들은 장점만큼이나 확실한 단점도 있어서 대응책을 만들기 쉬웠는데…….'

중앙 길목을 담당한 녀석은 로돈이나 라이노와는 달랐다.

악투스의 상급 기사들 중에서도 단연 으뜸으로 꼽을 수 있는 페라튼 악투스.

두드러진 단점이 없는 탓에 특별한 상성을 찾는 것도 어려웠다. 그렇기에 테오를 보낸 것이다.

그리고 테오와 조를 이루는 녀석들도 성향이나 호흡보다는 개개인의 실력이 가장 뛰어난 이들로 구성한 것도 그런 이유였다.

저곳에서 벌어지는 전투는 전술이 아니라 오로지 개개인의 실력으로만 판가름 나게 되리라.

'과연 테오가 그 녀석을 상대할 수 있으려나?'

물론 승산은 있었다.

다만, 그저 비무나 대련처럼 임해서는 절대 이길 수 없을 것이다.

그보다 한발 더 나아가는 게 있어야 페라튼을 넘을 수 있으리라.

'만약 위험하다 싶으면 내가 나서든가 해야지.'

루크는 언제든 나설 준비를 한 채로, 중앙 길목을 지켜보았다.

중앙 길목의 공터.

그곳에는 테오 일행과 페라튼 일행이 대치를 하고 있었다.

두 일행 사이에는 아직 물리적인 충돌은 없었지만, 그저 마주 보고 있는 것만으로도 치열함이 그대로 전해졌다.

그런 숨 막히는 대치 상황에서 먼저 입을 연 것은 테오였다.

"다른 데서는 싸움이 거의 끝나가는 것 같은데요?"

"그런 것 같군요."

페라튼도 정중한 목소리로 대답했다.

그 말을 들은 테오는 미간을 찌푸렸다.

"그쪽이 지고 있는 걸 알 텐데도 꽤 덤덤하시군요."

"전혀요. 저 역시 놀라는 중입니다. 저는 로돈이나 라이노가 질 거라고 생각 못 했거든요."

"그럼 슈넬덴이 악투스를 이긴다는 그 소문도 마냥 헛소문은 아니었나 보군요."

테오는 페라튼의 반응을 보기 위해 일부러 그를 도발했다.

그러나 페라튼은 의외로 순순히 고개를 끄덕였다.

"인정합니다. 슈넬덴은 우리가 생각하고 있던 것보다도 훨씬 강한 것 같군요. 이대로 시간이 흐르면 훗날엔 정말 슈넬덴이 200년 전의 영광을 되찾을지도 모르겠습니다. 하나……."

페라튼은 등에 차고 있던 대검을 꺼내 들었다.

쿵!

라이노가 사용하는 것만큼이나 거대한 검이 지면을 울렸다.

그러나 그 검의 움직임은 라이노와 비교도 할 수 없을 만큼 가볍고 경쾌했다.

"결국에 이 대련에서 쓰러지는 쪽은 슈넬덴이 되겠지요."

악투스의 핏줄이 자아내는 기세는 다른 악투스의 기사들과는 차원이 달랐다.

심지어 저 멀리서 대련을 구경하고 있던 관중마저 그 힘의 파동을 느낄 수 있을 정도였다.

"슈넬덴을 쓰러뜨린다는 말을 하려거든 나부터 먼저 이겨야 할 겁니다."

스릉.

테오도 자신의 검을 뽑아 들었다.

그 검 끝은 곧장 페라튼을 향했다.

그 일련의 동작을 본 페라튼은 고개를 끄덕였다.

'잘 다듬어진 동작이로군.'

그만큼 많은 수련을 해 왔다는 의미이리라.

'이러니 최근의 슈넬덴이 이토록 선전하고 있는 것인가?'

페라튼의 입가에 만족스러운 미소가 그려졌다.

그저 슈넬덴에 뒤처지는 것이 두려운 나머지 힘자랑을 하는 것이 전부인 줄 알았던 대련이 이토록 즐거운 일이 될 줄이야.

"그럼 공자의 말대로 일단 공자부터 이겨 드리도록 하지요."

"자신감이 넘치는군요."

그렇게 그들 사이에 마지막 정적이 흘렀다.

타다다다닷!

그리고 두 일행은 거의 동시에 서로를 향해 달려들었다.

후우우우웅!

악투스의 힘을 꾹꾹 눌러 담은 대검이 테오를 향해 내리쳤다.

휘릭!

반면 테오의 검은 빠르고 민첩하게 움직여 페라튼의 검로를 막아섰다.

카앙!

테오는 페라튼의 검을 부드럽게 흘려보냈다.

브리데커나 엘린은 힘을 흘리는 데서 끝이었다면, 테오는 거기서 한 발짝 더 나아갔다.

쉬우우웅–!

검을 흘려보냄과 동시에 생긴 빈틈을 향해 테오의 검이 섬광처럼 달려들었다.

강하고 큰 공격에는 언제나 뒤따르는 동작도 커지는 법.

테오는 처음부터 그 지점을 노릴 심산이었다.

그러나 그에 앞서 페라튼의 몸이 먼저 빠졌다.

게다가 그는 어느새 검을 회수해서 재차 휘두르고 있었다.

그 찰나의 순간에 이루어진 동작이라고는 믿을 수 없을 만큼의 빠른 동작.

하는 수 없이 테오는 공격할 계획을 선회해 다시 방어 자세를 취했다.

카아아앙!

우수수–!

검과 검이 부딪치는 순간 주변의 나뭇잎들이 쏟아졌다.

'이번에야말로!'

페라튼의 공격을 흘려낸 테오가 또다시 반격 기회를 노렸다.

그러나 이번에도 페라튼은 검을 회수하고 다음 공격을 준비하고 있었다.

그 이후에도 몇 번의 합을 더 주고받았지만, 테오는 번번이 공격 기회를 잡지 못했다.

테오는 인상을 찌푸렸다.

'뭐가 어떻게 되는 거야?'

어떤 동작을 할 때 가한 힘이 클수록 그것을 되돌리는 힘도 큰 법이다.

저렇게 무식하게 강한 힘으로 검을 내리쳤다면 무게중심이 한쪽으로 쏠리기 마련.

그런 상태에서 검을 저토록 빠르게 회수한다는 건 물리적으로 불가능했다.

그래서 자신도 처음부터 그 틈을 노리려고 했던 것이고.

하지만 페라튼은 그 불가능한 동작을 몇 번이나 해내고 있었다.

테오로서는 도무지 이해할 수가 없는 상황.

덜덜덜.

그때 그는 자신의 팔이 떨리는 것을 보았다.

'이거구나.'

그제야 테오는 페라튼의 비밀을 눈치챘다.

그가 물리적으로 불가능할 정도로 빠르게 움직이는 게 아니었다.

자신이 그만큼 느려졌던 것이지.

페라튼의 한 방이 워낙 강력하다 보니, 힘을 흘렸다고 하더라도 몸이 다시 움직이기까지 시간이 걸리는 것이다.

'모든 전술을 무시하는 힘이라는 건 이런 건가?'

여태껏 단 한 번도 붙어본 적이 없는 유형의 검술이었다.

마치 어린아이가 성인을 상대하는 느낌.

아니, 저건 성인을 상대한다고 하기에도 부족했다.

차라리 어린 아이가 오우거를 상대하는 것에 가까운 힘의 차이였다.

'이게 진짜 악투스의 검이구나.'

이런 말도 안 되는 힘이 있으니, 단순한 비전을 가지고도 이토록 대표적인 명문가로서 자리할 수 있었던 것이겠지.

'솔직히 기사로서 신체 능력에 대해서는 도외시하고 있었는데, 반성하게 되는군.'

루크가 근력 수련을 할 때마다 입에 달고 살던 말이 떠올랐다.

─안에 아무리 귀한 술을 담는다고 하더라도 그 병이 싸구려면 그 술도 금방 싸구려가 되어 버리는 거야. 괜히 마나 연공한답시고 신체 단련 게을리할 생각하지 마. 막말로 근육만 있어도 검을 휘두를 수 있지만, 마나만 있으면 검 못 휘둘러.

솔직히 그도 어느 정도 경지에 오르고부터는 신체 단련 보다는 마나 연공이 더 우수하다고 생각했다.

그러나 지금 악투스를 보니, 자신의 생각이 얼마나 오만했던 것인지 깨달았다.

'그래, 그건 알겠어.'

테오는 깔끔하게 자신의 잘못을 인정했다.

그렇다고 해서 이대로 질 생각은 전혀 없었다.

아니, 오히려 이유도 알았으니 이제 그것을 파훼할 방법을 쓸 수도 있었다.

"검을 막느라 느려지는 거면, 안 막고 피하면 되는 거지!"

휘릭!

테오는 페라튼의 검로를 예상하고서 몸을 미리 움직였다.

페라튼의 거대한 검이 직전까지 테오가 있던 곳을 갈랐다.

그러나 테오는 이미 그곳에서 없어진 후였다.

"하아아압!"

기합 소리와 함께 새하얀 빙우가 페라튼을 향해 쏟아졌다.

시종일관 여유롭던 페라튼의 눈도 이번만큼은 번쩍 뜨였다.

'이것이 슈넬덴의 검인가?'

그도 지금껏 슈넬덴의 검에 대해서 전해 듣기만 했을 뿐, 이렇게 눈앞에서 보는 것은 처음이었다.

지금껏 봐 왔던 어떤 비전보다도 현란하다.

그리고 날카롭다.

무엇보다 아름답다.

그것이 슈넬덴의 검을 처음으로 마주한 페라튼의 감상이었다.

악투스의 검과는 정반대라고 해도 될 정도의 차이.

페라튼의 표정은 더욱 환해졌다.

'이번 대결로 누구의 검이 정답에 가까운지 제대로 비교할 수 있겠군.'

현란하고 날카로우며 아름다운 슈넬덴의 검.

간결하고 묵직하며 강력한 악투스의 검.

완전히 다른 철학의 검이 만나 싸우니, 어느 쪽이 더 검의 본질에 가까운지 알 수 있을 것이다.

그리고 상대의 수준도 그것을 논하기에 충분했고.

"이제부터 더 제대로 임해 주겠습니다."

"이쪽도 마찬가지입니다."

콰아아아앙!

테오의 새하얀 검과 페라튼의 회색 검이 길목 가운데서 충돌했다.

※

"이럴 수가……."

"저게 테오 사단인가?"

대련을 지켜보던 슈넬덴의 상급 기사들은 하나같이 입을

다물지 못했다.

"악투스의 상급 기사들을 제압하고 있잖아?"

"언제 저렇게까지 성장한 거지?"

브리데커와 엘린 일행이 각각 라이노와 로돈에게서 승리를 거뒀기 때문이다.

솔직히 말해서 그들은 이번 대련에 자신들이 뽑히지 않은 것에 대해 내심 불만이 있었다.

아무리 현재 슈넬덴에서 가장 주목받는 이들이 테오 사단을 중심으로 한 초중급 기사들이라고 해도, 어쨌거나 한 가문의 주역은 상급 기사들인 법이다.

그런데 가문 간의 대련에서 주력이 되어야 할 자신들이 완전히 빠져버리다니.

그들로서는 자존심이 상하는 것은 당연했다.

처음에는 상대 가문이 테오 사단과의 대련을 원한다고 하니, 어쩔 수 없다고 생각하고 넘겼다.

그러나 지금 테오 사단이 싸우고 있는 걸 직접 보니, 오히려 저들이 나가서 다행이라는 생각도 들었다.

이로써 모두 앞에서 테오 사단이 악투스의 상급 기사들에게 전혀 밀리지 않는다는 걸 증명한 것이니까.

어느새 테오 사단이 저만큼 강해진 것일까?

후배들이 저토록 성장하여 슈넬덴의 이름을 떨치는 것이 자랑스럽기도 하면서, 동시에 은근슬쩍 저들의 실력을 한 수 아래로 보고 있던 스스로가 부끄러워졌다.

하지만 아직 완전히 안심하기는 일렀다.

아직 중앙 길목의 테오와 페라튼의 전투가 끝나지 않았기 때문.

콰아아앙! 콰아앙!

매 합마다 이곳까지 폭음이 들려왔다.

율리안 옆에서 대련을 지켜보던 라히츠가 인상을 찌푸렸다.

"지난날에 보았던 악투스의 검보다 더 강해진 것 같군요."

"무릇 가문이란 언제나 앞으로 나아가고 있는 법이니까."

율리안도 고개를 끄덕였다.

그들은 굳은 눈빛으로 페라튼의 검을 지켜보았다.

지금 슈넬덴의 상급 기사들보고 저자와 싸우라고 한다면 이길 수 있을까?

열 번 싸우면 아홉은 질 것이다.

설령 상급 기사를 넘어 수석 기사라고 하더라도, 승리를 장담할 수 없었다.

그만큼 페라튼이 보여 주는 무위는 놀라웠다.

자신들이 보기에도 이 정도인데, 직접 싸우고 있는 테오는 어떻겠는가.

"이러다 일공자님께서 패배할 수도 있겠습니다. 그리고 저자가 남아 있는 한 엘린이나 브리데커 일행도 당해 내지 못할 겁니다."

그 말을 가만히 듣고 있던 율리안이 입을 열었다.

"하지만 걱정하지 말도록. 테오가 지지는 않을 것 같으니."

"이런 말씀을 드리는 게 부끄럽지만, 페라튼 악투스는 저조차도 승리를 장담할 수 없는 자입니다. 아무리 일공자님이라고 해도 위험하지 않겠습니까?"

"물론 테오가 상급 기사 정도의 실력이라면, 나도 그리 말하지 못했겠지."

"그 말씀은……?"

"그렇네."

중앙 길목을 바라보던 율리안의 눈이 빛났다.

그것은 어떤 확신이 담겨 있는 눈빛이었다.

"테오의 검은 이미 우리를 넘어선 부분이 있는 것 같군."

"우리라면 설마 가주님까지도 포함하시는 겁니까?"

"어떤 면에서는 그럴 수도 있겠다는 거지."

율리안은 흔들리지 않는 목소리로 말했다.

"그리고 그것이 테오가 승리할 수 있도록 할 걸세."

라히츠는 율리안의 말을 이해하지 못했다.

그러나 그의 눈에서 내비치는 굳건한 신뢰감에 더 이상 질문을 달지 않았다.

지금 그가 할 수 있는 거라고는 율리안의 감이 맞길 기도하는 것뿐이었다.

"퉤!"

테오는 입안에 고인 피를 뱉어 냈다.

그의 몸 곳곳에는 시커먼 멍이 들어 있었다.

어디 하나 정통으로 맞은 공격은 없었다.

거의 모든 공격을 흘렸는데도 이렇게 되어 버린 것뿐.

'진짜 말도 안 될 정도로 강하네.'

테오는 맞은편에 있는 페라튼을 보았다.

그나마 위안이 되는 점은 그의 몸 곳곳에도 상처가 났다는 것과 숨을 헐떡이고 있다는 것이었다.

그러나 자신에 비한다면 미약한 정도.

'젠장, 분명 성공한 공격은 내가 더 많은데, 왜 이렇게 상태가 달라?'

억울한 마음이 들 정도였다.

아마도 이게 신체 내구성의 차이이겠지.

'계속 이렇게 깨작깨작해서는 내가 먼저 지치겠어.'

이럴 바엔 차라리 힘을 모아서 한 번에 터뜨리는 쪽이 더 가능성이 높으리라.

판단을 내린 테오가 검을 움직였다.

스스스슷.

테오의 검이 새하얗게 빛나며 흔들렸다.

그 검 끝은 마치 여러 조각으로 나뉘기라도 한 듯했다.

사라락-!

이윽고 테오의 검 끝에서 빙우가 피어났다.

한 송이, 두 송이 피어나기 시작하는 빙우.

그때까지만 해도 페라튼은 이상함을 느끼지 못했다.

그래 봐야 지금까지 테오가 내내 뿌려 대던 빙우와 다를 바가 없었으니까.

그러나 몇 송이에 불과하던 빙우가 순식간에 늘어났다.

"음?"

빙우는 순식간에 페라튼의 시야 전체를 가득 채웠다.

"빙우검 최종장, 빙우의 개벽."

테오가 나지막히 빙우검의 마지막 초식을 읊조렸다.

스르륵.

테오의 검이 부드럽게 움직였다.

그 검로를 타고 수만 조각의 빙우가 일제히 움직였다.

그 어느 틈으로도 빠져나갈 곳은 보이지 않았다.

쏴아아악-!

온 세상을 뒤덮은 빙우가 페라튼을 향해 달려들었다.

'이건 대체……!'

페라튼의 눈이 휘둥그레졌다.

자신의 시야를 가득 채운 얼음 알갱이들.

뒤쪽으로 보이는 설산의 봉우리들과 어울려 한 폭의 그림을 만들어 내는 것 같았다.

그러나 무릇 아름다운 외형에 눈이 멀게 되면, 그 속에 숨겨진 날카로운 가시를 볼 수 없는 법.

스스스스슷.

그저 아름답기만 하던 빙우는 페라튼의 몸에 내려앉자마자 날카로운 칼날로 돌변했다.

페라튼이 몸에 내려앉은 빙우를 털어 내려 했지만, 그것보다 훨씬 빠른 속도로 그 위에 빙우가 쌓여 갔다.

'고작 초급 기사가 이런 기술을 쓰다니, 이건 위험할 수도 있겠어.'

페라튼은 시종일관 테오를 밀어붙이던 검을 회수했다.

그리고 검면을 눕혀 강하게 휘둘렀다.

후우우웅–!

무거운 질량의 검이 회전하며 강한 검풍을 만들어 냈다.

그 검풍 앞에서는 빙우도 한낱 먼지처럼 밀려 나갔다.

이대로 테오의 공격이 실패한 것일까.

그런 생각이 드는 순간.

쐐애애애액–!

그 사이로 한 줄기 빛이 날아들었다.

"엇!"

페라튼은 그제야 깨달았다.

애당초 테오가 노리고 있던 것은 자신을 빙우로 둘러싸는 게 아니라, 바로 이 순간이었다는 것을.

'내가 빙우를 밀어내기 위해 검을 거두는 순간을 노렸구나.'

좋은 전략이었다.

그저 무위만 뛰어난 것이 아니라, 상황에 맞는 판단까지도 내릴 수 있는 이였다.

실로 미래가 기대되는 인재였다.

'가능성은 인정하지만, 아직 나를 이기기에는 멀었어!'

까앙!

테오의 검이 페라튼의 어깨를 관통하려는 순간, 살이 베이는 소리가 아니라 철판을 때린 것 같은 소리가 울려 퍼졌다.

"미친?"

테오는 자신의 검이 맥없이 튕겨 나오자 눈을 부릅떴다.

"허, 이번 건 진짜 위험했군요."

페라튼이 자신의 어깨를 문지르면서 말하자 테오가 인상을 찌푸렸다.

"피부에 강철이라도 둘렀어요?"

"신체를 단련하다 보면 강철보다도 더 단단한 신체를 가질 수 있지요."

페라튼은 자신의 어깨를 가리키며 말했다.

찢어진 옷 사이로 회색빛으로 물든 피부가 보였다.

"철포라는 비전입니다. 잘 단련된 근육에 담겨 있는 마나를 이용해 몸의 일부를 경화시킬 수 있지요."

"칫."

겉으로는 아닌 척했지만, 테오는 지금 낭패감을 맛보고 있었다.

'검기를 두른 일격마저 깡피부로 막아 내는 건 사기잖아!'

남은 마나를 짜내 빙우검의 최종장까지 썼던 이유는 탈진을 감수하고서라도 이번 한 방을 먹이기 위함이었다.

이걸로 끝장을 내지는 못하더라도, 최소한 치명상에 준하는 피해를 줘야 후에 대결을 이어 갈 수 있을 터.

그러나 결과적으로 자신은 마나만 사용했을 뿐, 어떠한 결과도 얻지 못했다.

상대도 그걸 알고 있었는지, 보다 더 여유를 찾은 모습이었다.

페라튼은 다시 대검을 앞세운 채로 점점 더 다가왔다.

지금까지 압도적인 힘에도 뒤로 물러서지 않던 테오였지만, 이번에는 주춤주춤 발을 뺐다.

아무런 준비도 되어있지 않은 상태에서 저 녀석의 공격을 받아 내느라 힘을 쓸 수는 없었기 때문.

그러나 페라튼이 그런 테오를 가만히 놓아 둘 리가 없었다.

"공자의 공격은 다 봤으니, 이제는 제 차례입니다."

후웅, 후웅, 후웅!

그때부터 페라튼은 테오를 강하게 몰아붙였다.

테오는 이렇다 할 반격도 하지 못한 채로 이리저리 검을 피해 다닐 뿐이었다.

"힘을 아끼기 위해 공격을 피하는 건 좋지만, 그 어떤 회피도 완벽할 수는 없는 법이지요."

페라튼의 말이 맞았다.

그 증거로 테오의 몸에 점점 상처가 생겨나고 있었다.

테오는 급하게 주변으로 시선을 돌렸다.

혹시나 다른 이들의 도움을 받을 수 있을까 해서였다.

그러나 다른 녀석들도 겨우겨우 상대와 대치하는 중이었다.

설령 저들이 이긴다고 하더라도, 자신은 이미 패배해 있 겠지.

자신이 쓰러진다면, 중앙 길목부터 시작해 다른 길목까지 모두 페라튼에게 당할 테고.

그렇다고 루크가 움직이는 것도 기대할 수는 없다.

그가 움직인다면 저쪽에서도 알프렌이 움직일 터.

아무리 루크라고 하더라도 알프렌과 페라튼을 동시에 상 대하는 건 위험했다.

'어떻게든 방법을 생각해야 하는데.'

솔직히 말하면 방법이 없는 건 아니었다.

아무리 녀석이 몸 전체에 강철을 두른 만큼 강해질 수 있 다고 하더라도, 자신에게는 그것을 뚫어 낼 만한 비전이 있긴 했다.

'하지만 그걸 사용하려면 시간이 좀 걸리는데, 저놈이 그걸 기다려 줄 리가 없고…….'

테오가 결정을 내리지 못하는 사이에도, 페라튼은 점점 더 강하게 몰아붙였다.

이러다가는 마지막 비전은 시도도 하지 못한 채로 승부가 결판날 위기였다.

'어쩌지?'

상황이 이렇게 일방적으로 밀리고 있어서였을까.

어째서인지 그의 머릿속에서는 루크의 모습이 떠올랐다.

이런 상황에서 루크가 바로 옆에 있었다면, 자신에게 뭐라고 말했을까?

─지금이 레오드린과의 전투였다면 어떻게 했을 건데?

테오의 입꼬리가 말려 올라갔다.

'너무나 간단한 답이잖아?'

자신도 지금 이걸 그저 대련 정도로 생각하고 있었다.

그러나 대련 역시도 실전이었다.

그리고 실전에서는 이따위 고민을 하고 있을 여유 따위도 없겠지.

'실전이라면 목숨까지 걸고서 한 방을 먹여야지!'

테오의 눈이 지금까지와는 다른 빛을 띠었다.

페라튼도 그 변화를 보고 순간 흠칫했다.

'뭐지?'

분명 지금이 벼랑 끝에 몰린 상태일 텐데, 어째서 저런 눈빛을 보인단 말인가.

뭐가 됐든 이 승부는 빨리 끝내야 한다고 자신의 본능이 말하고 있었다.

"인제 그만 대련을 끝내지요. 좋은 대결이었습니다. 테오 공자."

페라튼은 승리를 확신하고서 마지막 일격을 휘둘렀다.

승부에서 설레발은 필패라지만, 그럼에도 페라튼은 자신의 승리를 확신했다.

좀 전부터 계속 물러난 탓에 이제 더 이상 몸을 움직일 공간도 없고, 그렇다고 그에게는 이 일격을 막아 낼 힘도 없으니까.

후우우우웅!

그의 검이 커다란 곡선을 그리며 테오에게 날아들었다.

콰아아아아아아아앙!

곧이어 엄청난 굉음이 천지를 울렸다.

옆에서 싸우고 있던 이들조차 휘청거릴 정도의 후폭풍이 밀려왔다.

그 대결을 보고 있던 관중들조차도 눈을 질끈 감았다.

"응?"

그러나 정작 일격을 날린 페라튼의 표정은 일그러졌다.

상대를 힘껏 날려 버렸을 때 느껴지는 특유의 손맛이 전해지지 않았기 때문.

폭발로 인한 연기가 점점 가라앉자 그 뒤에 서 있던 실루엣이 눈에 들어왔다.

"……!"

그리고 그 실루엣을 본 페라튼의 눈이 휘둥그레졌다.

테오는 페라튼의 정면으로 받아 낸 채로 서 있었다.

여태처럼 힘을 흘리거나 피하지 않고, 오롯이 모든 힘을 두 손과 다리로 버텨 낸 것이다.

당연히 자신의 힘을 오롯이 받아 내는 건 불가능했다.

그 증거로 테오의 한쪽 팔이 으스러져 있었다.

발목이 살짝 돌아간 것으로 봐서는 다리 쪽에도 충격이 전해진 것 같았다.

이렇게까지 무리해서 자신의 공격을 막아 낸 이유가 뭐란 말인가?

"대체 뭘 하려고?"

"시간이 필요했거든."

"시간?"

"초식에 맞게 마나를 움직일 시간 말이야. 내가 아직 다른 동작을 하면서 동시에 그걸 할 정도로 익숙하지 않으니까."

"그러니까 대체 뭘 쓰겠다는…….."

페라튼은 말을 끝맺지 못했다.

스슷-!

칼날처럼 차가운 무엇인가가 자신의 뺨을 스치고 지나갔으니까.

'이건…… 눈송이?'

얼음 알갱이가 아니라 정말 눈송이였다.

'어째서 이런 게……?'

철컥.

테오의 검이 부드러운 곡선을 그렸다.

오래도록 잊혀있던 설풍검이 테오의 검에서 피어났다.

설풍검 1식 혹한의 일섬.

슈와아아악!

새하얀 한기가 페라튼을 덮쳤다.

페라튼은 서둘러 몸 전체에 철포를 사용했다.

차자자자작.

그러나 얼음 알갱이가 아닌 진짜 눈송이는 철포마저도 뚫어 내고, 페라튼의 몸에 상처를 냈다.

페라튼은 그제야 깨달았다.

어째서 200년 전의 선조들이 철포보다도 더 강한 방어술을 익히려고 했는지.

그러나 그걸 깨달았을 때는 이미 그의 몸이 설산의 한기에 집어삼켜진 이후였다.

"……."

그리고 첫 번째 설풍이 멎은 이후.

풀썩.

온몸이 만신창이가 된 페라튼이 바닥에 쓰러졌다.

"……."

"이거, 지금 슈넬덴이 이긴 거지?"

"그런 것 같은데……?"

"어, 어떻게 이럴 수가……!"

그들의 대결을 지켜보던 관객들은 도무지 이 상황을 믿을 수가 없었다.

로돈이나 라이노야 그렇다고 치더라도.

아니, 그들도 그렇다고 치기엔 너무나 강한 이들이었다.

그런데 페라튼이 패배하는 건 아예 일어날 수가 없는 일이었다.

그는 악투스의 핏줄을 이어받은 혈족이자 가문 내 상급 기사들 중에서도 으뜸으로 꼽히는 기사였으니까.

반면 그를 상대한 테오는 나이나 경력으로만 보면 아직 초급 기사였다.

그런 둘이 맞붙는다면 누가 이기겠는가?

아마 지나가는 걸인에게 묻더라도 페라튼의 승리에 베팅할 것이다.

그러나 눈앞에 펼쳐진 광경은 그들의 생각과는 전혀 다르게 흘러갔다.

중앙 길목에 서 있는 이가 테오였고, 쓰러진 쪽은 페라튼이었다.

"결국 소문이 맞았다는 거네."

"무슨 소문?"

"나도 타 지역 상인에게 들은 건데, 다른 지역에서는 테오 사단이 악투스의 상급 기사와 맞붙으면 테오 사단이 이길 거라는 소문이 파다했다고 하더군."

"뭐? 언제 그런 소문이 돌았단 말인가?"

"최근 테오 사단을 중심으로 대륙 전체에서 슈넬덴의 위상이 높아지고 있다고 하지 않은가. 그래서 다른 지역에서 그런 소문이 돈 거겠지."

"내가 아무리 노던 사람이라지만, 그런 소문을 들었다면 헛소문이라고 웃어넘겼을 텐데."

"나도 그랬을 걸세. 그런데 그 소문이 사실이었던 게야."

한 관중의 말에 다들 고개를 끄덕였다.

그러던 중에 다른 관중 하나가 신이 나서 외쳤다.

"그럼 이제 슈넬덴이 악투스보다 강하다는 게 증명이 된 거네!"

"허허, 그것도 맞는 말이지!"

"슈넬덴이 진짜 과거의 영광을 되찾았구나!"

노던의 관중들은 신이 나서 외쳤다.

당연히 노던 출신이 아닌 관중들이 불만을 내비쳤다.

"크흠, 아직 승부는 끝나지 않았네들."

"아직 악투스 기사가 모두 쓰러진 건 아니네."

"물론 페라튼 외에도 둘이 남았지. 지금 슈넬덴의 지원이 중간 길목으로 가고 있는데, 그들이 뭐 어쩔 수 있겠는가?"

"어허, 내 말은 중간 길목을 말한 게 아니네. 악투스 진영을 말한 거지."

그 관중의 말대로 악투스에게는 아직 한 명의 기사가 남아 있었다.

다른 관중들도 그를 보고는 저도 모르게 고개를 끄덕였다.

그 기사는 여태껏 싸웠던 악투스의 모든 기사들을 합친 것보다도 더 강할지도 모르는 이였기 때문.

알프렌 악투스.

그 역시 악투스의 혈족으로서, 다른 이들과 달리 악투스가 수석 기사의 칭호를 가진 이였다.

"반면 테오 사단 쪽에서는 이미 가장 강한 일공자님께서 전력으로 싸운 후야."

"슈넬덴 쪽에도 대장이 있지 않은가?"

이번에는 관중들의 눈이 슈넬덴 진영을 향했다.

그곳에는 루크가 있었다.

여태껏 가만히 앉아만 있던 그가 벌떡 일어나있는 걸 보니, 그도 테오의 승리를 알아차린 모양이었다.

"이공자님은 아무래도 일공자님에 비해서는 약하시잖아."

"일공자님조차 페라튼을 겨우 이겼는데, 이공자님이 어떻게 알프렌을 이기겠나?"

"그렇구먼……."

관중들의 눈에는 실망감이 차올랐다.

물론 이미 라이노와 로돈, 페라튼을 이긴 것만으로도 슈넬덴은 대련에서 건질 만한 건 모두 건진 상태였다.

여기서 알프렌에게 모두가 패배한다고 하더라도, 누구 하나 슈넬덴을 손가락질하지 못하리라.

그럼에도 관중들의 마음속엔 조그만 바람이 생겨났다.

"그럴 일은 없겠지만서도, 만에 하나라도 테오 사단이 알프렌마저 쓰러뜨린다면 어떻게 되겠는가?"

"뭘 어떻게 돼. 그날로 슈넬덴이 대륙에서 최소한 세 손가락 안에 들어간다는 말에 아무도 토를 못 달겠지."

대륙에서 세 손가락에 꼽히는 슈넬덴이라…….

그 단어 하나만으로도 노던 사람들의 가슴은 두근거렸다.

그들은 그럴 가능성이 거의 없다는 걸 알면서도 묘한 기대감을 품고서 아래를 내려다보았다.

"빌어먹을!"

한편 악투스의 진영에 남아 있던 알프렌의 얼굴은 새빨갛게 물들어 있었다.

처음에 라이노나 로돈이 쓰러졌을 때야 혀를 차는 정도에서 끝냈다.

'방심하지 말라고 그렇게나 주의를 줬거늘.'

이번 대결이 끝나고 나면 벌칙으로 본가로 돌아가는 내내 수련시키는 정도에서 마무리 지으려 했다.

어차피 페라튼이 남은 녀석들을 모두 처리한 다음, 저쪽의 대장까지 처리해 버리면 될 테니까.

하지만 그 생각마저도 완전히 어긋났다.

믿었던 페라튼마저도 테오에게 패한 것이다.

'분명히 직전까지 이기고 있었는데, 대체 어떻게 된 거지?'

시종일관 밀리고 있던 테오였으나, 단 한 번의 마나 폭발만으로 페라튼이 쓰러졌다.

직접 눈으로 보지 못했기에 어떤 일이 있었는지 알 수도 없었다.

'무슨 비겁한 수작을 부린 거지?'

당연히 어떤 비겁한 수가 있었을 거라고 생각할 수밖에 없었다.

그러지 않고서야 페라튼이 테오에게 질 리가 없었으니까.

"……."

그때 그의 귀에 사람들이 웅성거리는 소리가 들렸다.

그것은 저 멀리 자신들의 대련을 구경하고 있는 관중들 사이에서 전해지는 소리였다.

내용까지 정확하게 들리지 않았지만, 저들이 어떤 말을 하고 있을지는 뻔했다.

분명 항간에 떠돌던 소문이 사실이라는 말을 떠들고 있는 거겠지.

<u>으드드드득!</u>

알프렌의 이가 부서질 듯 갈렸다.

상대가 어떤 비겁한 수작질을 했다고 하더라도, 악투스가 슈넬덴에 진 것은 명백한 사실이었다.

관중들의 반응이 그걸 증명하고 있지 않은가.

대련이 끝나고 저들이 산을 내려가는 대로 아마 악투스의 상급 기사가 슈넬덴의 초중급 기사에게 패했다는 소문이 퍼져 나갈 것이다.

'이래서야 무슨 낯으로 가문으로 돌아갈 수 있겠는가!'

치욕스러운 일이었다.

애당초 이곳에 왔던 이유가 악투스의 명예를 찾기 위함임을 생각한다면, 이미 그 목적은 실패한 것과 같았다.

아니, 오히려 처음보다 더 안 좋아졌다고 볼 수도 있으리라.

"후우—!"

알프렌은 길게 숨을 내쉬었다.

그것은 어떤 결단이 담겨 있는 숨이었다.

'이미 이 대련은 우리가 의도했던 바와 정반대로 흘러갔다. 그렇다고 해서 이대로 패배하고 돌아갈 수는 없는 노릇.'

그도 알고 있다.

자신이 나서서 이긴다고 해서 지금의 분위기를 완전히 뒤집을 수 없다는 것을.

오히려 소문대로 악투스의 상급 기사들이 테오 사단에게 모두 패배하자, 수석 기사를 내세워 비겁하게 승리를 따냈다는 오명을 쓰게 될지도 몰랐다.

그럼에도 이 대련의 최종 결과만큼은 악투스가 가져가야 했다.

그것이 악투스가 마지막 남은 자존심이나마 지킬 수 있는 유일한 방법일 테니까.

'그 대신 그 어떤 녀석들도 쉽게 입을 열지 못할 만큼 압도적으로 이겨 주마.'

쿵, 쿵.

알프렌이 시뻘겋게 충혈된 눈으로 발을 내디딜 때마다 지축이 울렸다.

그리고 탄력을 받은 그가 무릎을 굽혔다가 펴는 순간.

슈와아아아아악!

그의 몸은 한줄기 빛살이 되어 중간 길목으로 날아갔다.

爺

브리데커와 엘린은 자신들의 대결이 끝나자마자 곧장 중간 길목으로 향했다.

이 역시 사전에 이미 루크에게 지시를 받은 사항이었다.

테오가 특별히 강적을 상대하기 때문에, 한쪽이 끝나는 순간 지체 말고 그를 도우라는 지시였다.

"공자님!"

"도우러 왔습니다!"

브리데커와 엘린은 거의 동시에 중간 길목에 도착했다.

당연히 치열한 전투가 벌어질 거라고 생각하고 한걸음에 내달려 왔건만, 그들의 눈앞에 펼쳐진 광경은 생각과는 전혀 달랐다.

"······."

악투스의 기사와 슈넬덴의 기사 모두 전투를 멈춘 채로 한쪽을 바라보고 있었다.

'싸우다 말고 어디를 보고 있는 거야?'

브리데커와 엘린 일행도 그쪽으로 시선을 돌렸다.

거기에는 검을 지팡이 삼아 겨우 버티고 있는 테오가 있었다.

사라락-!

그리고 그 위로 눈송이가 내리고 있었다.

그것은 빙우가 아니라 진짜 눈송이였다.

"설마……."

"설풍검을 쓰신 겁니까?"

엘린의 입에서 나온 단어에 모두가 입을 쩍 벌렸다.

"그럼 그게 정말로 설풍검이었다고?"

"어떻게 일공자님께서 설풍검을……?"

설풍검이야말로 슈넬덴의 본질이라고 할 수 있는 비전.

그렇기에 비전 연구소의 학자들이 밤낮을 잊어 가며 설풍검을 복원하기 위해 애쓰고 있다는 건 슈넬덴의 모두가 아는 사실이었다.

그런데 테오가 그걸 사용하다니.

여기에 놀라지 않을 수가 없었다.

그리고 테오도 그들의 시선을 느꼈는지, 엘린과 브리데커 쪽을 돌아보며 씩 웃었다.

얼굴이 팅팅 부은 것만 봐도 그가 얼마나 치열한 전투를 치렀는지 알 것 같았다.

테오는 그런 우스꽝스러운 몰골로 입을 열었다.

"내가 말했잖아. 나 캘리퍼가에서 설풍검을 썼다니까."

"당연히 구라인 줄 알았죠!"

"내가 구라를 왜 쳐?"

"그럼 설풍검을 배운 적도 없는데, 설풍검을 썼다는 걸 누가 믿어요?"

엘린의 반박에 오히려 테오마저 고개를 끄덕였다.

자신이 들었다고 해도 믿지 못했을 것 같았으니까.

테오도 머쓱했는지, 괜히 볼을 긁었다.

"일단은 나머지 놈들부터 처리하고 이야기해. 아직 대련이 다 끝난 것도 아니니까."

"예!"

테오가 설풍검을 썼다는 사실 때문일까.

테오 사단은 마치 가주의 명을 받기라도 하는 듯 대답했다.

그리고 그들은 남은 두 명의 악투스 기사들을 향해 검을 뻗었다.

악투스 기사들의 얼굴이 시퍼렇게 질렸다.

"기사면 정정당당하게 한 명씩 덤벼라."

"그럼 상급 기사가 우르르 몰려와서 초급 기사 패는 건 정정당당한 거냐?"

"그, 그건…….."

"그리고 무엇보다…….."

테오 사단이 남은 악투스 기사들을 빙 둘러쌌다.

악투스의 거대한 체구가 애처롭게 떨렸다.

"방법이야 어떻게 됐든 이기기만 하면 만사 오케이야. 흐흐!"

테오 사단이 웃음을 흘리며 달려들려 할 때였다.

뒤쪽에서 노기 어린 목소리가 들려왔다.

"이기면 만사 오케이라……. 맞는 말이지."

콰아아아아아아아앙!

그와 동시에 중앙 길목에 운석이 떨어졌다.

아니, 그건 운석이 아니었다.

운석이 떨어졌다고 착각할 정도로 강한 충격파였을 뿐.

"끄아아아아!"

"크아아악!"

그 충격파를 이기지 못한 테오 사단이 사방으로 튕겨 나갔다.

쉬이이익-!

그 구멍 한가운데서 누군가 걸어 나왔다.

아직 충격으로 인한 먼지가 가라앉지 않았지만, 테오 사단은 그가 누구인지 곧바로 알아차렸다.

"대장이 출격하셨군."

여태 진영을 지키고 있던 알프렌이 나선 것이다.

생각보다 빠른 타이밍이긴 했지만, 그렇다고 전혀 예상하지 못했던 것도 아니었다.

체스 말이 모두 죽었으면 킹이라도 움직여야 하는 것 아니겠는가.

다만 그 킹은 체스의 킹처럼 애물단지가 아니라는 게 문제 겠지만.

"내 후배들이 패배하면서 이미 악투스의 자존심이 구겨질 대로 구겨졌지만, 그래도 승리만큼은 챙겨야 하지 않겠는가?"

알프렌이 테오 사단을 쭉 둘러보며 말했다.

그 목소리에서 풍겨 나오는 살기가 어찌나 강하던지, 테오는 피부가 따끔할 정도였다.

"슈넬덴의 미래는 칭찬하나, 아직은 악투스의 상대가 될 수 없다는 것을 모두 앞에서 똑똑히 보여 주지."

그가 손바닥을 앞으로 뻗었다.

마치 장풍이라도 쏘는 것 같은 자세.

그러나 악투스가에는 장풍을 쏘는 비전이 없었다.

휘우우우우웅!

그럼에도 그 손에서 태풍 같은 바람이 불어닥쳤다.

저건 어떠한 비전도 아닌, 오직 힘만으로 만들어 낸 바람이었다.

"으아아아아!"

테오 사단은 그 장풍 한 번에 휩쓸려 나갔다.

심지어 그들 중에는 악투스의 기사들도 있었다.

그야말로 압도적인 힘의 차이.

다른 이들이 찍소리도 못할 만큼 압도적으로 이겨 준다던 알프렌의 다짐은 거짓이 아닌 것 같았다.

알프렌은 장풍에 휩쓸려간 테오 사단을 향해 말했다.

"슈넬덴이 악투스를 넘었다고 말하려거든 일단은 나부터 뛰어넘고 말하게나."

"크흑."

테오 사단은 겨우겨우 몸을 일으켰다.

그러나 알프렌은 지금껏 싸웠던 다른 녀석들보다 몇 수는 더 위에 있는 자였다.

아마 이대로 모두가 다 달려든다고 해도, 알프렌은 이길 수 없으리라.

상황이 막막해지자, 테오는 결국 한 명을 떠올렸다.

그리고 마치 기다리고 있었다는 듯 그 한 명의 목소리가 들려왔다.

"그것참 건방지군요."

비웃음이 진하게 담겨 있는 비아냥.

알프렌의 시선이 그곳을 향했다.

수풀 속에서 모습을 드러낸 이는 모두가 예상했던 대로 루크였다.

"고작 수석 기사 주제에 가문 전체를 대표하는 양 떠들어 대다니."

"너는⋯⋯."

"그래도 본인이 그렇게 말했으니, 그 말에 책임은 져야 할 겁니다."

루크의 입가에 진한 비웃음이 그려졌다.

"루크 슈넬덴……."

알프렌의 눈에 의문이 떠올랐다.

정말로 그의 팔뚝에는 대장을 의미하는 완장이 채워져 있었기 때문이다.

'당연히 테오가 대장일 거라고 생각했는데.'

이유는 물을 것도 없었다.

그가 현재 테오 사단에서 가장 강한 이라고 알려져 있었으니까.

실제로 초급 기사로서 페라튼을 이긴 것만 보더라도, 그 소문이 마냥 거품이 낀 건 아니라는 것이 증명되었다.

그런데 어째서 대장 완장은 그보다 약하다고 소문난 루크가 끼고 있는 것일까.

대장이 있다는 건, 대장이 패한다면 다른 이들의 승부와 상관없이 이 대련 자체가 끝난다는 의미였다.

그런 대장을 루크가 맡게 되었다면 분명 무슨 이유가 있을 터.

그는 다시 한번 루크를 찬찬히 살펴보았다.

'별로 대단한 것도 없어 보이는데.'

강한 기사는 자신보다 아래 사람의 무위를 간파할 수 있는 법.

그러나 그가 보기에 루크에게선 그 어떤 기세도 느껴지지 않았다.

알프렌은 혹시 자신의 눈이 잘못되었나 싶어 다른 이들도 살펴보았다.

역시나 그들의 실력은 어느 정도 가늠이 되었다.

오히려 반시체가 된 테오가 루크보다도 강해 보였다.

그런데 어째서 테오가 아닌 루크에게 대장 완장을 채워 둔 것일까.

가능성은 둘 중 하나였다.

전자는 당연히 무슨 수작질을 하려고 파 둔 함정이라는 것.

그리고 후자는 실제로는 저들 중 루크가 가장 강하다는 것.

알프렌은 당연히 전자라고 생각했다.

설마 고작 초급 기사에게 그런 숨겨진 실력이 있을 리가 없을 테니까.

"루크 공자, 그대가 완장을 찼을 줄은 몰랐군."

"당연히 제가 차야죠."

루크의 입꼬리가 말려 올라갔다.

"제가 여기서 제일 강하니까요."

"허허! 농담이 지나치군."

알프렌은 커다랗게 웃었다.

루크의 말을 전혀 믿지 않는 눈치였다.

"내 검을 좀 일찍 잡은 선배로서 한마디 하지. 그대가 또 무슨 수작을 부리려고 그러는지는 모르겠으나, 고수의 눈은 속일 수 없는 법일세."

"저는 속인 적이 없는데요."

"속인 적이 없다? 이렇게 말하기 미안하지만 내가 보기엔 자네는 평범한 기사 그 이상도 아니네만."

루크도 곤란한 듯 머리를 긁적였다.

"그럼 당신은 생각보다 고수가 아닌 모양이네요. 제 실력을 알아보지 못하니까."

"작작 하게나. 저질 도발도 계속되면 기분이 나쁘거든."

알프렌이 기세를 내뿜으며 말했다.

그러나 루크는 아랑곳하지 않고 어깨를 으쓱했다.

"제가 이제는 진실을 밝히려고 했거든요. 테오 사단에서 가장 강한 사람이 누구인지."

"그게 자네란 말인가?"

"맞아요. 그리고 경은 내 실력도 못 알아보셨죠."

루크가 한껏 이죽거리며 말했다.

테오 사단은 그걸 보고 고개를 절레절레 저었다.

'어떻게 사람 속을 저렇게 살살 긁냐?'

'나 같아도 한 대 치고 싶어지네.'

'저걸 받아 주고 있는 알프렌이 더 대단할 지경이야.'

그러나 알프렌도 아무렇지 않은 건 아니었다.

그의 입술이 부르르 떨리는 것만 봐도 그랬다.

"나를 도발하는 것도 작전의 일부인가?"

알프렌의 목소리가 착 가라앉았다.

"무슨 수작을 부리려는지 모르겠지만, 그딴 수작질 따위 힘 앞에서는 아무것도 아니라는 걸 보여 주지."

"거참, 그게 아니라고 해도 그러네."

루크가 한숨을 내쉬며 어깨를 으쓱했다.

"인제 그만 그 입은 다무는 게 좋을 걸세. 모든 화는 주둥이로부터 나오는 법. 계속 그리 입을 나불거렸다가는 단순히 대련 선에서 끝나지 않을 수도 있어."

"끝나지 않으면 어쩌시려고요? 뭐 여기서 전쟁이라도 한 번 하시게?"

꽈아아악.

알프렌은 저도 모르게 주먹에 힘이 들어갔다.

이대로 저놈의 면상을 한번 갈겨 버리고 싶었다.

"전쟁은 아니더라도, 한동안은 검을 손에 쥐지도 못하게 해 줄 수는 있겠지."

"그럼 상황도 이렇게 됐는데, 우리끼리 일대일로 붙을까요?"

루크가 먼저 일대일 승부를 제안했다.

알프렌은 의심스러운 눈으로 그런 루크를 보았다.

'당연히 수작을 부릴 줄 알았는데, 일대일로 붙는다고?'

일대일이라면 다른 수작이 끼어들 틈이 없었다.

기껏해야 궁지에 몰렸을 때 주변에 있던 다른 테오 사단들이 달려드는 것 정도.

그러나 피라미가 모여 봐야 피라미일 뿐이다. 오히려 그 모습은 슈넬덴의 격을 낮추는 처사가 될지도 몰랐다. 그럼 여태껏 쌓았던 명성마저 이번 대련 한 번에 무너지는 꼴이 아닌가.

아무리 생각해봐도 루크가 자신과 일대일을 할 필요가 없었다.

자신이 알지 못하는 고도의 수작이 있는 것이라면 모를까.

'고도의 수작이라 해도 상관없지. 그깟 잡기술들은 다 부숴 버리면 그만이니.'

결론을 내린 그는 고개를 끄덕였다.

"좋네. 무슨 수작을 부리려는지는 모르겠지만 받아 주지."

"좋아요. 그럼 바로 붙을까요?"

"바라던 바지."

둘의 시선이 공터 가운데서 얽히며 스파크를 튀겼다.

루크가 나서자 관중들도 웅성거렸다.

"어? 진짜로 이공자님이 나서는 거야? 난 무슨 작전이 있어서 이공자님이 대장 완장을 찬 줄 알았는데."

"그런데 일공자님도 어쩌지 못한 상대를 이공자님이 어떻게 상대하겠다는 거지?"

"그러게. 설마 그냥 이번 대련을 포기한 거 아니야?"

"에이, 그럴 리가!"

"그게 아니라면 이공자님이 완장을 차고 알프렌과 싸울 이유가 없잖아."

패배하더라도 끝까지 싸우는 슈넬덴의 모습을 보고 싶었던 관중은 아쉬워했다.

그런 그들의 반응은 루크에게까지도 전해졌다.

'아무리 그래도 그렇지. 나를 보자마자 저렇게까지 실망할 줄이야.'

그럴 만도 했다.

그들은 자신의 본실력을 전혀 모르고 있을 테니까.

그동안 루크는 테오라는 연막 뒤에 숨어 활약하고 있었다.

그 때문에 여전히 사람들은 슈넬덴의 제일 후기지수로 테오를 꼽는 것이다.

'이젠 그 연막을 거둘 때가 되긴 했지.'

지금까지 테오라는 연막을 치고 있었던 이유는 하나였다.

바로 자신이 스스로를 지킬 힘을 갖추기 전까지 다른 이들로부터의 위험을 차단하기 위한 것.

하지만 이제는 상황이 많이 달라졌다.

물론 아직도 원래 실력에 비한다면 한없이 부족하긴 해도, 자신의 몸 하나 정도는 건사할 수 있을 정도의 힘은 되찾았다.

무엇보다 이제는 슈넬덴을 노골적으로 노리는 상대가 많아지지 않았던가.

이런 상황에서도 계속 연막을 치고 있자니, 자칫 테오가 위험해질 수도 있었다.

"이제 모두에게 똑똑히 보여 줘야지. 테오 사단을 움직이는 진짜 배후가 누구인지."

루크가 앞으로 한 발짝 나섰다.

그에 맞춰 알프렌도 한 발 나왔다.

그들 사이로 묘한 긴장감이 교차했다.

"흐음……."

알프렌이 고개를 갸웃했다.

분명 이건 수석 기사와 초급 기사의 대결.

그것도 어디 중소 가문의 수석 기사도 아닌 대륙에서 손꼽히는 명문의 수석 기사였다.

아무리 하룻강아지가 범 무서운지 모르고 덤빈다지만, 무릇 기사란 대련을 위해 정면으로 마주했을 때는 그 실력을 정확히 아는 법이다.

이렇게 검을 겨누고 있으니, 분명 루크도 느껴지는 것이 있을 터.

그러나 루크는 그런 것 따위는 전혀 느껴지지 않는다는 듯 자신을 멀뚱멀뚱 쳐다보고 있었다.

"뭐, 상관없지."

쿠구구구.

알프렌이 자신의 검을 꺼내 들었다.

검이 뽑힐 때 으레 들리는 예기 서린 소리는 들리지 않았다.

그 대신 거대한 둔기를 들어 올리는 것 같은 묵직한 파공음이 들려왔다.

그는 그 대검으로 루크를 겨눴다.

"어차피 대련이 시작되면 실력 차를 몸으로 체감할 터이니."

"계속 실력 차가 어쩌고 하는데……."

루크의 입꼬리가 쭉 올라갔다.

"아마 처맞는 건 내가 아니라 당신일 거예요."

"내 약속하지! 공자의 그 뚫린 입만큼은 꼭 틀어막아 주겠다고."

후웅!

알프렌의 대검이 루크를 향해 휘둘렸다.

검이 닿기도 전부터 검풍이 마구 불어닥쳤다.

"극선태중검!"

알프렌은 시작부터 악투스가 자랑하는 비전을 사용했다.

본질이야 어떻든, 이것이 명분상으로는 서로의 검을 배우기 위한 비무라는 걸 잊어버린 것일까.

알프렌의 검에는 오직 상대를 파괴하려는 살기만이 느껴졌다.

스륵.

그에 맞선 루크도 벨무스로 부드러운 곡선을 그렸다.

벨무스는 알프렌의 대검에 비하면 빈약하기 그지없었다.

어느 모로 봐도 저 검으로 알프렌의 검을 막는 건 불가능해 보였다.

그러나.

휘익.

느릿하게 움직이는 벨무스는 알프렌의 대검을 그대로 흘려 버렸다.

여태껏 테오 사단이 보여 줬던 '흘리기'는 저것에 비하면 흘리는 것이라 부를 수도 없었다.

'이렇게 가볍게?'

알프렌 본인도 깜짝 놀라서 눈을 번쩍 떴다.

극선태중검은 수석 기사 이상에게만 허용되는 악투스의 일급 비전.

아무리 첫 초에 불과하다지만, 어떻게 이렇게도 가볍게 흘릴 수 있단 말인가.

'적어도 주둥이를 나불거릴 만큼의 실력은 가지고 있었군.'

이번 한 합만으로도 그는 루크를 인정했다.

그러나 정작 그 검을 받아 낸 루크는 불만스러운 듯 입술을 씰룩였다.

"쯧쯧, 예전 악투스에 비하면 멀었어."

"지금 뭐라 하였는가?"

"지금의 악투스는 예전에 비하면 멸치라고요."

알프렌의 눈썹이 꿈틀거렸다.

"내가 듣기로 예전의 악투스는 태산도 찢어 버렸다고 들었는데, 고작 이 정도 수준이 수석 기사라면 지금 악투스의 수준은 안 봐도 뻔하네요."

씨익.

루크가 또다시 허연 이를 드러내며 웃었다.

"그것도 다 물근육이죠?"

"……."

알프렌은 녀석의 도발에 넘어가지 말자고 몇 번이나 생각했었다.

지금 상황이 이렇게까지 안 좋아진 것도 애당초 녀석의 도발에 넘어가 단체전을 수락하는 바람에 벌어진 것이니까.

그러나 루크의 도발은 알면서도 참을 수 없는 것이었다.

녀석의 말투며, 눈빛이 사람의 신경을 살살 긁어 댔기 때문이다.

결국 그의 눈이 또다시 뒤집혔다.

"멸치? 물근육? 감히 지금 내 근육에 대해 품평을 하는 것인가?"

후웅!

파아아아아!

알프렌이 이를 꽉 깨문 채로 검을 휘둘렀다.

태산도 무너뜨릴 것 같은 검이 루크의 머리 위로 떨어졌다.

아니, 떨어지기 직전이었다.

스윽.

루크는 벨무스를 머리 위로 올렸다.

벨무스가 대검과 달라붙는 순간, 내려치던 대검이 그 자리에서 우뚝 멈췄다.

"이, 이게 어떻게?"

알프렌이 대검에 힘을 줬지만 그럼에도 대검은 요지부동이었다.

"기술도 없이 그렇게 무식하게 힘으로만 밀어붙일 거면 강하기라도 하든가."

"이놈이!"

퉁.

루크는 너무나 가볍게 대검을 밀어냈다.

그러나 그 결과는 전혀 가볍지 않았다.

슈우우웅!

알프렌은 물수제비 튀기듯 뒤로 날아갔기 때문이다.

20m도 넘게 튕겨 나간 알프렌은 겨우 몸을 빙글 돌려 자세를 잡았다.

'바, 방금 건 대체……!'

그는 조금 전 무슨 상황이 일어난 건지 제대로 파악되지도 않았다.

욱신……!

알프렌은 자신의 손을 내려다보았다.

어느새 손목에 시퍼런 멍이 들어 있었다.

숱한 단련으로 몸을 강철보다도 더 단단하게 만들어 왔다.

그런데 고작 녀석의 반격 한 방으로 손목에 피멍이 든단 말인가.

설령 가주와 비무를 한다고 해도, 이렇게 되지는 않을 것이다.

알프렌은 슬며시 고개를 들어 루크를 보았다.

고요하게 내려앉은 눈동자가 알프렌을 지그시 바라보고 있었다.

여전히 그의 실력이 가늠되지 않았다.

'그럼 정말로 감히 내가 재단할 수 있는 실력이 아니었다는 말인가?'

알프렌의 동공이 지진이라도 난 것처럼 흔들렸다.

루크가 아직도 혼란스러워하는 알프렌에게 말했다.

"말했잖아요, 내가 테오 사단에서 가장 강한 사람이라고."

루크의 목소리는 모두가 들을 수 있도록 크고 명확했다.

이제는 연막 뒤에 숨어 있을 필요가 없었으니까.

"당신이 그랬죠, 악투스를 넘으려거든 일단 당신부터 넘으라고."

척.

그는 알프렌을 향해 검을 겨눴다.

"내가 여기서 당신을 쓰러뜨리고 선포할게요. 슈넬덴과 악투스가 다시 원래 자리로 돌아갔다고."

루크의 선언은 슈넬덴 산에 울려 퍼졌다.

그 대결을 지켜보고 있던 관중 모두가 똑똑히 들을 수 있을 정도로.

"슈넬덴과 악투스가 다시 원래 자리로 돌아갔다고 선포한다니……."

"와우."

그들의 대결을 지켜보던 테오 사단은 고개를 절레절레 저었다.

"저건 싸워서 이기기 전에 열 받아서 죽게 하려는 작전 아니야?"

"제가 보기에도 그런 것 같습니다."

"알프렌의 얼굴이 시뻘게져 보이는 건 제 착각이 아니겠죠?"

그건 착각이 아니었다.

알프렌은 머리끝까지 분노가 차오른 상태였다.

다른 이들이 패한 것이야 악투스라는 이름에 먹칠을 한 정도지만, 자신마저 이렇게 패한다면 먹칠이 아니라 명패를 부숴 버리는 정도일 테니까.

'고작 저 나이에 감히 내가 재단할 수 없을 정도의 실력을 가졌을 리가 없어.'

분명 꼼수를 쓴 것이다.

아니, 반드시 그래야만 했다.

그렇지 않으면 정말로 저 녀석의 말대로 악투스는 슈넬덴에게 자신의 자리를 내줘야 할 테니까.

"무슨 수작을 부렸는지는 모르겠지만, 고작 그거 하나 통했다고 그렇게나 기고만장한 것인가?"

"아직도 정신을 못 차리신 모양이네."

루크가 고개를 절레절레 저었다.

"그럼 나중에 가서 딴소리 안 나오게 가지고 있는 실력 다 꺼내 봐요."

"가진 실력을 모두 꺼내라?"

"네, 안 그러면 또 나중에 가서 방심했니, 어쩌니 할 거잖아요. 그러니까 전력을 다하시라고요. 그래야 나도 구경꾼들한테 보여 줄 게 있지.”

“오냐, 그래.”

꾸우우우우욱!

그는 검을 꽉 쥐었다.

어찌나 강하게 쥐었던지 손의 핏기가 사라질 지경이었다.

“다시는 네 입에서 그따위 소리가 나오지 못하도록 밀어붙여 주마!”

알프렌의 팔뚝에 힘줄이 돋아났다. 그리고 검이 한층 더 짙은 회색빛을 띠었다.

짙어진 빛만큼이나 그의 검이 가지는 무게도 늘어난 것일 터.

후와아앙—!

알프렌은 그저 검을 들어 올린 것뿐임에도, 그 궤적을 따라 검풍이 밀려왔다.

실로 어마어마한 무게.

저걸로 땅을 내려친다면 그대로 땅이 두 조각 나는 것이 아닐까.

그런 생각이 들 정도였다.

알프렌은 그런 무지막지한 검으로 루크를 베었다.

콰앙! 콰앙! 콰앙! 콰앙!

그 내려치기는 조금 전처럼 고작 한 번에 끝나는 게 아니었다.

알프렌은 루크를 아예 다져 버리기라도 할 것처럼 끊임없이 내리쳤다.

대련을 지켜보고 있던 이들조차 움찔할 정도였다.

"저, 저, 저!"

"저라도 공자님께서 위험해지는 거 아닙니까?"

"지금이라도 저희가 나설까요?"

그 말에 율리안은 조용히 고개를 저었다.

그 역시 루크가 걱정되기는 했다.

그가 보기에도 지금 알프렌은 진심을 다해 루크를 공격하고 있는 것 같았기 때문.

하지만 그는 알 수 있었다.

"저 피어오르는 먼지 뒤에는 루크가 멀쩡히 서 있을 테지."

"어찌 아십니까?"

"루크가 말했잖은가."

율리안의 입가에 미소가 그려졌다.

"녀석이 테오 사단에서 가장 강한 이라고."

"……."

기사들도 분명 그 말을 들었다.

어찌나 쩌렁쩌렁하던지 바로 옆에서 말하는 것 같았으니까.

그러나 그들은 지금의 루크의 말이 100% 믿기지는 않았다.

생각해 보라.

여태껏 무위로서는 가장 약하다고 평가받던 사람이 어느 날 갑자기 사실은 자신이 힘을 숨기고 있었던 거라고 말하면 누가 그 말을 바로 믿을 수 있겠는가.

차라리 어떤 술수를 사용하기 위한 연막이라고 보는 것이 더 합당한 설명 같아 보였다.

그런데 어째서 가주님은 루크에게 저토록 깊은 신뢰감을 보이는 것일까.

그들은 아직까지는 이해할 수 없었다.

다만 율리안이 움직이지 않으니, 가만히 그 모습을 바라보는 수밖에.

'아무 일도 없어야 할 텐데.'

그들은 걱정스러운 눈으로 루크를 지켜보았다.

흔히들 크고 무거운 검은 휘두르기도 어렵고 그 속도도 느릴 거라고 생각한다.

그러나 적어도 악투스의 검술에 있어서는 그건 잘못된 선입견이었다.

악투스의 검술은 끊임없이 힘을 순환시키며, 시간이 갈수록 더 큰 힘을 만들어 내기 때문.

그렇기에 가속도가 붙은 악투스의 검은 그 누구도 막을 수 없게 되는 것이다.

그리고 알프렌의 극선태중검은 연이은 내려치기로 가속도가 최고치로 치달은 상태였다.

비단 가속도뿐만이 아니었다.

분노를 했음에도 불구하고, 그의 검로는 빠르고 일관되며 힘의 분배도 정확했다.

루크의 도발로 인해 이성을 잃었음에도, 지금껏 몸에 쌓아 온 전투의 감각만큼은 여전했던 것이다.

이 정도 검이라면 설령 코넬리오의 수석 기사들과 상대한다고 하더라도 막아 낼 수 없으리라.

분명 그렇게 확신했다.

'그런데 어째서…….'

알프렌의 동공이 흔들렸다.

'아직도 멀쩡히 서 있는 것이냐!'

주변에 먼지구름이 피어올라 앞을 제대로 확인할 수 없었음에도, 그는 느낄 수 있었다.

녀석은 아직도 두 다리로 버티고 선 채로 서 있다는 것을.

'가면 갈수록 힘의 순환이 더해지며 내려치는 힘이 더욱 강해질 터인데?'

그 말은 루크는 그에 맞춰 더욱 강한 힘으로 막아 내고 있다는 게 아닌가.

'그럴 리가 없다. 절대 그럴 리가 없어.'

그는 마음속으로 주문을 외우기라도 하듯 같은 말을 되뇌었다.

그러면서 동시에 더더욱 강하게 검을 내리쳤다.

제발 저 조그만 녀석이 쓰러지길 간절히 바라면서.

하지만 루크는 쓰러지지 않고 굳건하게 버텼다.

오히려 내려치는 힘이 강할수록 그에 맞춰 버텨 내는 힘도 더 강해지는 것 같기도 했다.

이 무슨 믿을 수 없는 일인가.

'어떻게 힘을 그대로 돌려보낼 수가 있는 거지? 이건 꼭……. 어?'

그 순간 그는 깨달았다.

어떻게 루크가 저 조그만 검을 가지고 자신의 극선태중검을 연거푸 막아 낼 수 있는 것인지.

"너, 설마 지금……."

너무나 믿을 수 없었던 나머지, 그는 저도 모르게 입을 열었다.

그러나 치열한 전투 중에 잠깐의 딴생각은 곧 또 다른 위기를 초래했다.

파바밧!

그 잠깐의 틈을 타고 루크는 몸을 한 바퀴 회전시켰다.

벨무스가 커다란 원을 그리며 알프렌의 몸통을 향했다.

'아차!'

알프렌은 깜짝 놀라며 대검의 옆면을 세웠다.

평소 같았으면 저 정도 검으로 가하는 공격 따위야 몸으로 막아 낼 수 있었을 것이다.

몸을 단단하게 만드는 철포를 배우는 이유가 바로 이런 때를 위해서였으니까.

그러나 지금은 달랐다.

저 새하얀 검에서 느껴지는 힘은 결코 철포로 막을 수 있는 게 아니었다.

콰아아앙!

아니나 다를까, 대검을 타고 전해지는 충격은 가문의 다른 기사들보다도 훨씬 더 묵직했다.

이미 어느 정도 충격에 대비하고 있었음에도, 알프렌의 몸이 흔들릴 정도였다.

그렇다고 해도 1초도 되지 않을 만큼 찰나에 불과한 빈틈.

그러나 루크는 그 틈을 기어코 비집고 들어왔다.

그의 주먹이 번개처럼 뻗어지더니, 알프렌의 가슴팍을 때렸다.

고작 주먹 한 방이었다.

빈틈을 공략당했다는 사실 자체가 부끄러울 수는 있었으

나, 치명상을 입을 정도의 공격은 아니었다.

분명 그런 줄 알았다.

콰앙!

그러나 망치로 가슴팍을 후려친 것 같은 충격이 전해졌다.

그와 함께 알프렌의 몸이 뒤로 튕겨 나갔다.

"쿨럭!"

지면에 처박힌 그는 피를 쏟아냈다.

알프렌은 정신을 차릴 수가 없었다.

조그만 꼬마가 내지른 주먹이라고는 믿을 수가 없을 만큼 강했기 때문이다.

"……"

아무도 예상하지 못한 상황에 주변이 고요해졌다.

저벅저벅.

그리고 루크가 앞으로 나섰다.

"전력을 다한 거 맞아요? 생각보다 맷집이 많이 약하네요."

알프렌인 루크를 죽일 것처럼 노려보았다.

"역시 맞았군, 네 녀석!"

"그래도 내가 명색이 슈넬덴의 공자인데 말을 막 하시네"

"지금 악투스가의 비전을 사용하고 있지 않은가?"

알프렌이 악을 쓰듯 외쳤다.

다른 이들도 그 말에 깜짝 놀랐다.

슈넬덴의 직계인 루크가 악투스의 비전을 사용하다니.

당최 그게 무슨 소리란 말인가.

그들은 루크의 표정을 보았다.

그러나 그는 뜻을 전혀 알 수 없는 묘한 미소를 짓고 있었다.

"지금 '힘의 순환'을 사용했으면서도 모른 척하려는 것인가?"

녀석이 자신의 강공을 계속해서 막아 낼 수 있었던 이유가 바로 그것이었다.

슈넬덴의 비전을 관통하는 주제가 눈송이라면, 악투스가는 바로 힘의 순환이었다.

악투스가의 괴력은 비단 신체적인 건장함에서만 나오는 게 아니었다.

몸의 근육만 믿고서 무작정 힘을 쏟아 내다 보면 결국 머지않아 지칠 수밖에 없는 법.

그렇기에 그들은 그 힘에 방향성을 만들어 특정한 곳으로 보내면서 더욱 강한 힘을 만들어 낸다.

악투스가 자랑하는 괴력은 바로 이런 과정을 통해서 만들어지는 것이다.

검을 내지를 때는 검 쪽으로 힘의 방향을 만들고, 반대로 방어를 할 때는 힘의 방향을 되돌리는 것.

연격을 할 때는 이 과정을 끊임없이 순환시켜 동작을 부드럽고 빠르게 이어지도록 하는 것.

그 모든 게 힘의 순환이며, 악투스가의 기사들이 반드시 자신의 검술에 담아야 하는 묘리였다.

그런데 루크는 바로 그 힘의 순환을 이용해 알프렌의 공격을 막아 냈다.

알프렌이 내리친 힘을 그대로 본인의 몸 안에서 순환시켜 다시 되돌려 주고 있던 것이다.

"악투스의 묘리를 어째서 네 녀석이……."

그 질문에 대한 대답은 의외로 간단했다.

"좀 전에 악투스의 기사들이 싸우는 걸 보면서 배웠어요."

"배웠다고?"

루크는 너무나 당연하게 고개를 끄덕였다.

"원리만 알면 쉽던데요. 그리고 경이랑 맞붙으면서 확실하게 터득했어요."

알프렌은 넋이 나간 채로 루크를 보았다.

그의 눈에서는 한 치의 거짓도 보이지 않았다.

무엇보다 저놈이 힘의 순환을 다른 곳에서 익혀 왔을 리가 없지 않은가.

'그럼 정말로 그저 싸움을 지켜보고 합을 한 번 겨룬 것만으로 힘의 순환을 이해해 버렸단 말인가?'

이건 다른 의미로 충격적이었다.

악투스가 슈넬덴에 패했다는 것?

물론 그건 자존심이 상하는 일이고, 향후 악투스의 명성에도 큰 스크래치가 되는 일이었다.

그렇다고 해서 당장 악투스와 슈넬덴의 실력 차가 극명해진다는 것은 아니었다.

어디까지나 이번 대결은 단체전이라는 특수한 조건이 있었으니까.

만약 두 가문이 일대일로 붙거나 아예 대규모 전쟁을 벌이기라도 한다면, 결코 악투스가 이렇게까지 밀리지는 않았을 것이다.

그러나 그건 어디까지나 슈넬덴에 괴물이 없을 때의 이야기다.

그저 싸움을 지켜보고 한 합을 겨룬 것만으로 악투스의 묘리를 익혀 버리는 괴물이 슈넬덴에 있다면?

몇 년만 지나도 저 괴물은 단신으로 악투스 기사 수십을 가지고 놀 만큼 성장할 것이다.

그때가 되면 악투스는 그 차이를 영원히 좁힐 수가 없겠지.

'슈넬덴이 이토록 가파르게 성장한 이유가 정말 저 녀석이었단 말인가?'

테오 사단에서 가장 강한 자라는 말에 조금의 허풍도 없었다.

악투스에서 그토록 바라고 바라던 천재가 슈넬덴이 있다

니.

가장 먼저 든 생각은 저자를 악투스로 데려오고 싶다는 것이었다.

새로운 비전을 배워가기에는 이미 나이가 많이 들었다고는 하지만, 한 번 본 것만으로 힘의 순환을 깨달을 정도의 실력이라면, 분명 비전을 금방 배울 수 있을 테니까.

'하지만 그럴 수는 없겠지.'

저자는 슈넬덴의 직계혈족이니까.

저 무시무시한 재능을 슈넬덴의 부활을 위해 쓰게 될 것이다.

그리고 저 괴물이 일으키는 부활의 바람에 자신들은 휩쓸려 가리라.

그렇다면 악투스가 살아남을 길은 단 하나.

꽈악.

알프렌이 입술을 꽉 깨물며 주변을 둘러보았다.

높은 곳에서 이쪽을 바라보고 있는 슈넬덴의 가주가 보였다.

이곳에서 순식간에 일어나는 일에 대해서는 대응하기 어려운 거리였다.

'비무에서 상대 가문의 직계를 죽인 살인자가 된다고 하더라도, 나는 이곳에서 악투스의 미래를 위해 모든 오명을 뒤집어쓰리라.'

쿠구구구구구.

그는 코어에 있는 마나를 퍼뜨렸다.

마나로 가득 찬 회로가 마나를 역류하지 못하도록 제어막들이 움직였다.

'이미 악투스의 명예를 위해 바친 몸, 부작용 따위를 걱정할 때가 아니다.'

파캉!

그는 제어막을 일제히 열었다.

콰아아아아아!

제어막이 사라지자 회로 속의 마나들이 홍수라도 난 듯 넘쳐흘렀다.

"슈넬덴의 희망을 꺾어 주마!"

온몸의 근육에 한계치까지 마나를 불어넣은 알프렌이 루크를 향해 달려들었다.

알프렌의 갑작스러운 폭주에 모두가 깜짝 놀랐다.

그러나 루크는 그런 그를 보며 묘한 미소를 짓고 있었다.

다음 권으로 이어집니다

로판부터
장교까지

게르만 현대 판타지 장편소설

충성! 소위 김대한, 회귀를 명받았습니다!
눈치면 눈치 실력이면 실력
재력까지 모두 갖춘 SSS급 장교가 나타났다!

학군단 출신으로 진급을 꿈꾸는 김대한
거지 같은 상관, 병신 같은 소대원들을 끼고서
열심히 했지만 결국 다섯 번째 진급 심사마저 떨어지고
홧김에 술을 마시고서 만취 후 눈을 뜨는데……

2013년 6월 21일 금요일
오늘 수료일이지? 이따 저녁에 집에서 고기 구워 먹자
삼겹살 사 갈게~^^ -엄마

췌장암 말기로 병원에 있어야 할 어머니의 문자
아니, 12년 전으로 돌아왔다고?

부조리 참교육부터 라인 잘 타는 법까지
경력직 장교가 알려 주는 슬기로운 군 생활!

사령왕 카르나크

임경배 판타지 장편소설

『권왕전생』『이계 검왕 생존기』의 작가 임경배 신작!
죽음의 지배자, 사령왕 카르나크의 회귀 개과천선(?)기!

세계를 발밑에 둔 지 어언 100년
욕망도 감각도 없이 무심히 흘러가는 세월 속에서
결국 최후의 수단으로 회귀를 결심한 사령왕 카르나크!

충성스러운 심복, 데스 나이트 바로스와 함께
막 사령술에 입문한 때로 회귀하는 데 성공!
한 맺힌 먹방을 만끽하는 것도 잠시
뭔가 세상이…… 내가 알던 것과 좀 다르다?

세계의 절대 악은 아직 아무 짓도 하지 않았는데
멸망을 향해 미친 듯이 달려가는 이 세상
저 악의 축들을 저지해야 한다,
인간답게(!) 잘 먹고 잘 살기 위해서는!

꿈의 도약, 로크에서 하십시오
(주)로크미디어에서 신인 작가를 모십니다

즐거운 세상, 로크미디어는 꿈을 사랑하고 도전을 두려워하지 않는 작가 분들의 참신한 작품을 기다리고 있습니다. 21세기 장르 문학계를 이끌어 갈 차세대 선두 주자 (주)로크미디어에서 여러분의 나래를 활짝 펴 보시길 바랍니다.

모집 분야 판타지와 무협을 포함한 장르 문학
모집 대상 아마추어 작가, 인터넷 작가
모집 기한 수시 모집
작품 접수 시 유의 사항
   1. 파일명은 작가명_작품명.hwp형식을 갖춰 주십시오.
   1. 파일에 들어갈 내용은 다음과 같습니다.
      ― 성명(필명인 경우 실명을 밝혀 주세요), 연락처, 이메일 주소
      ― 제목, 기획 의도
      ― A4용지 1장 분량의 등장인물 소개
      ― A4용지 2장 분량의 전체 줄거리
      ― 본문
   1. 작품이 인터넷에 연재되고 있다면, 게시판명과 사이트의 구체적이고 정확한 주소를 기재해 주십시오.

선택된 작품은 정식 계약 후 출판물로 간행되어 전국 서점에 유통됩니다.
작가 분은 (주)로크미디어의 전폭적인 지원하에 전속 작가로 활동하시게 됩니다.
※ 자세한 내용은 로크미디어 홈페이지(rokmedia.com)를 참조하세요.

(04167)서울시 마포구 마포대로 45 일진빌딩 6층
(주)로크미디어 편집부 신간 기획 담당자 앞
전화: 02) 3273-5135
www.rokmedia.com   이메일 : rokmedia@empas.com